国家出版基金项目
NATIONAL PUBLICATION FOUNDATION

大家读大家

主编
丁帆
王尧

诗的引诱

〔美国〕宇文所安 著

译林出版社

图书在版编目（CIP）数据

诗的引诱 ／（美）宇文所安著．—南京：译林出版社，2023.9

（大家读大家系列 ／ 丁帆，王尧主编）

ISBN 978-7-5447-9787-0

Ⅰ.①诗…　Ⅱ.①宇…　Ⅲ.①古典诗歌－诗歌研究－中国　Ⅳ.①I207.22

中国国家版本馆CIP数据核字（2023）第113893号

本书受“南京大学人文社科资助项目”资助。

诗的引诱　［美国］宇文所安／著

主　　编　丁　帆　王　尧
策　　划　江苏明哲文化发展有限公司
译　　者　贾晋华　等
责任编辑　许　晔
校　　对　孙玉兰
责任印制　闻媛媛

出版发行　译林出版社
地　　址　南京市湖南路1号A楼
邮　　箱　yilin@yilin.com
网　　址　www.yilin.com
市场热线　025-86633278
排　　版　南京展望文化发展有限公司
印　　刷　南京新世纪联盟印务有限公司
开　　本　850毫米×1168毫米　1/32
印　　张　10.5
插　　页　4
版　　次　2023年9月第1版
印　　次　2023年9月第1次印刷
书　　号　ISBN 978-7-5447-9787-0
定　　价　69.00元

序

丁 帆 王 尧

在2017年的文化生活中，“大家读大家”无疑是关键词之一。我们和明哲文化公司策划的“大家读大家”丛书第一辑出版，有效促进了文学领域的“全民阅读”。这一辑中最早出版的毕飞宇《小说课》一时风生水起，随后出版的李欧梵、张炜、马原、苏童、叶兆言、王家新等诸位大家的作品与之相呼应，成为2017年的一道风景线。在这非凡气象的背后，我们又紧锣密鼓地策划了现在读到的“大家读大家”丛书第二辑。

“大家读大家”丛书的策划包含着这样两层涵义：邀请当今的人文大家（包括著名作家、某个领域内的专家）深入浅出地解读中外大家的名作；让大家（指普通阅读者）来共同分享大家的阅读经验。前一个“大家”放下身段，为后一个“大家”做普及与解惑的工作，这种互动交流的目的，就是想让两个“大家”来合力推动当下的“全民阅读”，使其朝着一个既生动有趣，又轻松愉悦获得人文核心素养的轨道前行。

在我们儿时并不丰富的阅读记忆中，《十万个为什么》或许是最重要的一套书。我们在轻松、愉悦的阅读中获得了一些科普常识，萌生了探究世界的好奇心，潜移默化养成了我们看世界的视角。这是曾经的“大家”读“大家”的历史。我们常与一些作家、批评家同仁闲聊，谈起为普及科普知识，一些科学家绞尽脑汁地为非专业读者和中小学生写书但并不成功的例子，很是感慨。究其缘由，我们猜度，或许就是长期以来我们培养的科学家缺少人文素养的熏陶和写作技巧的训练，理性思维发达，感性思维欠缺，甚而缺少感性表达方式。没有自己的语言表达方式或者无法表达自己，是一种很大范围的文化危机。究其原因，多年来文学教育的缺失是其一，没有诗和远方，国民整体文学素养凝滞，全社会人文素质缺失。这是当下亟待克服的文化危机。

我们也在这样的危机中，又心怀拯救危机的理想抱负。百无一用是书生，但书生有书，读书，写书。倘若中国当下杰出的人文学者，首先一流作家和从事文学研究的专家学者，换一种思维方法和言说方式，重返文学作品的历史现场，用自身心灵的温度和对文学的独特理解来体贴经典、触摸经典、解读经典，或许会奏出不同凡响的音符；在解读经典的同时，呈现自己读书和创作中汲取古今中外文史哲大家写作营养的切身感受，为最广大的普通作者提供一种阅读的鲜活经验……如此这般，作者和读者岂不快哉！于是，我们试图由文学阅读开始，约请创作领域里的著名作家和艺术家以及文史哲艺学科门类术业有专攻的优秀学者，分别撰写他们对古今中外名家名著的独特解读，以期与广大的读者诸君携手徜徉文化圣殿，去浏览和探究中国和世界瑰丽的文化精神遗产。

已经与大家见面的丛书第一辑，是一批当代著名作家的读书笔记或讲稿的结集。无疑，文学是文化最重要的基石，一个国家和民族可以缺少面包，但是不能没有文学的滋养。文学作为人们日常精神生活不可或缺的人文营养补给，是人之生存和持续发展的精神食粮。作为专家的文学教授对古今中外名著的解读固然很重要，但是，在第一线创作的作家们对名著的解读似乎更接地气，更能形象生动地感染普通的读者与大中小学的学生——这是我们首先推出当代著名作家读大家的文稿的原因。

如今，许多大学的文学院或中文系都相继引进了一批知名作家进入教学科研领域，打破了“中文系不是培养作家的摇篮”的学科魔咒。在大学里的作家并非只是学校的“花瓶”，他们进入课堂的功能何在？他们会在什么层面上改变文学教育的现状？他们对于大学人文教育又有什么样的意义？这些都是绕不过去的问题。其实，这是中国现代大学的一个传统，我们熟悉的许多现代文学大家同时也是著名大学的教授。这一传统在新世纪得以赓续。十年前复旦大学中文系引进王安忆做创作专业教授的时候就开始尝试曾经行之有效的文学教育模式。近些年许多大学聘任驻校作家；北京师范大学成立了由诺贝尔文学奖得主莫言主持的国际写作中心；苏童调入北师大，阎连科、刘震云、王家新等也进入中国人民大学文学院。

在策划这套丛书的过程中，我们首先做了一个课堂实验，在南京大学请毕飞宇教授开设了一个读书系列讲座，他用自己独特的感受去解读中外名著，效果奇好。毕飞宇的课堂教学意趣盎然、生动入微，看似在娓娓叙述一个作家阅读文本时的独特感知，殊不知，其中却蕴涵了一种从形下到形上的哲思。他开讲的第一篇就是我们几代人都在初中课本里读过学过的名作《促织》，这个被许许多多中学、大学教师嚼烂了的课文，却在他口吐莲花的叙述中画出了一道独特的绚丽彩虹，讲稿甫一推出，就在腾讯网上广泛传播。仔细想来，这样的文本解读不就是替代了我们大中小学师生们都十分头疼的写作课的功能吗？不就是最好的文学鉴赏课吗？我们的很多专业教师之所以达不到这样的教学效果，最根本的原因就是他们只有生搬硬套的"文学原理"，而没有实践性的创作经验，敏悟的感性不足，空洞的理性有余，这显然是不能打动和说服学生的。反观作为作家的毕飞宇教授的作品分析，更具有形下的感悟与顿悟的细节分析能力，在上升到形上的理论层面时，也不用生硬的理论术语概括，而是用具有毛茸茸质感的生动鲜活的生活语言解剖经典，在审美愉悦中达到人文素养的教化之目的。这就是我们希望在创作第一线的作家也来操刀"解牛"的缘由。

丛书第一辑的作者，都是文学领域的大家。马原执教于同济大学，他在课堂上解读外国作家经典，讲稿出版后深受广大读者的欢迎。还有王安忆和阎连科也是如此。这两位作家的书稿原本也在第一辑出版，因为体例和内容原因，王安忆老师的书稿由人民文学出版社另行出版了。阎连科在当代作家中是个“异数”，他的小说和散文，都以独特的方式创造了另一个“中国”。如果读者听过阎连科的演讲，就知道他是在用生命拥抱经典之作。他对世界文学经典的解读另辟蹊径，尊重而不迷信，常有可圈可点之处。我们期待有机会出版阎连科的文稿。哈佛荣休教授李欧梵先生，因学术的盛名，而使读者忽视了他的小说家、散文家的身份。李欧梵教授在文学之外，对电影、音乐艺术均有极高的造诣，其文字表达兼具知性与感性。收录在丛书中的这本书，谈文学与电影，别开生面。张炜从九十年代开始就出版了多种谈中国古典、现代文学，谈外国文学，尤其是俄罗斯文学的读书笔记，他融通古今，像融入野地一样融入经典之中，学识与才情兼备。才华横溢的苏童，不仅是小说高手，他对中外小说的解读细致入微，以文学的方式解读文学，读书笔记如同他的小说散文一样充满了诗性。叶兆言在文坛崭露头角之时，就是公认的学者型作家，即便置于专业人士之中，叶兆言也是饱学之士。叶兆言在解读作家作品时的学养、识见以及始终弥漫着的书卷气令人钦佩。王家新既是著名诗人，亦是研究国外诗歌的著名学者，他用论文和诗歌两种形式解读国外诗人，将学识、情怀与诗性融为一体。我们这些简单的评点，赢得了读者的认同。我们将陆续推出当今著名作家解读中外大作家的系列之作，以弥补文学阅读中理性分析有余而感性分析不足的遗憾，让更多的普通读者也能从删繁就简的阅读引导中走进文学的殿堂。

我们现在读到的“大家读大家”丛书第二辑，收录了夏志清、王德威、白先勇、宇文所安、孙康宜、胡晓真、田晓菲、张小虹几位大家的书稿。他们无论身份是作家、学者，还是学者兼作家，几乎都是文章高手。用英文写作的宇文所安，是海外研究中国文学的大家，在他即将从哈佛大学荣休之际，出版他的大作，也是向他致敬的一种方式。值得注意的是，白先勇先生、胡晓真女士、张小虹女士，他们或有祖国宝岛台湾的生活经历，或长期在台湾的研究机构和大学从事教学研究，一样的母语写作，但有不完全一样的表达。彼岸学者、作家的阅读经验和修辞方式，自然而然丰富了我们汉语的表达。夏志清、王德威、孙康宜（她的部分文章是英文撰写）、田晓菲兼具中国文化和西方文化的背景，他们的阅读和写作，为我们提供了多元文化背景的参照。无疑，不少从事文学研究的学者也擅长生动的语言表达，他们对中外著名作家作品的解读在文学史的定位上更有学术的权威性，这类大家读大家同样是重要的。但我们和广大读者一样，希望看到的是他们脱下学术的外衣，放下学理的身段，用文学的语言来生动地讲解中外文学史上的名人名篇。

即将出版的“大家读大家”丛书第三辑，内容集中在外国文学。在解读世界文学名人名篇之时，我们不但约请学有专攻的外国文学的专家学者执牛耳，还将倚重一批著名的翻译大家担当评价和解读名家名作的工作，把他们请进了这个大舞台，无疑是给这套丛书增添了一道亮丽的风景线。新文学百年来翻译的外国作家作品可谓是汗牛充栋，但是，我们的普通阅读者由于对许多历史背景知识的欠缺，很难读懂那些皇皇的世界名著所表达的人文思想内涵，在茫茫译海中，人们究竟从中汲取到了多少人文主义的营养呢？抱着传播世界精神文化遗产之目的，我们在“大家读大家”丛书里将这一模块作为一个重头戏来打造，有一批重量级的学者和翻译大家做后盾，我们对此充满信心。

近几十年来，许多史学专家撰写出了像黄仁宇《万历十五年》那样引起了广大普通读者热切关注的历史著作，用生动的散文笔法来写历史事件，此种文章或著作蔚然成风，博得了读者的喝彩，许多作家也参与到这个行列中来，前有余秋雨的文化大散文《文化苦旅》，后有夏坚勇的历史大散文《湮没的辉煌》和《绍兴十二年》。我们试图在这套丛书中倡导既不失史实的揭示与现实的借镜功能，又有笔墨生动和匠心独运的文风，让史学知识普及在趣味阅读中完成全民阅读的使命。这同样有赖于史家和作家们将春秋笔法融入现代性思维，为我们广大的普通读者开启一扇窥探深邃而富有趣味的中外历史的窗口，从中返观历史真相、洞察人性沉浮，在历史长河中汲取人文核心素养。

哲学虽然是一个枯燥的学科，但它又是一个民族人文修养的金字塔，怎么样让这个可望而不可即的灰色理论变成绿叶，成长在每个读者的心头呢？这的确是一个难题，像六七十年前艾思奇那样的普及读本显然已经不能吊起当代读者的胃口了。我们试图约请一些像周国平那样的专家来为这套丛书解读哲学名家名作，找到一条更加有趣味的解读深奥哲学的快乐途径，用平实而易懂的解读方法将广大读者引入中国哲学和西方哲学名人名著的长河中，让国人更加理解哲学与人类文化休戚相关的作用，从而对为什么要汲取人文素养有一个形而上的认知，这恐怕才是核心素养提升的核心内容所在。

艺术本身就是有直观和直觉效果的学科门类，同时也是拥有广大读者群的领域，我们有信心约请一些著名的专家与创作大家共同来完成这一项任务，我们的信心就在于许多作者都是两栖人物——他们既是理论家，又是艺术家，在美术、书法、音乐、舞蹈、戏剧、电影、电视等艺术门类里都有深厚的人文学养和丰富的创作经验。

“大家读大家”丛书的策划、写作和出版，是一个长期而艰巨的工程，我们将用毕生的精力去打造它。我们希望这套丛书成为我们民族人文核心素养提升的一个大平台，为普及人文精神开辟一条新的航道。

非常感谢译林出版社和明哲文化公司为“大家读大家”第二辑所付出的心血，使得本丛书顺利出版，以飨读者。

向写作的大家致敬！

向阅读的大家致敬！

目 录

王维：简朴的技巧

贾晋华　译

卿之伯氏，天下文宗。位历先朝，名高希代。抗行周雅，长揖楚辞。调六气于终编，正五音于逸韵。泉飞藻思，云散襟情。

代宗《答王缙〈进王维集表〉诏》，七六三年

晚年惟好静，万事不关心。
自顾无长策，空知返旧林。

王维《酬张少府》

高度文明的社会有一个重要的、近于普遍的特征：那些已经获得财富和权力的人，却向往抛弃曾经热衷追求的一切。在八世纪，人们开始认真地在高官和隐士或狂士之间建立格外密切的联系，这一联系一直以各种形式在其后几世纪的中国传统文化中延

续着。

作为一种独立的现象来看，仕宦诱惑与个人生活的冲突，是文学传统中一个已经长久建立的主题。但是只有到了盛唐，弃官的企羡才成为上流社会文人生活的普遍主题。在东汉，张衡可以写出《归田赋》，但皇帝所赏识的却是他的《二京赋》。在唐初，太宗所喜爱的仍是上官仪，而不是王绩。但是到了八世纪中叶，我们发现代宗过度地赞赏王维的诗，其中较大部分与厌弃朝廷和官场生活相关。王维自己的生活和作品表现了同样的社会地位与个人价值之间的矛盾。

王维一生的确切日期引起了许多学术争论。他生于六九九年或七〇一年，卒于七五九年或七六一年。几种主要的传记资料相互矛盾，不过六九九年至七六一年的日期似乎最有根据。王维的父亲和祖父虽然只任过中级以下的官，但他们是强盛的太原王氏的成员，因此很难说清他们在朝廷的官位是否反映了他们在地方上的势力，或他们在全国范围内的社会声望。王维的母亲来自博陵崔氏，这是另一个声望卓著的旧家族。这样，从社会声望方面看，王维的家庭背景是盛唐重要诗人中最显赫的，他在诸王府中受到热烈欢迎就不足为奇了。

王维在十几岁时赴京城，表面上是去参加府试，但更可能是去获取某位皇子的扶持。很久以来，这已经是名门出身的年轻人寻求进身的一条公认道路，而青年王维并不可能知道，诸王的权力和靠诗歌进身的旧模式即将无可挽回地被改变。在十年中换了四个统治者之后，没有人能够预见到玄宗将牢固地控制皇室，并统治了四十多年。

王维的文集包含了一些少年作品，根据原文中可能是王缙或王维本身所作的注脚，这些作品可以系年。收入少作在唐人文集中是异常的特点；在王维的集子中，这些作品可能用来证实记载作者文学早熟的传记惯例，或代表使王维年轻时在京城获得声名的作品。这些少作在王维生活的后期可能经过修改，但有几首确实洋溢着青春气息，另一些则代表了流行于八世纪初的七言歌行风格。有数首少作列于王维最著名的作品之中。王维十七岁时在长安写了一首这样的诗，其时间背景是重阳节，在这个节日里，按习俗要登高并思念远在他方的亲友。

九月九日忆山东兄弟

独在异乡为异客，每逢佳节倍思亲。

遥知兄弟登高处，遍插茱萸少一人。

首句的语词重复，以及异乡、加倍及缺席的巧妙构思，显示了诗人对宫廷诗人修辞技巧的熟练掌握（王勃《临江二首》，杜审言《春日京中有怀》）。然而，少年王维已经在修辞技巧中注入某些更深刻的东西，这就是心理的真诚和想象的能力，这些明确地属于盛唐。

王维在七一七年通过府试，成为京兆府解送的贡士，这是一种有声誉的身份，在进士试中有相当肯定的成功把握。其后他在七二一年登进士第。在这一期间，王维得到了几位皇子的扶持，最突出的是李范。现存有关王维和李范关系的几则轶事在真实性方面都很可疑，但从中可知，除了诗名外，王维还以音乐家身份而著称。当然，他还是一位画家；虽然我们几乎不了解他在此时期之后的音乐兴趣，但他作为画家的声名却日益扩大和持久保留。王维诗歌或绘画的批评家，很少有人不引用这一对句：

宿世谬词客，前身应画师。

虽然王维承认了此生的真正职业，大多数研究其诗歌的人仍然从其作品中发现了画家的眼光。

可能是在李范的王府，王维遇见了崔颢，并成为终身的朋友，他们被并称为那一时代最著名的两位诗人。他们和岐王府的较年长诗人一道，采用旧的宫廷风格颂美皇子的游览，比皇帝的诗人所能描绘的还要雅致优美得多。

敕借岐王九成宫避暑应教

帝子远辞丹凤阙，天书遥借翠微宫。
隔窗云雾生衣上，卷幔山泉入镜中。
林下水声喧语笑，岩间树色隐房栊。
仙家未必能胜此，何事吹笙向碧空。

第四句可能写的是湖中或池中的倒影（沈佺期《兴庆池侍宴应制》第四句“秦地山川似镜中”），但也可能暗示了窗户的取景空间。结尾比较仙人的居处，这是旧宫廷诗体的实际要求：既然在地面的宫殿可以找到胜过仙家的快乐，为何还要像王子乔那样求仙？

考中进士之后，或许是由于他的音乐才能，王维得到一个太乐署的小官职。其后不久，王维就卷入政治麻烦，其真正起因还未完全清楚：他的罪名是允许乐师表演本应禁忌的舞蹈，但这大概仅是解职的借口。王维的麻烦可能源于他与诸王的过往，因为那时玄宗已经决定控制诸王对皇位的不断威胁。

无论真正的缘由何在，王维被贬任济州的一个低职，济州在现代的山东。在东行的旅途中，王维转向了贬逐诗的优秀传统，写出了第一批可系年的严谨简朴的典范诗，后来正是这一风格为他赢得声誉。这些诗的语言相对不讲修饰，沿袭了杜审言、沈佺期、宋之问及张说贬逐诗的风格。但王维的贬逐诗远远超出了语言的简朴：这些诗的深度和复杂性显露了大诗人的手笔。

许多因素促成了这些诗的成就，其中之一是对感觉过程的认真关注：事物如何被看到，实际世界如何控制事物被看到的过程，以及感觉的形式如何具有内在的意义。下面所引作于济州之行的诗中，诗人几乎完全不出现：他的作用是移动和观看。但景物的演替及其隐含的视点形成了人的旅途感受的基本模型。

渡河到清河作

泛舟大河里，积水穷天涯。
天波忽开拆，郡邑千万家。
行复见城市，宛然有桑麻。
回瞻旧乡国，淼漫连云霞。

空间的两点界定了旅程：出发点和目的地。无论哪一点吸引了旅行者的眼光，都揭示出一种心理状态，故只须描绘出视觉的方向，就能表现这种状态。同样，当诗人的眼光从目的地转回家乡，这一行动就说明了一种突然的心理变化。

然而，视觉不是自由的：诗人的所见取决于地形的不同特征，这些特征在河景中呈现出戏剧性的、变化多端的形式。河景或隐或现，自然而然地在人的头脑中引发兴趣和期望：它掌握了视觉的不足和消失，这是欲望的必要刺激。河景引发了对隐藏于前方远岸的事物的预期兴致，然后展露了这些事物，使兴致消失。诗人的好奇心得到了充分的满足，于是他回过头来，遇见了第二种戏剧性展露，但这回他看到的不是某地，而是某地的消失。这首诗是富于视觉形象的，但没有一个读者会说它是描写诗；关注的中心并不在所见，而在观看着的诗人的内心活动。但是，这首诗还超出了应景抒情诗的内心关注，体现出更为一般性的兴趣：对感觉的相对性及感觉和人的反应之间关系的关注。

王维诗的简朴语言阻挠了一般读者对修饰技巧的兴趣，迫使他们寻找隐含于所呈现的结构中的更深刻意义。王维力求某种真实性——不是从类型惯例中获得的普遍反应的真实性，而是直接感觉的真实性。通过在诗中描写所见而不是诗人的观察活动，诗人使得读者的眼睛重复诗人的眼睛的体验，从而直接分享其内在反应。客观的结尾成为避免直接陈述感情的手法，促使读者体验诗人的感受：当他回头瞻望家乡，看到的仅是浩渺河水时所产生的情绪。

在后来的诗篇中，王维甚至更热衷于避开已经完美掌握了的修饰技巧；他的风格达到一种严谨的简朴，并成为其诗歌个性的标志。诗人再次展望了渺漫的水面：

南垞

轻舟南垞去，北垞淼难即。

隔浦望人家，遥遥不相识。

如同收于《辋川集》的其他绝句，《南垞》的生命力产生自朴质的表面，以及基于结构天赋的含蓄陈述，后者在前诗已经出现。王维还尝试从较早的诗歌中抽取不显眼的陈套：这里的后两句就准确无误地模仿了几首著名的初唐诗（卢照邻《长安古意》第十五句，王绩《野望》第七句），暗示了孤独和逃名，并同样包含了肯定和否定的双重意义。比起《渡河到清河作》那易于理解的情绪，此诗末句谜一般的含义显示了更为成熟的诗歌技法，但王维对感觉相对性的兴致保持不变。距离把诗人和他可能认识的人（那些农舍在他的别业内）隔开，从而使他得以隐姓埋名，这种逃名可能具有孤独的否定含义或隐逸的肯定含义。

大约在八世纪二十年代中叶，王维从济州贬所返回。至七三四年，张九龄拜相，提拔王维在朝廷中任一个要职。而他返京后至七三四年前的经历不明。一些学者认为，王维就是在此期间购置了以前属于宋之问的辋川别业。无论他是在此时得到这一别业，还是在八世纪四十年代后期，他非常喜爱它，在《辋川集》中歌颂了它的美。《辋川集》是一小组绝句，由王维及其朋友裴迪共同写成。收入送别、宴会及咏物组诗的一卷或更多卷的小集子十分普遍，但《辋川集》的形式却是新颖的。[1]两位诗人依次处理了一组拟定诗题，这些诗题以别业的各个景点为描写对象，合起来则构成对全景的有计划游览。到了八世纪后半叶，这一集子获得巨大的成功，成为许多后出绝句组诗所遵循的模式，其中包括中唐诗人韩愈所作的一组诗（《奉和虢州刘给事使君三堂新题二十一咏》）。在审美感觉和思想情趣上，王维和韩愈的分歧几乎超出了所有唐代诗人；韩愈对《辋川集》模式异乎寻常折服，在一定程度上说明了它那巨大的影响力。

在七三四年，王维向新相张九龄求职。张九龄的圈子里挤满

1　卢鸿一有一组按计划编排的楚辞体诗《嵩山十志十首》，大致作于同时。

了出身于王、裴、崔、韦等京城大族的成员。王维的密友和支持者大多出自这些家族，故他在这一群体里十分自如。在此期间，出于陪伴朝廷权贵游览的需要，王维再次将才赋用于宫廷诗和正规宴会诗。但他既不是宫廷侍从诗人，也不是朝廷文学机构的成员，而只是担任右拾遗的行政职务。

张九龄于七三七年失权被贬荆州时，王维怀着真挚的忧伤心情，写了数首诗，向其扶持者表示慰藉。作为张九龄群体的成员，王维有理由关心自己的处境：张九龄下台几个月后，他受命离京出使西北边塞，并留在那里任地方监察官。几首边塞主题的应景诗，可能还有几首边塞乐府诗，作于这一时期。王维的一些边塞诗，如《从军行》，属于同一类诗中的最佳作品，但它们沿袭了矫饰的南朝边塞乐府传统。将这些诗与同时代高适等人的边塞歌行相对照，王维所受文学训练的守旧性十分明显。那些歌行开始采用一种较富于活力的风格，这种风格十年后在岑参的作品中达到顶点。

使至塞上

单车欲问边，属国过居延。

征蓬出汉塞，归雁入胡天。

大漠孤烟直，长河落日圆。

萧关逢候骑，都护在燕然。

就像许多著名的唐诗，这首诗以单独的一联——第三联——流传千古。此联中平衡的几何图形代表了王维描写艺术的一个特征。但是，围绕着这一著名对句的却是一首高度守旧的诗。最后一句很相似地模仿了梁代诗人吴均一首边塞乐府《战城南》的结尾。尽管王维无可置疑地具有独创性，但比起任何一位盛唐重要诗人，他的作品更深地植根于初唐。

王维在西北只待了短暂的时间。他到幕府不久，节度使崔希逸即去世，在七三八年或七三九年，诗人返回长安。一年后他再次奉命出京，此次是到南方掌管考试。他的另一位朋友和扶持人裴耀卿任命他回朝廷任职，但可能由于他和张九龄的关系，他所得到的职位低于他的年纪和出身所应得到的。从七四二年至七五五年京城陷于叛军之前，王维连任了几个类似官职，或许不过是挂个名。在八世纪四十年代和五十年代初，诗人的大部分时间可能消磨在别业里，因许多朋友的友谊怡然自得，作诗赠送他们，在诗中述及其大门总是对来访者关闭。

玄宗从长安仓促出逃后，王维与许多留下的官员一样，为安禄山军队所俘，并被迫接受官职。据说，王维试图避免与反叛者共事，不顾一切地服药假充残疾。两京收复后，他以叛国罪为唐军所监禁。此时王维之弟王缙恰好任刑部侍郎，设法为他开脱罪责。他被叛军拘禁时写给裴迪的一首诗《菩提寺私成口号》成了减罪的证据，这首诗拐弯抹角地表达了诗人对唐皇室的忠诚。除了这篇简短的忧伤表达（此诗系事后伪造的可能性很大），王维对安禄山叛乱保持了明显的诗歌沉默。叛乱中的大多数时间他是在安禄山的监狱里度过的，这一事实可以充分说明，他为何从未像杜甫那样，写诗激烈抨击叛军的占据。而他在释放之后的沉默，最好的解释可能是他通常所遵循的诗歌题材惯例：个人感怀和社会交往在他最后的诗篇中占上风，故叛乱及其破坏从未进入他的脑海。

肃宗恢复了王维在朝廷的优厚地位。他担任了一系列高官，直至去世——可能是在七六一年。在最后的岁月里，王维据说日益成为虔诚的佛教居士，过着一种节制简朴的生活。他最后的优秀诗篇体现了一种独有的特性：连他最擅长的描写艺术也放弃了，只保留了一种浑然一体的风格，没有任何人工技巧的痕迹。

终南别业

中岁颇好道，晚家南山陲。
兴来每独往，胜事空自知。
行到水穷处，坐看云起时。
偶然值林叟，谈笑无还期。

对于时间的关注明显地出现在王维的晚期诗中。真率行为的各种形态，与有计划或有确定目标、时间的行为相对立。王维对于空间结构的兴趣，如我们在《渡河到清河作》中所见到的，通过意愿和隐含的动机，变成了对于时间结构的类似兴趣。自相矛盾的“率意行动之目标”，出现于一种同样自相矛盾的追求非艺术的艺术之中。

王维关注时间的另一方面，是他对生活变化的关注，这通常是抛弃名利、增加自由的过程的一部分。与大多数诗人相比，王维更多地把自己和别人的生活看成是一个变化的过程。从早年开始，他已经预料晚年将日益增加理智和宗教信仰，并抛弃世俗的束缚；而诗人果然实现了对自己的预言。前引诗的开头表明了诗人早年意旨的变化，这种变化反复出现于王维的诗篇中：

> 晚年惟好静，万事不关心。

> 少年识事浅，强学干名利。
> ……
> 清冬见远山，积雪凝苍翠。
> 浩然出东林，发我遗世意。

> 晚知清净理，日与人群疏。

> 少年不足言，识道年已长。

早在贬谪济州时，王维已经在别人的生活中看见了相似的过程（《济上四贤咏·崔录事》《济上四贤咏成文学》）。青春流逝、头发变白的悲叹，极少出现于王维的诗中。对于他来说，老年是一个预想的境界，他在个人诗中为逐渐接近它的每一阶段而欢庆。

很难弄清楚开元、天宝的读者认为哪些诗人是当时最伟大的诗人。“闻名当代”等评论及序文中常用的字眼，被慷慨地用于称颂许多毫无争议的次要诗人；即使此类颂扬性的评价不仅是出于礼貌，仍然涉及较为混乱的未知情况，诸如“何时”“何种读者”。开元和天宝显然没有当代作家的确定标准，但有几位人物是巍然挺出的，其中最著名的是王维和王昌龄。特别是在王维生活的最后十年及其去世后的二十年间，他被认为是“当代最伟大诗人”的呼声极高。皇室后来对王维的赞赏，确是引起较年轻的同时代人崇拜的一个因素，但王维还是诗坛社交的中心人物；他广泛熟识同时代诗人，并产生巨大影响。八世纪后期的京城诗人沿用或误用他所完善的风格，直至这一风格变得乏味不堪。逐渐地，在八世纪的最后几十年，对于其他开元、天宝诗人的兴趣，诸如王昌龄和李白，开始动摇王维的优势。到中唐的大作家重新评价盛唐传统时，李白和杜甫被抬高至他们从未有过的杰出地位。王维被排列于李杜之下，虽然他偶尔被批评，他的地位曾被怀疑，他的声誉仍保持了相对稳定，不像其他盛唐诗人的名望那样经历了起伏波动。

王维之弟王缙编集他的作品，于七六三年进献皇帝，彼时王缙任宰相。王缙声称这个集子只代表了王维全部作品的小部分，其较大部分丧失于叛乱中。诗人卒后未久，就有权威的集子收入御书院，这于文本的相对稳定是重要的。文本的问题虽然存在，但比起孟浩然等其他一些诗人的集子，问题算是最少的。有几处窜改已被证实，但总的看来，王维的集子是可靠的。

从唐代以来，王维的形象一直是感怀诗人、个性诗人及山水诗人。这一形象在一定程度上可以被证实，因为王维也以相似的词语描绘自己。但同时他又是最善于社交、最雅致的唐代诗人之一。他的诗和他的个性都十分丰富多彩。他能够放弃渗透于隐逸诗中的鲜明诗歌特性，写出自宋之问和沈佺期以来最有天赋的、最雅致的宫廷诗。当他进行创新时，他既能以前辈的传统为基础，也能有意地采用新的起点。贬谪济州时，他写出了基于初唐贬逐诗的优秀作品，但他还大胆地改变了楚辞的成分，写出一种沿袭贬逐传统的新诗歌。他善于在描写的表面之下隐含内在的情意历程，也能够在描绘邻近济州的一次巫祠表演中隐含贬逐主题。其模式为楚辞的《九歌》，那些诗在唐代的公认解释是：屈原在贬逐中观看了民间巫祠表演，就加以修改，写出这组诗。当王维写下这样一首诗时，诗中已含有一种无声的文学史背景，不言而喻地扮演了非罪遭贬的屈原角色。这两首歌行并不是含蓄的讽刺诗或比兴的怨懑诗，而只是从过去的著名诗歌中引发贬谪之意。

鱼山神女祠歌二首之二：送神曲

纷进拜兮堂前，目眷眷兮琼筵。

来不语兮意不传，作暮雨兮愁空山。

悲急管，思繁弦，灵之驾兮俨欲旋。

倏云收兮雨歇，山青青兮水潺湲。

在这里，楚辞体的应用既模仿了原诗的特定语词，也追随了宋之问将这一诗体用于个人诗的脚步。但王维还将与这一诗体相联系的抒情方式复杂化，使它奇特地表现出与诗篇的平静表面相矛盾的情意。

赠徐中书望终南山歌

晚下兮紫微，怅尘事兮多违。

驻马兮双树，望青山兮不归。

王维的多数诗篇中存在着一种抑制法则：思乡的普遍感情，贬逐悲伤的文学史背景，以及诗体的模式联系，这些都向读者表明，在诗篇的平静表面下隐含着某种更深刻的意义或更强烈的感情。上引歌行及其他表面看似简朴的诗篇，都由于这种抑制而增加了活力。

除了楚辞体，王维还试用了六言诗（《田园乐七首》），在这种窘迫的诗体上获得了或许是所有中国诗人中最大的成功。此外，王维至少有一次沿袭了陶潜对四言诗的独特运用，以表现古朴庄严的风格（《酬诸公见过》）。

除了诗体实践外，王维还拥有宽广的主题和风格范围，超过了此前的任何唐代诗人，或许还超过了此前的任何中国诗人。他能够创造性地处理边塞主题和宫体诗的半艳情主题（《扶南曲歌词五首》）。在游寺诗传统上，王维有时沿袭了初唐前辈，有时则在几首诗中采用了佛教的抽象术语（《胡居士卧病遗米因赠》《与胡居士皆病寄此诗兼示学人二首》《过卢四员外宅看饭僧共题七韵》)，显示出比任何直接前辈更为深厚的佛教修养。他能够写幽默的谐谑诗，其中包括一首半白话作品，这首诗可能是方言诗的尝试(《酬黎居士淅川作》)。总之，王维作为一位盛唐诗人，不仅形成了真正的诗歌个性，而且全面掌握了传统诗歌，并富有创新的力量。

王维对于诗体发展的最重要贡献可能是绝句技巧。在某种程度上，所有的文学样式都在结尾下功夫；律诗是特殊的例外，因为读者的注意力大都被引向中间对句的审美。但是在所有诗体中，绝句总是最依赖于成功结尾的。王维能够运用初唐绝句那敏锐的、警句式的结尾，并偏爱盛唐流行的意象结尾(《班婕妤三首》其一)。但他还发展了另一种结尾方式，使得绝句离开警句更远：他的绝句经常结束于谜一般的含蓄陈述——一种表述，一个问题，或一种意象，都是如此简单，或似乎很不完全，以至于读者被迫从中寻找对绝句结尾的重要期待。

这种新结尾方式的成功，完全依靠于诗体期待，王维熟练地控制了这些期待，引逗读者去寻找简朴面具下面的深意。对于表面的不信任，外表和真实的分离，以及意义的隐藏，这些都不是前两个半世纪诗歌的突出特征：宫廷诗是一种表面化的诗歌，它所说出来的确是它所要表达的。宫廷诗的隐喻只采用易懂的代用语，如以天庭指宫廷，以仙人指朝臣。

情感反应领域的抑制法则，在认识领域变成了隐藏的法则。

真理的隐藏深深植根于哲学传统；与西方不同，在中国传统上真理通常不是隐含于深奥复杂的面具之后，而是隐含于明白朴素的面具之后。袭用这一哲学传统将彻底改变诗歌的阅读方式：所说出来的不再一定是所要表达的，表面的情致可能并不是真正的情致。特别是在《辋川集》中，诗中的形象十分完整，但意思却很不完全，从而引逗读者去寻绎某种隐藏的真意。

栾家濑

飒飒秋雨中，浅浅石溜泻。
跳波自相溅，白鹭惊复下。

甚至在较明白的绝句中，也经常可以从王维那平直陈述的完整意思中感觉到一种奇特的不确定性。

临高台送黎拾遗

相送临高台，川原杳何极。
日暮飞鸟还，行人去不息。

读者知道人和鸟的移动构成了比较的基础，但行人到底是和鸟一样，出发到他们所属之处去，还是与归鸟不同，不断奔走于人生的持久劳役之中，诗中并没有任何暗示。作诗之时，场合的背景可能提供了线索，但这首诗在后世的流行表明，那种不确定的联系更引人注目。诗中向读者示意了“比拟”，随后又阻断了读者对比拟的理解。

王维的官场诗并不总限于典雅，也不总写于奉和。在一首赞同皇帝封西岳的诗《华岳》中，王维采用了与其宫廷诗和隐逸诗完全不同的风格。他先以宏壮的词语赞美华山，然后转向帝王荣耀的主题，用的是庄严肃穆的笔调，这一笔调与王维的平常风格不同，更接近于杜甫和韩愈的特征。虽然王维对个人体验的偏爱是其诗歌的丰富源泉，但他仍然有着强烈的社会价值观，正是这两者之间的真实冲突，使得他的弃世态度具有了真正的力量。

冲突对于诗歌结构的惯例和规矩，如反应的一致性，产生了自然的压力。即使在盛唐，诗歌描述过程中出现心志转变，也是少见的。在王维诗中，这一转变表现为社会价值和个人价值之间的冲突，以及家族义务和退隐愿望之间的冲突。

偶然作六首之三

日夕见太行，沉吟未能去。
问君何以然，世网婴我故。
小妹日成长，兄弟未有娶。
家贫禄既薄，储蓄非有素。
几回欲奋飞，踟蹰复相顾。
孙登长啸台，松竹有遗处。
相去讵几许，故人在中路。

爱染日已薄，禅寂日已固。

忽乎吾将行，宁俟岁云暮。

社会义务和个人自由倾向之间的价值冲突是那一时代文士兴趣的一部分，在王维这里则是关注的中心。但在王维诗中，这一冲突又是更大的抛弃模式的一部分。它不仅是稳定的冲突状态，而且具有一种主要的价值，通常是社会的价值，其占上风的运动是否定。这种否定的中心运动在文学、思想与诗人自我形象等方面都有所表现。

否定的文学表现是抛弃与官场社交生活及宫廷相关的那几类诗歌。在许多盛唐诗人的作品中，同样的冲动采取的是对立运动的形式，将狂诞不羁作为对诗歌规矩和限制的有意违抗。李白和相当多的次要诗人，以疏野不羁的姿态选择了这种对立之路。而在王维这里，其运动形式是否定而不是对立。[1] 王维最有代表性的隐士诗风格简朴，洗尽铅华，只用基本语词：

江流天地外，山色有无中。

与李白一类诗人相比，王维在宫廷诗技巧和修辞方面的修养是深厚的。他无法以自然的感叹和激情反对宫廷诗的虚假感叹和

1 例如，“爱”的对立是“恨”，但它的否定是“中性”。

激情，而是以对虚假感情的真正否定——无感情来反对这种危险。如果有真实感情要表达，就必须把感情隐藏起来，但只能是寓于言外，而不是公开表达中的矫揉造作、吞吞吐吐。

宫廷诗人训练有素的严谨和文体控制，明显地出现在王维最出色的个人诗中，特别是在他的描写艺术中。但王维用这种控制来对抗它所出自的传统及技巧。

归嵩山作

清川带长薄，车马去闲闲。
流水如有意，暮禽相与还。
荒城临古渡，落日满秋山。
迢递嵩高下，归来且闭关。

回归是王维及其同时代人诗歌中最引人注目的主题之一，所回归的是基本的和自然的事物。盛唐诗人以各式各样的“回归”显示了他们正在离开的地方：充满危险、失意、屈辱的京城社会的虚伪世界，以及京城的诗歌。可是，他们的“回归”目标以及对“自然”的定义，却往往大相径庭。

在王维诗中，回归的目标通常是一种寂静无为的形态：他选择的是将自己与现实世界分隔，而不是以放任行为显示对世俗礼法的蔑弃。王维的自由观念是“从……自由”，而不是“对……自由”。如同前诗，回归寂静往往在诗篇的结尾点明，通常采取一种象征抛弃人类社会、结束社交活动的姿势——关门：

东皋春草色，惆怅掩柴扉。

静者亦何事，荆扉乘昼关。

在王维诗中，关门仅是多种抛弃的最终姿势之一。它还可以是不愿回家，从而抵制时间的社会结构（《终南别业》《泛前陂》）；有时它又是苦行和自我否定的明确的佛教方式：

薄暮空潭曲，安禅制毒龙。

欲知除老病，惟有学无生。

《登辨觉寺》是一首佛教寓言诗，诗中阐述了灵魂从实际世界的幻觉进入涅槃的自我泯灭的过程。寺院的美丽风景仅是为了将迷妄的心灵引上正确道路：它是佛教寓言中的“化城”，是外表充满声色诱惑的空幻事物，能够将厌倦而未觉悟的灵魂引向觉悟。

竹径从初地，莲峰出化城。
窗中三楚尽，林上九江平。
软草承趺坐，长松响梵声。

空居法云外，观世得无生。

访寺诗的直观现实风景，被添加在寓言的风景之上，这一结构是为了将被动的心灵引向超脱。诗人为虚幻的自然和建筑之美所吸引，登上山峰，获得了一个打乱习见景观的有利视点。青草使冥思的诗人在身体上感受到柔软，而心灵和诗歌的眼光被引向诵经的声音，并随之向上飘荡，穿过松林和云层，穿过法云（佛法）的最后阶段，达到了超脱。寺院和风景之美的存在仅是为了战胜美的幻象，这一观念暗示我们，严格的诗歌技巧的存在，也是为了战胜技巧。

作为走向寂静、孤独及空无的进程，诗歌也是一种倒退和回归的行动。但诗歌不须退至中国宇宙论的原始状态。它可以只回归到某种较早的诗歌（《渭川田家》），或某种原始活动，如农耕（《赠裴十迪》）。这类诗中最有趣的一首既转回农耕的原始活动，也转回原始的诗歌——《诗经》中的《周颂》。这首诗模仿的是《诗经》第二百九十首，其开头为：

载芟载柞，其耕泽泽。

千耦其耘，徂隰徂畛。

侯主侯伯，侯亚侯旅。

侯疆侯以，有嗿其馌。

思媚其妇，有依其士。

有略其耜，俶载南亩。

王维以其典型的谜一般的手法采用了这一原始农耕的和谐景象：

新晴野望

新晴原野旷，极目无氛垢。
郭门临渡头，村树连溪口。
白水明田外，碧峰出山后。
农月无闲人，倾家事南亩。

诗篇开头宁静而清晰，诗人的眼光扫过景物的各种静态联系，直至拓宽了的视野的尽头。这是一个没有活动和人的平静和谐世界，但王维却在结尾突然转向“无闲”之人。虽然无闲，人们却有自己的协调行动，正在做适应季节之事。这是一首奇特的诗，诗中竟将人的忙碌列为平静风景的另一“项目”。自然和原始被视为同一，人类被置于恰当的位置——古老而永恒的农耕劳动。

诗人抛弃了京城社会及其诗歌的复杂性，“回归”至原始的、自然的状态——紧闭的大门后面的宁静，或宗教觉悟的宁静，或早期诗歌的原始世界。有时诗篇结束于一种行动，如前引诗；或甚至结束于同时代人所喜爱的自然狂放行为——但这种自然行为必须产生自宁静的基础。

辋川闲居赠裴秀才迪

寒山转苍翠，秋水日潺湲。

倚杖柴门外，临风听暮蝉。

渡头余落日，墟里上孤烟。

复值接舆醉，狂歌五柳前。

接舆是传说中的“楚国狂人”，是表面疯狂而内藏真智的狂士典型。五柳袭用了《五柳先生传》，这是陶潜撰写的虚构传记，文中描绘了理想的隐士。正如前诗将人类行为融入自然世界，这里平静安谧的景象减缓了狂野行为，使之成为与风景融为一体的适度得体的放任行为。

从思想方面看，王维诗中的否定行为与其佛教信仰混杂在一起。许多批评家指出了王维对“空”（“空虚”“空无”“空”“徒劳”）一类术语的滥用，这些术语在世俗诗歌传统和佛教思想两方面都有意义。王维至少精通几部佛教经典，从中引用术语，或含蓄地提及它们。但无论王维的佛教信仰多么虔诚，他仍然是一位诗人而不是佛教思想家。宗教在他的诗歌中起了重要的作用，但他所接受的诗歌传统和诗歌观念，使他不可能写出真正宗教的、虔诚的诗歌。直到九世纪，诗歌范围才扩大到足以接受对宗教价值观进行抽象的、思考的处理，如白居易的某些诗。至于以宗教为主要倾向的诗集，只能离开世俗诗歌传统，到寒山和王梵志的集子中去寻找。

从否定和回归这一对主题中产生出第三个主题：无意。在某种形式上，它涉及对想望未来、控制未来的意愿的否定。在社交方面，它是对目标明确的行为的否定，以及对为提高、稳固社会地位而结交朋友的否定。

无意及其与社会特权的对立，明显地出现在下引诗的结尾。结尾用了道家经典《列子》中的两个典故。第一个典故说，老子指责杨朱过于矜贵，使得别人对他表示敬意。杨朱改变了态度，回到原来所住的客舍，客舍主人和客人都不再敬畏他，而是忽视他，甚至与他争席。第二个典故说，有一人喜爱海鸥，常到海边找海鸥，海鸥都亲近他，毫不害怕。其父要他利用海鸥的信任捉它们，结果下次他回到海边时——此次怀有心机，海鸥感觉到并飞走了。

积雨辋川庄作

积雨空林烟火迟，蒸藜炊黍饷东菑。
漠漠水田飞白鹭，阴阴夏木啭黄鹂。
山中习静观朝槿，松下清斋折露葵。
野老与人争席罢，海鸥何事更相疑。

无意的主题很早就出现在王维的《桃源行》中，这首诗咏陶潜的“桃花源”，作于七一七年。王维在重述中重新解说了这一故事，强调渔夫发现这一乌托邦村庄的无意。但是，当渔夫被村人接待并过夜时，诗中充满了思、望、拟、记等动词。一旦渔夫“要”回家或“要”重返桃花源，当然无法找到路了。王维对这一虚拟故事的重新解说，引出了其后几世纪中一长串重述这一故事的诗作。

意愿的否定与自我的否定相关，这一主题涉及道家和佛教两方面的范围。在王维的多数描写诗中，叙述的诗人变成一只眼睛，扫视过风景和孤立的重要成分。与任何文学形式一样，诗歌作者的消失是无法达到的目标：王维的强烈结构意识处于视觉世界和表现世界之间。这种控制意识通过躲开诗歌表面，通过创造谜语阻挠读者寻找简单意义的冲动，从而试图否定自己的存在。诗歌的结构惯例要求结尾出现个人反应，王维通常总是以抛弃的表示作为“反应”，并否认进一步的反应、行动或情感。

这种基本的否定姿态可能不符合王维较大部分诗作的实际，但它们确实出现在大多数王维为后代所赞赏的诗篇中，这些诗篇代表了他的诗歌特性。王维经常描绘事物处于静态联系或和谐运动的世界，然后在结尾把自己放进这个世界：

岸火孤舟宿，渔家夕鸟还。
寂寥天地暮，心与广川闲。

这几句诗运用了各种传统的诗歌联系：船夫的孤火暗示孤独；鸟的回归唤起人的回归和思乡；落日触动忧伤情绪。在《渡河到清河作》一诗中，诗人戏剧性地组织了视觉景物，从而形成一种内在的叙述。而在这首同样作于济州之旅的诗中，诗人试图阻止景物的内在化，以客观的眼睛将世界的零碎断片及其意识（“心”“意”）皆降低为宁静景象中的一系列“项目”。意识与平静的江河一道在天地间流动，穿过各种事物，却不滞留于任何事物。

在多数作品中，王维的独立和创新并未脱离初唐惯例的基础。他与七世纪的写作技巧关系密切，只要比较一下后来的唐诗技法，就可以了解这一点。这里举一个有力的例子，王维在一首诗中赞美京城地区，然后在结尾转向汉赋作家司马相如的角色，写他被排除于京城社会的欢乐之外，病居于附近的茂陵。

冬日游览

步出城东门，试骋千里目。
青山横苍林，赤日团平陆。
渭北走邯郸，关东出函谷。
秦地万方会，来朝九州牧。
鸡鸣咸阳中，冠盖相追逐。
丞相过列侯，群公饯光禄。
相如方老病，独归茂陵宿。

这首诗是七世纪京城歌行的盛唐改革，此类歌行的最出色代表是卢照邻的《长安古意》和骆宾王的《帝京篇》。从京城地区的繁华转为苦闷的外来者角色，这一结尾方式是初唐必不可少的诗歌惯例。卢照邻的诗以扬雄结尾，这位汉代思想家已成为中古时代的隐士典范；骆宾王的诗以怀才不遇的汉代政治作家贾谊结尾。这一结构惯例是富有魅力的；王维通过运用这一惯例，通过选择司马相如作为外来者及诗人自己的象征，宣布了自己的身份。相如是汉代真正诗人的最杰出代表。

大约一个世纪后，李商隐在一首绝句中模仿了上引诗（以及王维的另一首诗《和陈监四郎秋雨中思从弟据》）的结尾，在诗中他与王维一样，扮演了司马相如的角色。

寄令狐郎中

嵩云秦树久离居，双鲤迢迢一纸书。
休问梁园旧宾客，茂陵秋雨病相如。

在初唐诗中，外来者角色的动人哀感力量，是通过在结尾突然中止对京城快乐的冗长赞美而获得的。王维可能简化了赞美京城的辞藻，但他基本上用的是同一技巧。李商隐能够集中地突出角色，不用冗长的修饰对比，就描写出其境况的强烈悲感。欢乐群体的习惯对照保留了下来，但仅是一种仿效，以“梁园客”作为司马相如的往昔乐事的象征。的确，欢乐对照的存留仅是作为“休问”之事，这个否定祈使语气直指孤独的诗人，因为回忆只能使他痛苦。初唐诗的结构惯例虽然没有完全消失，但它已经被改造得近乎面目全非了。

在盛唐重要诗人中，只有杜甫在运用文学传统的严肃认真方面超过王维。王维对早期诗歌的运用，在其有关抛弃和回归的诗篇结尾中已可见到。尽管王维有意地模仿《诗经》和楚辞的古朴风貌，他一般避开与这些早期诗歌产生伦理上的复古联系。在五言诗传统方面，王维经常从曹植、鲍照、谢灵运、谢朓及庾信的诗歌中借取各种成分，但没有诗人或诗组像陶潜诗那样，对王维产生巨大的吸引力。

陶潜去世后的几个世纪中，他的影响十分轻微。诗人们仿效他的作品中的语句，但他并未被认为是大诗人。《晋书》将他列为典范的隐士，而不是文学家；钟嵘《诗品》也只将他的作品列于中品。但《文选》特别充分地选入了他的作品，这可能是他在八世纪日益流行的一个因素。六七世纪对陶潜十分冷淡，但初唐诗人王绩是重要的例外：很少有诗人像王绩对陶潜那样，专一地爱好单独一位前辈。但即使在王绩这里，陶潜也主要是作为个性的模式，而不是作为真正的文学模式。八世纪二三十年代出现的陶潜复兴，奠定了他在六朝的卓越地位，这一地位在后代未再动摇。陶潜的复兴始于几位诗人的作品，很快就传播至京城诗人的较大圈子。这一现象一方面反映了陶潜对盛唐新趣味的实际吸引力，但另一方面也可能说明了陶潜角色仅是一种时髦。如果王维的《桃源行》所注明的日期七一七年是确切的，那么这首诗就是对陶潜新兴趣的最早标志之一。王维和储光羲是最倾心于陶潜魅力的诗人，这一兴趣很可能就是由他们传播给京城圈子的其他成员。

王维有时仅是模仿陶潜风格，如《偶然作六首》中一首专门赞美陶潜的诗。可是，他对陶潜诗的更认真运用是将陶潜的随意简朴与八世纪京城诗人的精致技巧结合起来。王维的这种结合达到了完美的地步，两种对立的风格似乎融合为一。

赠裴十迪

风景日夕佳，与君赋新诗。
澹然望远空，如意方支颐。
春风动百草，兰蕙生我篱。
暧暧日暖闺，田家来致词。
欣欣春还皋，澹澹水生陂。
桃李虽未开，荑萼满其枝。
请君理还策，敢告将农时。

诗中对陶潜诗的模仿，有些引用原文，有些仅是仿效其措辞特色。王维对陶潜风貌的倾心，并没有引向对这位古代诗人的顺从：陶潜对自由和自得其乐的独特颂美，在王维这里必须与自然界的秩序联系在一起，描绘出宫廷诗人描写艺术的关注中心——眼前景象。陶潜也描绘农耕景象，但首要的重点仍在诗人本身。王维这位盛唐诗人却不能不在此打住，再次把焦点对准富于画意的静止景象。主题的发展也是王维自己的——从诗歌到凝视的平静，再到自然的行为。

任何有修养的读者都能从王维诗的第一句联想到陶潜《饮酒》之五的第七句："山气日夕佳。"接下去当王维述及其篱笆时，读者应该回想起陶潜同诗第五句的著名篱笆。王维的篱边生长着兰蕙，陶潜则在其篱边"采菊"。不过，陶潜也不缺少兰蕙：在《饮酒》之十七中，它们生长于其前庭。王维用了人称代词"我""我的"，以使读者听到回响于他自己篱笆后面的陶潜的著名篱笆。在宫廷诗的时代里，人称代词逐渐地从诗歌措辞中被逐出，但陶潜却经常用它们。在唐代诗人的手中，非正规的代词如"我"代表了"自然语言"和某种古朴直率。王维诗的第二句仿效了陶潜《移居》之二：

春秋多佳日，登高赋新诗。

还可以继续从王维这首诗的其他部分中寻找到陶潜作品的零碎词语，但我们首要关注的是这些模仿的意义。王维的诗不是陶潜词语的杂拼，而是一篇自我完整的佳作。陶潜词语的功用基本上是作为模式：正如古风携带着政治关注和道德正确的含蓄信息，陶潜风格也闪烁着真诚朴素和农耕基本价值观的光辉。一方面，王维并未引用陶潜特定诗作的全部背景；另一方面，他未像王绩那样，仅是简单地重复陶潜的风格。相反，他是在包含自己个性风格的诗篇中，运用陶潜模式以扩大范围。

在那些现在被认为是盛唐的重要诗人中，王维不仅是其时代最著名的一位，而且是最早获得声誉的一位。孟浩然是一位较年长的诗人，他在八世纪二十年代初之前已写出几篇较出色的作品，其后王维也开始产生重要作品。但王维很早就成为京城诗歌的有影响人物，而那时孟浩然最多只被认为是中等天赋的引人注意的地方诗人。大约七三四年孟浩然在京城和王维相逢，此时王维已是声名卓著的诗人。由于孟浩然生活年代居先，至少曾有一位批评家想寻找孟浩然对王维作品的影响，然而，如果两人之间有不少交流，那么影响恐怕应该来自另一方。王维是社会上层人物，且名气更大；孟浩然写诗赠王维时，采取了最明显的尊敬姿态：他以王维的特有风格作诗，而不用自己的风格。

即使难于编年，两部集子中的其他线索也倾向于肯定王维的诗作居先；例如，在八世纪二十年代初的济州之行中，王维写道：

他乡绝俦侣，孤客亲僮仆。

此时王维几乎不可能已经熟悉孟浩然的诗。孟浩然的一首诗无法系年，但可能作于后期，诗中写道：

渐与骨肉远，转于僮仆亲。

两句诗中显然有一句是借用，我们有理由肯定是孟浩然沿袭王维。在王维早年的同时代者中，孟浩然是最杰出的一位，但比起孟浩然，王维作品的范围较广，他的风格较具个性特征，他的思想关注较严肃认真，他的作品特性也较一致。

盛唐作家判断当代诗歌，通常根据诗句，而不是整首诗。王维是一位对句大师。他的对句的艺术特色为人们所模仿：形式上的几何平衡，以朴素语言描绘壮丽景象，及无与伦比的清晰和严谨。甚至当他以同时代次要诗人的一般风格写对句时，他也是出色的巧匠。杜甫在评价王维的艺术时，强调的是他的对句：

最传秀句寰区满。

王维对句体的特色是他对唐诗的重要贡献之一：他以一种极具魅力的单纯简朴风格，取代了初唐诗的稠密精巧对句。他洗净了被他称为“眼界”（《青龙寺昙壁上人兄院集》）的视觉复杂性，只留下一个充满意义联系的简单形式和要素的世界。但是，王维单纯和简朴的风格，并不是其他诗人所追求的直率的“自然语言”：虽然它反对修饰的诗歌技巧，但本身也是同一技巧的高度精致的表现。它是王维诗中处处可见的自相矛盾的标志：试图战胜技巧的技巧，简朴的技巧。后代批评家只看到简朴，只看到自然的、隐逸的诗人；而在王维自己的时代里，用他的一位朋友的话来说，他是“当代诗匠”。

李白：天才的新观念

贾晋华 译

> 李白斗酒诗百篇，长安市上酒家眠。
> 天子呼来不上船，自称臣是酒中仙。
>
> 杜甫《饮中八仙歌》

在上引四句诗中，杜甫简明扼要地列举了李白形象的基本成分，这一形象为众所公认，并为李白自己所极力扮演：挥翰如洒，纵饮不羁，放任自在，笑傲礼法；天赋仙姿，不同凡俗，行为特异，超越常规。包括杜甫在内的其他唐代诗人，没有人像李白这样竭尽全力地描绘和突出自己的个性，向读者展示自己在作为诗人和作为个体两方面的独一无二。

除了诗歌方面的卓越成就，李白还留给后代诗人一份重要的遗产：对于个人和诗歌特性的兴趣。仅仅杰出已不再令人满足，诗人必须既杰出又独特。因此，后代批评家总是劝告有抱负的诗人仿效杜甫，而不是李白。在他们看来，虽然这两位诗人同等伟大，但杜甫的才能似乎比李白的较可模仿。引导年轻诗人离开李白模式的理由是：李白的艺术是完全自然的、无法掌握的及近乎神灵的。但是，李白不可仿效的真正原因，却在于李白的诗歌主要与李白相关，其目标是通过诗中的人物和隐蔽于诗歌后面的创造者，表现出一种独一无二的个性。模仿注定要失败，因为它与李白风格得以存在的理由相矛盾。

从创作生涯的开端，李白就确实与其他诗人大不相同。在八世纪初，出自太原王氏家族的年轻王维被引荐进诸王府。他扮演了传统的早慧诗人角色，以娴熟精确的宫廷风格赢得诸王的青睐。此时王维已经在诗歌中发展了个人风格，但他的个性表现消极地与上流社会联系在一起，他的家族背景和诗歌训练为他进入这一社会做了充分准备。大约同时，远在西蜀，一位年龄相当而家族背景疑问重重的诗人，前去访问戴天山的一位隐士，但未遇见他：

犬吠水声中，桃花带露浓。
树深时见鹿，溪午不闻钟。
野竹分青霭，飞泉挂碧峰。
无人知所去，愁倚两三松。

青年李白熟练掌握了音调和谐的法则，并且与早于他的另一位年轻蜀地诗人陈子昂一样，瞄准了某些传统的“诗歌”效果，如用动词“分”描写视觉延续画面的中断。[1]动词“挂”是较常用的“悬”的变文，用来描写瀑泉，虽然不够雅致，却是可接受的（杜审言《和韦承庆过义阳公主山池五首》其四第二句“悬泉度牖飞”）。虽然会有一些重要的保留意见，京城贵族们可能还是会认为这首诗的写法是合适的。

保守的读者会从李白这首诗中发现一些缺点，这些缺点可以追溯至李白与青年王维相当不同的诗歌教育。李白在这首短诗中堆积了太多的树，以及至少两条小溪，破坏了基本的雅致。更严重的“毛病”可能是在首联，它打乱了诗中各组成部分之间应有的平衡。它不是诗歌开头的“恰当”方式；任何经过京城训练的诗人都会知道，诗篇应开始于一般景象或点明场合。李诗的“犬吠”太突然，破坏了全诗的平衡，在第一句集中了太多注意力，因为这一句虽然简单但却出色得过度，使得诗篇的其他部分无力地追随其后。当然，访问隐士时，从风景中寻找隐士存在的迹象是完全合适的，但“犬吠”过于喧闹，如果需要把它写进来，就应该放在中二联属于“迹象比喻”的地方，通过对偶减弱其别出心裁的闹声。

这位诗人使得他的读者惊奇并破坏了他们关于诗歌秩序和规则的感觉。诗人们总是自得于“惊异”的诗句，而他们的读者也

---

1 参见陈子昂《度荆门望楚》第五句“城分苍野外”，《岘山怀古》第五句“城邑遥分楚”。

乐于被惊动，但此类乐趣局限于审美趣味的明确界限内。数百年的文学经验产生了这些界限，以保持诗歌的平衡统一。但李白却跨越了这些界限，并且找到了喜爱他的大胆行为的读者。潺潺溪水中的犬吠还仅是中等的“奇”，随着李白进一步背离诗歌的典雅界限，他付出了更大的努力来获得“奇”的效果，使之成为他的诗歌标志。在七五三年，殷璠评价李白的《蜀道难》为“奇之又奇”。

李白这首访问隐士诗还有别的一些明显“毛病”：完全缺乏引喻、修饰及雅致的变化。优雅地运用比喻和修饰的能力是修养的问题。类似“犬吠水声中”的诗句太朴素直率。这位年轻诗人具有才能，但还缺乏完善和教育：这是苏颋的看法。苏颋是开元初期最大的文学扶持人和宫廷诗人之一，刚从朝廷贬逐为益州长史。在一封信中，李白自得地叙述了他与苏颋的相会，以及苏颋对其作品的意见：“此子天才英丽，下笔不休。虽风力未成，且见专车之骨。若广之以学，可以相如比肩也。”（《分类编次李太白文》）

如果这样一次会面确实曾经发生，它对于这位年轻诗人应该产生重大影响。苏颋是当时最著名的文学和政治人物之一，而李白尚未成名，且社会背景最多只能说是模糊不清。李白自称为李暠裔孙，李暠是五世纪时西北地区西凉政权的统治者。这一自称本身本不足夸，但唐皇室也自称出自李暠，并由此上溯自背运的汉将李广。这样一来，李白就可以大言不惭地称呼皇室成员为“从兄弟”。

由于李白家庭背景不清，且居住于偏远地区，关于其家世的叙述可能即出于其本人，记住这一点是很重要的。可以肯定正是李白告知其传记作者，他的家族曾经被窜逐中亚，刚返回中国，“恢复”李姓。所有这一切都带有为方便起见而编造家系的痕迹，李白的家庭被怀疑有伊朗或土耳其血统。李白的父亲似乎既不是地主，也不是官吏，而很可能是商人。孟浩然由于出身于地方地主家族，与京城上流社会仅有间接的关系，就可能被认为是京城诗人圈子的外来者。而李白却是真正的外来者，他与任何人都没有关系，只能孤立地依靠自己的天才在京城获得成功。

李白的家庭背景可能只是在想象中才是辉煌的，而在现实中却是暗淡无光的。从成长背景看，他是一位道地的蜀人。唐代诗歌还未出现后代重要的地域划分，只在两京地区和其他地区之间有明显的地域区别。但是有两个地区正在开始形成地方诗歌特色：东南和蜀地。蜀地的情况十分特殊：一方面，它有着辉煌的文学传统，在汉代曾经产生过最著名的赋作家扬雄和司马相如；另一方面，它在诗歌史上却没起什么重要作用，而诗歌是唐代占主导地位的韵文形式。因此，来自蜀中的诗人，如早于李白几十年的陈子昂，在其作品遭到宫廷文学裁判否定时，总是十分自然地将自己与文学传统联系起来。他会回首往昔，那时作为蜀人是进入文坛的有利条件，而不是粗朴的不利条件，故与宫廷诗相对立的复古是自然的反应。

蜀地的两位大诗人司马相如和陈子昂，都成为李白的重要模式。陈子昂年轻时曾经以轻率的侠少而著称，直到近二十岁才开始学习文学。同样地，李白夸口在十几岁时擅长剑术，曾经杀死数人。关于陈子昂还有一则轶事，他初到京城时，购了一把昂贵的琴，却把它摔碎，以此吸引城中人对其诗的注意。李白则自夸能够凭一时兴致而散发资财。这两位诗人一起行动于和自得于一套价值观的背景，与宫廷贵族诗人的价值观极不相同，后者的价值标准是宁静的隐士，或儒家道德家。陈、李的这套价值观，与豪士或游侠角色相关，更多的是涉及豪迈慷慨的行为和侈夸逾常的姿态，与率意违抗社会行为准则联系在一起。

豪迈轻率的暴力行为与贵族公子的陈套角色有联系。在开元时期，率真狂诞的天才正在成为流行角色，以张旭一类人物为代表。这两种类型的结合，与蜀地没有必然的联系，但有关陈子昂、李白及其他人的轶事，确实表明了蜀人经常以某种变化与这些价值标准联系在一起。蜀地可能事实上曾经是一个比中原较不稳定的地区，故暴力的行为或暴力的夸言及变幻莫测的行为在那里是受到推崇的。李白是否有意识地夸饰自己，已无法弄清，但他自身确实突出地认同这些价值标准，这是一些京城圈外人的标准。

作为率真狂诞的蜀文学人物的最著名典范，陈子昂成为李白的一个模式，而在李白的《古风》中，陈子昂的诗歌也成为重要模式。但是，陈子昂在诗歌方面对李白的影响，为司马相如的典范所掩盖，后者实际上成为萦绕李白作品的对象。

在唐代，司马相如具有双重的形象。一方面，他是传说中的人物：他与卓文君私奔，与她在成都开酒店，直到文君的有钱父亲原谅了他们，分给他们一笔财产；他是富于怜悯心的诗人，为被抛弃的皇后阿娇写了《长门赋》，使她重新获得皇帝的宠幸；他是感情多变的丈夫，为了另外一个女人而离弃卓文君，文君写了《白头吟》谴责他。另一方面，司马相如是汉代最著名的赋家，他的作品以丰富的词汇和不确定的想象征服了读者。保留在《西京杂记》中的评论，对于司马相如在唐代的诗人形象很重要。这些评论现在认为是不可靠的，但在唐代却应该被认为是可信的。《西京杂记》记述司马相如曾说："赋家之心，苞括宇宙，总揽人物，斯乃得之于内，不可得而传。"这是一种关于文学的艺术本质的壮丽恢宏的观念，与曹丕的《典论·论文》和陆机的《文赋》相应；诗人的意识与宇宙秩序和谐地联系在一起，宇宙秩序被包括在文学的艺术之中。这种文学观念与艺术是文化秩序和社会道德体现的复古观念大不相同，但与复古观念一样，它为诗歌提供了某种首要原则和存在理由，这恰恰是宫廷诗及其继承者京城诗所缺乏的。《西京杂记》中归属于扬雄的另一评语甚至更重要："长卿赋不似从人间来，其神化所至邪。"出自《西京杂记》的这两段评语，指出了艺术和艺术家的超越本质。据此，苏颋的话"与司马相如比肩"就意味着宇宙的天才。

由于一开始就与司马相如联系在一起，这种崇高的文学观念和这位诗人后来成为李白自我形象的一个基本部分。这一自我形象将李白的求仙狂热与诗人生涯统一了起来。苏颋告诉他，他将“与司马相如比肩”；当李白到达京城时，著名的贺知章称他为“谪仙人”，即在天上犯了过失而到地上生活以作为惩罚的仙人。在陈子昂那里，豪侠狂诞的蜀地角色与复古诗人的严肃道德态度并不一致，最后只能屈服于后者。李白则找到了能够顺当容纳其蜀地角色的诗歌观念：他具有仙人的特质，允许在诗歌和行为两方面都狂放不羁。正如同后代批评家所称呼的那样，他是“诗仙”，可以违犯法则，因为他超越于法则之上；他看见自己的才华与司马相如一样，“不似从人间来”。随着这种从世俗人间的任性解放，李白呈现出了丰富多样的面貌：狂饮者，狎妓者，笑傲权贵和礼法的人，挥翰如洒的诗人，及自然率真的天才。

李白生于七〇一年。他的具体出生地无法确定，但很可能是在中亚的一个半汉化地区。他的家庭在他幼年时移居蜀中。如果我们相信李白所述年轻时的事迹——对此我们应十分谨慎，他在八世纪二十年代中叶出蜀前，已经以诗人和隐士的身份获得相当程度的地方声誉。其后李白沿长江而下，游览名胜之地，并试图与各种名流结交。在这一期间他所遇到的人物中，道教大师司马承祯最值得注意。

到了七三〇年，李白结束漫游，定居于安陆，地处长江之北，在现在的湖北。几年之后，他与当地一个名门望族的女儿结婚，后者祖父是许圉师，曾任过高宗朝的宰相。至七三〇年这一家庭最多只有地方影响。李白过度热切于为自己提供辉煌背景和高贵色彩，为了达到这一点，他显然不惜隐藏或歪曲事实。这就告诫我们，对于李白所有关于自己和亲属的论述都应有所怀疑，但还表明这种社会背景对于被承认和提高社会地位是必不可少的；有许多诗人虽然较为拘谨沉默，却有着不言而喻的社会名望，这就充分表明了社会背景的重要性。

李白与地方名族的女儿结婚，而后者祖父曾是宰相。李白自述此事经过说，他刚结束游览为其“乡人司马相如”所夸的著名云梦泽，“而许相公家见招，妻以孙女，便憩于此”。但事实上，许圉师已卒了很久，极不可能还有什么六十岁以下的孙女。在同一封信中，李白同样虚假地自称其家出于金陵，南朝的故都；并进一步自述在漫游南方时，每逢遇到落魄公子，都以金钱济之。这一行为可能用来表明他对于“像他”一样贵族出身而潦倒于人间者的怜悯之情。

但实际上安州是一个不起眼的偏僻城镇，李白在这里是一个背景不清的人物，故他提高地位的最大希望，是使别人相信他对自己的高贵描述。以安州为中心，李白时而出游周围地区。其中最重要的是去襄阳的短暂游览，在那里他遇见了孟浩然和有影响力的韩朝宗。对于孟浩然，李白赠送了热烈的赞美诗，但这位老诗人看来几乎不注意李白。还有一个传说，李白在谒见韩朝宗时，由于未付予应有的尊敬，冒犯了这位刺史，他以“醉酒失态”的借口弥补了这一粗率行为。关于孟浩然和韩朝宗也有一个相似的传说，这就使人对这一事件产生疑问，但即使李白之事确实发生过，他并未从其机敏中得到什么。

八世纪三十年代末或四十年代初，李白离开安州，重新开始漫游，可能是希求建立声名。他在泰山遇见道教大师吴筠，从而改变了命运。吴筠对李白印象深刻，他在七四二年被召进宫廷时，介绍了李白。李白设法使玄宗印象深刻或感到有趣，于是在翰林院得到了一个位置。翰林院是正常政府组织之外的特殊机构，只由皇帝任命进入，其成员大多与皇帝有接近的、经常的侍从关系。在玄宗的统治过程中，翰林院的功用和结构有很大变化，它包括了从经学家、文学家到方士、医者、优人等各种人物。于是，在非常短暂的时间里，李白突然接近了皇帝，完全胜过各种正常渠道：家族，权贵扶持，及进士考试。李白在翰林院的作用，似乎曾经为皇帝起草文件，但还可能作诗供后宫演唱，观赏者为皇帝妃嫔，特别是杨贵妃。

如果李白的后宫诗可靠，它们的风格与宫廷宴会诗的修饰风格是大不相同的，后者还保留于较正规的宫廷场合。据说为颂美杨贵妃和宫中花园的牡丹，李白写了三首《清平调》歌词。这些歌词由皇帝的首席音乐家李龟年为玄宗夫妇演唱。下引是组诗之一：

云想衣裳花想容，春风拂槛露华浓。
若非群玉山头见，会向瑶台月下逢。

酒、李龟年的歌声及杨贵妃的丰满身姿，对于玄宗可能富于刺激，但这篇歌词作为一首纯粹的诗，不过是消遣作品。它所阐述的旨意只是“杨贵妃像花和女神”，几乎没有比这更陈腐的赞美女性美的话了。

现存的众多轶事与李白在宫中的时期相关，这些轶事记述了其惯常的饮酒，狂诞性格，以及在皇帝面前缺乏礼仪。此处无法区别事实和虚构。处于李白这样的位置，一定程度的放任不羁不但是允许的，而且还会得到肯定的称赏。可以肯定的是，李白作为“逸人”的声誉是玄宗喜欢他的一个重要因素。如果李白突然变成顺从的或忠实的道德家，很可能他已经发觉自己快要失宠了。在宫廷内外，李白的狂诞行为是其所选择的角色的组成部分，而不是如同某些传记作者所说的，是蔑视权位的真实表示。李白渴望被赏用，表示乐于进入宫廷，当他被迫离开时，发出了激烈的抱怨。狂野本是对他的期待，他并非有意地要挑战皇帝。而唐代读者与皇帝一样喜好轻率行为，于是有关李白行为的轶事就被渲染夸大了。

有一则著名的轶事，最早出自李白的朋友和第一位编集者魏颢之口：李白正在一位贵族家饮酒，被召入宫起草诏书；他半醉来到宫中，挥笔制诰，不草而成。这一情节并不过分，完全可信，但当它重新出现在稍后的几种资料中时，就被改变和修饰了：皇帝是在“试”李白的诗歌才能；权势熏天的宦官高力士被命令为诗人脱靴，等等。传奇的李白有着丰富的资料，盖过了凡人李白的贫乏资料，而李白自己的叙述也是对前者的贡献远超过后者。

但是在文学研究者看来，传奇远比真人重要，于是李白的多数作品都被用来帮助和美化传奇的形象。

李白所扬扬自得的皇帝宠幸依靠的是十分不安全的基础：皇帝亲自任命的人也能够被皇帝亲自赶走。在七四四年，由于政敌的压力，李白被打发出宫廷，或被迫辞职。我们应该记得，事实上李白在七四二年前尚未为京城文学界所知，而他在宫廷和京城只待了不足三年的时间。而且，作为翰林待诏，他仍然无法进入将朝廷中的文学人物联系在一起的巨大社交关系网。李白显然吸引了许多文人的注意和称赞，包括年轻人和老年人，但像他在宫廷的那种地位，他的名望所依赖的基础较之王维或王昌龄更不稳固。

离开长安之后，李白向东而行，先抵洛阳，然后沿河而下至汴州。正是在此次旅行中，李白遇见了高适和青年杜甫。其后十年中，李白漫游各地，依靠他作为诗人和狂士的声誉而生活。

七五五年安禄山叛乱爆发时，李白正在东南地区，他明智地待在那个安全的地方。他开始自称曾预见反叛，并设法躲避，这是符合他的性格的做法。但未过多久，他就陷入了麻烦：玄宗退位之后，肃宗任命其弟永王掌管长江下游地区。但永王有自己的打算，很快组建了一支军队，以为足以在那一地区建立一个独立王国。在沿长江而下前往扬州的路上，永王带上了李白，将他留在船上，作为其小宫廷的文学装饰。在扬州，永王的军队被击败，李白随众溃逃。李白陷入反叛的程度不清，他本人自称是被囚禁者，在军队到达扬州前就逃走了；但他还为叛军写了几首诗，至少把他们装扮成是奉朝廷之命。李白可能十分天真地相信这一点，但更可能是作为囚犯或通敌者写下这一虚伪的编造。

在七五七年初，永王军队被击败后不久，李白被逮捕了，关押在浔阳。后来他得到有条件的释放，又开始了漫游，不断地祈求皇帝的谅解，最后在七五九年获赦。他以漫游长江地区度过最后几年，徒劳无益地希望在新朝廷中得到官职。七六二年，在将作品托付给朋友、大书法家李阳冰之后，诗人与世长辞。

李白最早的作品之一是一篇充满活力和幻想的赋，咏的是鹏，《庄子》第一章中所描绘的大鸟。鹏是诗歌和哲学的象征，代表超越世俗见解局限的壮伟。这只鸟在李白的临终诗中再次出现，作为对诗人的隐喻。青年赋作中那生气勃勃的大鸟不见了，代之出现的是一种悲壮的自豪：

> 大鹏飞兮振八裔，中天摧兮力不济。
> 馀风激兮万世，游扶桑兮挂石袂。
> 后人得之传此，仲尼亡兮谁为出涕。

在这首楚辞体诗中，扶桑是生长于世界东方边界的神树；这位宇宙诗人包罗万象的意识环绕了整个宇宙，当他经过那里时，落下了他的衣袖。

李白的诗歌声誉在其一生中及在八世纪后期的发展过程，是难以说明的。他在天宝时就有追随者，但没有人像后来那样认为他是伟大的诗人，连天宝时期的大诗人都算不上。编成于七五三年的《河岳英灵集》精当地选入了他的代表作，但殷璠并没有给予他最高评价，而是慷慨地用在其他几位诗人身上。主要关注诗歌声调标准的《国秀集》，根本没收李白的诗。《国秀集》编于八世纪五十年代末或六十年代初，代表了叛乱后京城趣味的转变，不再对天宝的豪放风格感兴趣。

李白卒后的头几十年，几乎没人提及或模仿他的诗。其后，在八世纪的最后二十年，对李白作品的兴趣有所恢复，特别是在东南地区。到了九世纪初，围绕于韩愈和白居易周围的作家们，已经认为李白和杜甫是盛唐最伟大、最典范的诗人。从那时起，李白和杜甫共享的名望事实上从未被质疑，而对于这两位诗人的相关评价发展成为一种流行的批评消遣，特别是在二十世纪。

不过李白的诗也有严重的文本问题。李白卒后不久，他的作品以两种集本传世：一本是《草堂集》，李阳冰编；另一本是《李翰林集》，魏颢编。这两个本子在宋代的刻本中被合并在一起，故我们实际上并不清楚它们的情况。它们可能在本文和所收诗篇方面都是不同的。宋代的版本还自称发现了不少“佚”诗。中国编集方式的最大优点也是其最大缺点：每一首诗只收入一种异文。在有多种异文的情况下，编者被迫进行选择，但在大多数情况下，他们的选择只根据一个单独的原始文本。在整首诗的情况下，明显的伪作通常会被置于确凿无疑的真品之旁。除了一些诗可能是伪作，李白的集子还含有同一首诗的不同文本，有时题目相同，有时不同。这些可能体现了不同的诗稿，两个原始辑本的差别，取自选集的版本，或诗篇经演唱后的修改。这些情况使得许多学者曾经怀疑李白的整部集子，这是可以理解的。十九世纪的著名学者和诗人龚自珍走得最远，认为李白的一千一百首诗中，只有一百二十二首是真品。情况也许还未糟到龚自珍所确信的地步，但对于有疑问的诗篇，还是应该小心从事。

乐府和“歌行”大约构成现行李白集的五分之一。“歌行”大多数以乐府风貌写成，但它们有两方面与传统乐府不同：其一，“歌行”未用传统乐府题（虽然一些乐府也是如此）；其二，歌行比乐府较倾向于应景性。第二种区别并不显著，但对于唐代的诗体观念可能更重要。在唐代，李白最主要是以乐府和歌行而著称，它们不仅是其入选选集最多的作品，而且还出现在与其诗有关的轶事和评论中，远远超过它们在现存集子中的比例。

李白的同时代人发现他的乐府和歌行新鲜有趣，而中国诗的读者则总是觉得它们十分独特。我们几乎不知道八世纪时，每一首诗是如何被阅读、分类及评价，但从下引几段评论中，我们可以看出，在这一世纪的前半叶，审美趣味方面正在发生一些变化。

“二诗功力悉敌。沈诗落句云：‘微臣凋朽质，羞睹豫章材。’盖词气已竭。宋诗云：‘不愁明月尽，自有夜珠来。’犹陟健举。”沈乃伏不敢复争。

（宫嫔上官婉儿在七〇九年的一次诗歌竞赛中所作的评判）

闲游秘省，秋月新霁，诸英华赋诗作会。浩然句曰：“微云淡河汉，疏雨滴梧桐。”举坐嗟其清绝。

（八世纪三十年代初孟浩然在张九龄、王维面前作诗。出自王士源《孟浩然集序》）

在长安时，秘书监贺知章号公为谪仙人，吟公《乌栖曲》云：“此诗可以哭鬼神矣。”

（范传正为李白所作碑文）

上官婉儿在评语中，首先寻找的是技巧的正规要求，然后是结尾的恰当雅致：诗歌不是被描绘，而是被根据某种已知的鉴赏标准进行评判。在对孟浩然诗句的反应中，描绘和评价占了大致相等的比例：这一对句是“清绝”，这是按照它所创造的情调来理解，但这种情调是难以定义和解释的。然而，当对一首诗的反应是它能够“哭鬼神”时，我们就面对着与前两种评论不同类型的文学标准。这样一种评论指向诗歌的动人力量，不是根据情绪的范畴，而是根据其程度。它试图说明某种似乎超越一般文学局限的东西。对孟浩然诗句的“嗟叹”，是对杰出才能的动情承认，但基本上仍保留于诗歌的恰当界限内。“哭鬼神”的说法，是对天才的承认，而天才要求一种超过普通人的反应。贺知章对于《乌栖曲》的赞美不是独一无二的：在李颀的歌行中，董庭兰的乐声也吸引了自然界的妖精来窃听。天宝读者所寻找的，李白所自豪地提供的，是超越旧艺术界限的天才。

李白为京城文学界认识之后，京城诗人彬彬有礼地避免提及李白或其作品，因为他们的审美观较为保守。但李白确实抓住了处于诗人社交网之外的读者的想象力，包括年老的狂士，如贺知章；易受影响的年轻诗人，如岑参和杜甫。贺知章对《乌栖曲》的赞美代表了与京城诗人不同的文学标准，而这首诗本身也不同于王维的严谨简朴。

乌栖曲

姑苏台上乌栖时，吴王宫里醉西施。
吴歌楚舞欢未毕，青山欲衔半边日。
银箭金壶漏水多，起看秋月坠江波。
东方渐高奈乐何。

同时代的每一位读者都知道这一传说，知道当吴王正耽溺于美丽妃子西施的温柔乡时，他的王国即将被越国军队消灭。[1]

1　七五五年后的读者，没有人会忽略《乌栖曲》与玄宗和贵妃的对应。贺知章的评语得以保留下来，可能是由于读者认为他提及对当时政治形势的类比。然而，《乌栖曲》肯定早于安禄山叛乱，可能至少早十五年。除了李白后来自称的预见外，没有证据说明这首诗有任何时事意义。此外，在天宝中，还有与贺知章的评语性质相同的评语。

在八世纪四十年代初的读者看来，这首诗有许多新颖奇异的特征。首先，李白具有一种才赋——虚构想象，在这方面此前的中国诗人很少有人达到较高的程度。同时代诗歌中，王昌龄和储光羲的简洁绝句最接近于《乌栖曲》，但可能作于其后。八世纪四十年代前的大多数诗人在处理历史主题时，总是转向怀古诗，由于游览古迹而引起感怀。怀古诗可能确实包含一些推测的诗句，设想古迹过去曾经有的风貌，但诗歌中心不可避免地是诗人的现在：他所看到的，所感受到的，以及（将想象行为降低至思考过程）所想象到的。

在七世纪，诗人要写虚构的诗，就必须运用传统乐府题的程式化成分。从七世纪最后十年开始，对于虚构想象的兴趣日益增加，诗人运用虚构想象的方式也日益自由。陈子昂《感遇》诗中的某些幻想寓言及八世纪初的七言歌行中，都出现了虚构想象。后来又出现于王维的少作《桃源行》及音乐诗中。但《乌栖曲》的梦幻般片断超过了李白的所有先驱者。王维对西施传说的处理提供了鲜明的对照：

艳色天下重，西施宁久微。
朝为越溪女，暮作吴宫妃。
贱日岂殊众，贵来方悟稀。

西施传说的典范、类型意义，在李白诗中未起作用，在王维的处理中却占主要地位。王维的阐述十分讲求修辞：论题（“艳色……”）；特定范例（“西施……”）；以被赏识前后的处境作为反题的阐述范例（后四句）。相反地，李白所描绘的只是一夜之中的场景片断。

其次，在西施传说的简单艳情表面和复杂悲剧意义之间，存在着一种张力，这第二种新特征也可能导致了《乌栖曲》的魅力和流行。吴王夫妇对即将降临的灾难的漠不在意，表现为诗篇表面类似的漠不在意。正是我们这些读者将悲剧带给诗篇。李白没有解决诗中的张力；他没有走向说教，甚至顶住诱惑，没有描绘他们的堕落后果。相反，他只通过暗示，消除了吴王夫妇作乐的简单表面，这些暗示只有读者能够理解。时间消逝，各种事物正在走向结束：水漏即将滴尽，太阳即将被山峰吞没，季节已是秋天，月亮即将沉入江中，而冉冉上升的朝阳将展示他们的未来。

观众知道所叙述情节的重要成分，其中的主人公却一无所知，这种手段基本上是戏剧的；它有力地唤起对于幻想和真实之间差异的注意。在王昌龄和储光羲绝句的动人风姿中，这一手段未起作用，但在李白诗的每一句中，它都占了主导地位。如果它完整地出现在较早的中国诗中，就会极其珍贵，将对同时代读者产生巨大的影响。它的感染力十分巨大，以致不适合于从诗歌的技巧规则或情绪方面进行评价。这是一首能够“哭鬼神”的诗。

除了《乌栖曲》之外，李白的《蜀道难》给同时代人留下了最深刻的印象。在此前的中国诗中，还从未出现过与《蜀道难》

相似的作品。殷璠称它为“奇之又奇”，将它划归于楚辞传统。这一归属是恰当的，有几方面理由。首先，楚辞以遨游宇宙的幻想，超凡脱俗的场景，及缤纷的男女神仙，将形象化的想象发展到了高峰。其次，在《蜀道难》的表面之下隐含着“招魂”的礼仪模式。正如巫师为劝说灵魂返回身体，生动地描绘了等待于各个方向的恐怖事物，《蜀道难》的诗人兼讲述者也试图劝说行人返回东方，夸张地描绘了多山的蜀地景观的恐怖。

在抒情诗的结尾雅致地唏嘘或叹息，这是十分合适的。但李白的《蜀道难》却开始于最粗朴的蜀人叫喊：

噫吁嚱，危乎高哉！
蜀道之难，难于上青天。

诗中接着以极其不规则的音节，进行了夸张描写，所用的句法形式甚至在优美的散文中也会被认为是散漫的：

上有六龙回日之高标。

这位诗人兼讲述者还忍不住直接对读者说话，将其当成了行人：

其险也如此，
嗟尔远道之人胡为乎来哉！

与大多数乐府读者所习惯的作品相比，这是较为活泼有趣的作品。

李白显然热衷于任何能够震惊同时代人的事物，而这些同时代人也对震惊极端敏感。游侠是十分普通的乐府题材：赞美游侠的勇气，或感叹他付出一生而无回报。游侠的价值观与京城名流相冲突，故诗人们通常小心地避免提到这一矛盾。但李白却强调这两种价值观之间的区别：

（边城儿）生年不读一字书。

他甚至通过比较将儒者置于不利的地位：

儒生不及游侠人，白首下帷复何益。

悲叹“时间飘逝”是最古老、最普通的乐府主题之一，但李白却对着太阳车的驾驶者狂呼，夸口他将超脱一般死亡：

日出入行

日出东方隈，似从地底来。
历天又入海，六龙所舍安在哉。
其始与终古不息，人非元气安得与之久裴徊。
草不谢荣于春风，木不怨落于秋天。

谁挥鞭策驱四运，万物兴歇皆自然。

羲和，羲和，汝奚汩没于荒淫之波。

鲁阳何德，驻景挥戈。

逆道违天，矫诬实多。

吾将囊括大块，浩然与溟涬同科。

歇斯底里的主人公出现在李白的许多乐府中，这一主人公有其前例：相似的呼喊出现于卢照邻的一些作品中，特别是在其《行路难》的结尾；更早则出现于鲍照的一些乐府中。

当诗人抛弃短暂跃入无穷时，在其变幻无常、自由驰骋的想象中，这种狂野不羁是可以预料的。面对无常，抒情主人公虽然报之以及时行乐的温和态度，但也喷涌出狂放的激情。他的乐府充满了溢酒的金杯、歌声、舞蹈及宴食。这类诗中最著名的是《将进酒》：

君不见黄河之水天上来，奔流到海不复回。

君不见高堂明镜悲白发，朝如青丝暮成雪。

人生得意须尽欢，莫使金樽空对月。

天生我材必有用，千金散尽还复来。

烹羊宰牛且为乐，会须一饮三百杯。

岑夫子，丹丘生，将进酒，杯莫停。

与君歌一曲，请君为我倾耳听。

钟鼓馔玉不足贵，但愿长醉不复醒。
古来圣贤皆寂寞，惟有饮者留其名。
陈王昔时宴平乐，斗酒十千恣欢谑。
主人何为言少钱，径须沽取对君酌。
五花马，千金裘，呼儿将出换美酒，
与尔同销万古愁。

中国诗歌传统中并不缺少及时行乐诗和饮酒诗，但此前从未有过一首诗以如此蓬勃的活力向读者述说。诗中说的是一件事：“人应该饮酒以忘记世上和死亡的忧愁。”它还说了另一件事：“与我同醉，不要吝惜金钱。”但诗人近乎疯狂的呼喊淹没了这种对社会礼法的极大违抗。

这首诗的充沛活力还体现在另一方面：将注意中心从主题本身——将一切事物都看得乏味陈腐——引开，直接指向抒情主人公。传统主题仅是用来体现个性的形式，李白在这方面的运用炉火纯青。我们后面将要讲到，在李白的非乐府诗中，这种对于创造和阐述个性的关注甚至还更突出。

在李白较不狂放的乐府中，对于背后的主人公的兴趣，同样超过了诗篇本身的表面叙述。正如同前一首诗试图呈现饮者的狂放状态，下引诗也试图再现情人的梦幻般迷惘境界。这种以片断场景表现诗人迷惘意识的手法，后来成为九世纪中叶诗法的一个基本部分。

长相思

长相思，在长安，络纬秋啼金井阑，微霜凄凄簟色寒。
孤灯不明思欲绝，卷帷望月空长叹，美人如花隔云端。
上有青冥之长天，下有渌水之波澜。
天长路远魂飞苦，梦魂不到关山难。
长相思，摧心肝。

“有所思”是乐府传统中最古老的主题之一。这一主题有某些必要的构成成分，李白用了其中的大部分：秋天，霜，蟋蟀啼声或蝉鸣，寒冷的床席，卷帷，望月，并总是伴随着山、云，或隔断情人的水，使得他或她见不到所思念的人。《长相思》的突出特征在于，李白将所有这些陈旧成分结合成一种完全崭新的东西：它们变成了一组视觉和思想片断，迷乱地掠过情人的意识，结果使得这首诗具有一种直接的动人力量，为此前对这一主题的处理所罕见。但要成功达到这一点，还需要读者了解这些意象的习惯联系。这是一首类型诗，但诗中所产生的情调与讲述者的情调是一致的：它试图将读者与讲述者等同起来，让他用自己的眼睛观察诗境，用自己的心灵感受诗境。

李白乐府的主题范围，覆盖了此前乐府主题的大部分：相思和征人之苦的主题较突出，但还有游侠诗、游仙诗、感伤短暂事物的诗、宴饮诗、描绘某一地区的美丽或艰险的诗，表现普通百姓苦难的诗，以及其他许多题材。与《长相思》一样，李白经常采用这些诗题的传统成分，但虽然受到这些限制，他的乐府在风格上却呈现出极其丰富的变化。如果说在《长相思》中，李白是从情人的内心来处理相思主题，那么他还能够从完全外部的观察来处理这一主题，如著名的《玉阶怨》：在诗中，读者可以看见女主人公的行动和姿态，并可以知道她内心的纷乱情绪，但诗人对这一情绪并没有作任何明确的提示。虽然李白缺乏京城诗人的圆熟精致风格，但他以一种熟练的独创技巧加以弥补并超过他们，这种独创没有一位同时代诗人（除了杜甫）能够匹敌。事实上，由于李白作品的创新和变化极大，竟难于从较多诗篇中归纳出共同特征。

前面所译的李白乐府，大多采用不规则的音节格式。虽然这种形式在较早的唐诗中已出现，但李白的运用远比任何先行者或同时代者频繁。初唐乐府主要是五言诗，其格式与其他诗的形式无法区别。八世纪初，随着七言歌行的流行，七言和杂言乐府也较多见了，七言歌行本身也经常含有少量杂言。这种杂言歌行和乐府，是以七言句为基础，加入少数三言句，也有五言句（但较不常见），由此构成音节的变化。但是在李白之前，没有一位诗人敢于像他的许多著名乐府那样，采用极端杂乱的句式。在最放任不羁的时候，李白用了长达十二音节的句子，并经常不顾诗歌的节奏，采用散文和赋的节奏。由于许多最早的汉乐府十分不规则，故李白诗的不规则具有一种原始的成分。但在李白乐府中，更重要的效果是一种自由的感觉，一种超越普通音节法则的愿望，与他自如地超越主题和类型成规相一致。

有时，李白也乐于尝试采用南朝和初唐乐府的守旧模式。《玉阶怨》就是一首这样的诗，诗中出色地将南朝“宫体”与盛唐绝句技巧结合在一起。李白的著名组诗《塞下曲》中的几首诗，明显地试图捕捉初唐边塞乐府的风貌。李白在接近其模式上的特殊“失败”，标志着前几十年中诗歌所发生的巨大变化。他未能充分消除诗歌个性以写出真正的初唐风格，“祸因”正在于他的天才。如《塞下曲》之三的开头：

骏马似风飙，鸣鞭出渭桥。

熟悉初唐诗惯例的读者，会立即看出这一开头是现成的陈套：皇家军队走出京城。修饰手法也是初唐的：“鞭”指代骑士，“出”是恰当的雅词，安置于句中的恰当位置。可是，“鸣鞭”却近于粗俗，而第一句相对来说，又太新异，太放肆，太直接。在骏马“似风飙”的充沛活力和鞭子的激烈响声中，李白所努力要获取的宫廷尊严又丧失了。但恰恰正是这种活力使得李白诗成为其后千百年中的审美享受，在这期间只有最忠实的古董研究者才会去读初唐乐府。

与许多同时代诗人一样，李白是绝句简洁艺术的能手，经常采用南方乐府风格。在这类诗中，李白往往捕捉优美动人的、令人难忘的瞬间形象。孟浩然常描写他的家乡襄阳，而李白描写襄阳时，却显得比本地人还要地道。李白提到了诸如“白铜鞮”的地方歌曲，以及著名的地方人物，如晋代的长官山简——襄阳历史上最大的酒鬼。

襄阳曲四首之一

襄阳行乐处，歌舞白铜鞮。
江城回渌水，花月使人迷。

孟浩然和每一位游览襄阳的人都不能不提到“堕泪碑”，此碑由贤明的地方官羊祜竖立。游览岘山一带的人都应该读此碑，并记起羊祜的美德而落泪。李白却扭曲和否定了这一惯例，以十分特别的方式采用了它，从而将自己与其他人区别开来：

且醉习家池，莫看堕泪碑。
山公欲上马，笑杀襄阳儿。

李白可以用储光羲《长安道》的起兴手法作为开头，引出长安的少年豪侠，但他在结尾留下的是声色之乐的笑声，而不是感伤的传统形象：

少年行二首之二

五陵年少金市东，银鞍白马度春风。

落花踏尽游何处，笑入胡姬酒肆中。

由于李白偶尔会提及为大多数诗人所忽略的日常生活的某些方面，一些现代批评家在他的作品中发现了“现实主义”。但事实上，真理多走一步就成了谬误，李白所描绘的是程式化场景中的理想情境和传统角色，经常表演集中体现他们存在的重要姿态（与同时代诗人的绝句技巧一样）。下引诗未包含在乐府中，但却是李白绝句技巧的出色范例：

越女词五首之三

耶溪采莲女，见客棹歌回。
笑入荷花去，佯羞不出来。

此类诗表现了天才，但却是能够捕捉幻想的天才，而不是热心观察现实世界的天才。

李白集子中对乐府和歌行的区分，可能不是出自诗人之手，而是出自某位编集者，甚至可能是一位宋代的编集者。尽管歌行比乐府更倾向于应景性，这两种形式仍相当接近。其接近的程度，可以从收于歌行部分的长篇《襄阳歌》中看出：这首诗中的一些部分是由四首《襄阳曲》中的片断组成，后者收于乐府。根据唐代诗题的自由变换（特别是在歌和曲一类诗体术语中），我们可以明白对这两部分的划分是十分武断的。

“歌”的部分包括了李白最著名的两组诗，《秋浦歌》和《横江词》。在许多方面这两组诗都是李白天才的标志：它们看起来简单明了，却无可否认地打下了李白诗歌个性的烙印。在这些诗篇的各色人物后面，站着诗人李白这一操纵的人物，诗人幽默地玩弄他的创造能力，让读者面对的是明显的不真实和嘲讽般的距离。

在《横江词》之一中，李白扮演了南方乡下人的角色，对风暴的威力表达了夸张的恐惧，读者和诗人则在诗篇后面带着优越的微笑观看。

> 人道横江好，侬道横江恶。
>
> 一风三日吹倒山，白浪高于瓦官阁。

注意前两句对立的典型行动，诗人在这里反对任何人的观点。但李白只是在诗中装腔作势，无论是他还是任何人都不会相信，因为诗篇的中心并不在这一角色，而是在诗人创造和扮演角色的能力。

随着组诗向前发展，李白发明了自己的各种新角色，补救了第一首的可笑人物，但同时也显示了诗人凌驾一切角色的力量。如第五首：

> 横江馆前津吏迎，向余东指海云生。
>
> 郎今欲渡缘何事，如此风波不可行。

在快速简洁的叙述中，我们看到焦急的津吏正指着背景上即将到来的暴风雨。但诗篇的真正中心是诗人的隐蔽角色：头发在风中飘拂，勇敢地面对即将来临的风暴，周围涌起山一般的浪涛。不过，诗人与其所扮演角色之间的嘲讽距离在此处依然存在。

组诗的第六首也是最后一首，显示了诗人角色的最后变化和极点。

> 月晕天风雾不开，海鲸东蹙百川回。
> 惊波一起三山动，公无渡河归去来。

“公无渡河”是乐府题，基于下述传说：朝鲜的一位津吏看见一个老狂夫，披着白发，提着壶，想渡过风暴中的河流。其妻追逐于后，想阻止他下河，但未能使他返回，老人堕入波涛汹涌的水中淹死。其妻援箜篌而奏《公无渡河》，然后也跳入乱流中。

组诗第一首的乡下角色，用南方的第一人称“侬”表示，在组诗第五首转变成愚昧而勇敢的“郎”。在最后一首诗中，他又成为神秘的、悲剧性的“公”，而“恶”的横江则变成巨大的、变幻不停的暴风景象，江中翻滚着鲸鱼，天上布满了不祥的预兆。但组诗的整体背景表明，甚至连最后一种角色也是伪装，是诗人创造出来的。这组诗并不是真的“关于”渡河，真正的兴趣中心在于创造的诗人，他对于艺术的彻底掌握，及他的控制和变化力量。

在最佳状态下，李白通常写的是他最喜爱的对象——李白。

以《古风》为题、包括了五十九首诗的一组诗，被置于李白诗歌的最早刻本之首，并且很可能至少曾被置于一个原始集本之首。虽然“风”字还意味道德影响的感人力量，但“古风”大致指“古代的风格”。《古风》的命题，这些诗篇的编成组诗，以及被置于全集之首，到底是出自李白之手，还是编者所为，无法确定。但《河岳英灵集》收入了这组诗的第九首，题为《咏怀》，这就启示我们，这组诗原来可能没有题目。《咏怀》这一诗题出自阮籍的著名组诗，但是到了唐代，它已经成为一个题材名称，殷璠将它安在一首无题诗上是十分自然的。无论《古风》这一诗题是出自李白还是编集者，就题材而言，都应解释为我们已经用过的概念：以建安、魏晋风格写成的复古诗。

除了第一首诗，或许加上最后一首，《古风》的编排并没有明确的次序。第一首是复古陈套，用诗歌表达对文学衰颓的感叹，体现了复古的文学史叙述，最后赞美唐代复兴了古代的价值观。最后一首则哀悼“道”的堕落。我们同样无法弄清这一构架出自李白抑或编者。在这一构架中，诗篇本身显得杂乱无统，没有理由设想它们是同时之作；然而，那些想证明这一组诗作于不同时期的尝试，都基于极其无力的时事解说上，同样难于令人信服。

李白的《古风》突出地沿袭了陈子昂《感遇》的传统。一些《古风》显然是单篇《感遇》的仿制品，在这里李白表现了出色的模仿力。《古风》所涉及的主题范围与《感遇》十分相似，包括了贤人失志、游仙、咏史、边塞及咏物寓言；对这些主题的处理，采用的是从《感遇》发展而成的公认的盛唐古风体格。即使这些诗未被当成组诗，它们也是对陈子昂的承袭。李白扮演的是蜀地诗人的现成角色。陈子昂的《感遇》、张九龄的《感遇》及李白的《古风》是七至八世纪最著名的三组复古诗，而这三位作者都来自边远地区，这是一个颇有意味的现象。

正如可以预期的，李白对于刻板的正规讽喻诗束手无策，对于允许驰骋想象的题材则得心应手。咏史诗和游仙诗使他的天赋得到了格外出色的发挥，这两种题材都涉及看不见的世界。陈子昂的《感遇》中，有一首咏周穆王周游天下，表现统治者狂热求仙的主题。这一主题确实十分古老，在早期道家经典及传说中已出现。在复古诗中，它要求作出道德评判，但只能是否定的，在两首《古风》中，李白吟咏了秦始皇及其带有传说色彩的求仙狂热，把这位皇帝描绘得威力强大但又疯狂无成。九世纪初，李贺沿袭了李白的秦始皇形象，在《秦王饮酒》一诗中将他改造成与时间和变化斗争的狂热巨人。李白所描绘的第二种秦始皇形象见于《古风》之四十八，这首诗基于一个传说：秦始皇想要建造一座横跨东海的桥，以到达日出之处；建桥时，他让一位术士驱动十一座山的石头，用鞭子把它们赶向海边。

秦皇按宝剑，赫怒震威神。

逐日巡海右，驱石驾沧津。

征卒空九寓，作桥伤万人。
但求蓬岛药，岂思农扈春。
力尽功不赡，千载为悲辛。

从最后一句看，这首诗可能含有某些时事意义。这句诗袭自《感遇》，在那里它确实指向时事阐释：由于古代的一些弊病复现于现在，所以引起悲酸。但是没有读者会忽略李白对秦始皇神奇形象的真实迷恋，这一点远胜过任何时事解释。

与乐府一样，古风为李白提供了虚构想象的机会。李白描绘逢遇仙人或遨游天空的情景，比描绘他实际出席的社交情景要更令人信服，这是李白才赋的一个突出特征。在想象中他最为自由自在，他的心灵眼睛格外清澈明晰。在《古风》之十九中，李白从空中俯瞰，看见了远处密集的安禄山军队：

西上莲花山，迢迢见明星。
素手把芙蓉，虚步蹑太清。
霓裳曳广带，飘拂升天行。
邀我登云台，高揖卫叔卿。
恍恍与之去，驾鸿凌紫冥。
俯视洛阳川，茫茫走胡兵。
流血涂野草，豺狼尽冠缨。

李白现存集子的最后，还有一些未收于《古风》组诗的古风诗。这些诗用的是较常见的唐代古风诗题:《效古》《拟古》《感兴》《感遇》《寓言》。这些诗可能是后来搜集的诗篇或伪作，最早的编集者或其中之一未拥有它们，也可能表明了李白古风诗原本有过的题目。

李白集的其余部分，包括了个人诗和应景诗的通常范围，此处李白显示出对律诗的一定反感。有关李白宫中生活的一则轶事说，玄宗传召李白，要试验他的诗歌能力，因为玄宗知道李白“薄声律，谓非所长”。与大多数同时代诗人的集子相比，李白的集子中，个人诗所占比例比应景诗大了一些。在其为数不少的应景诗中，有不少率意而为的作品，或被粗劣字句破坏了的好诗。李白所自豪地采取的自由放任笔调是需要付出代价的：他所喜爱的意象和词语一再重复出现，以至那些最陈旧的滥调流利平滑地经过读者眼前时，已不再会引起注意。率真自然的诗篇与仅仅是率意而为的作品之间，往往难以划分界限。

有时李白能够和写简朴的诗一样，写正规修饰的诗，虽然他缺乏写此类诗的雅致。即使在他最富于想象的描绘中，他的词汇仍相对地简朴。同样，在正规作品之外，他通常总是避免迂回曲折，他的句法异乎寻常地直截了当。他的作品充满了似乎曾经是口语或口头成语的词汇。冗长的、散文式的诗句所起的作用，普通诗歌语言用两三字就能达到（《经乱离后天恩流夜郎忆旧游书怀赠江夏韦太守良宰》第二十一句“临当欲去时”）。

同时代的贵族趣味可能会反感李白缺乏技巧，但他流畅简朴的风格使其作品有着持久的魅力。李白风格的最重要特征或许是简化和限制诗句之间和联句之间的联系。同时代诗人普遍地将一联诗看成基本的构思单位，结果他们的诗经常倾向于不用连接词的极端排比。李白使诗句重新成为基本的语法单位（虽然他也用过跨句法），在他的诗中，思想自如地、连续地通过诗句和联句之间的缝隙。读者从李白诗歌中感受到的活力和直率，多数来自他对联句之间障碍的减弱。京城诗人尽可能设法使诗篇的一句之间、一联之间和各联之间的联系复杂化，李白则设法使这些联系简单化，使它们直接可以理解。

李白在其他方面对突出气势和不受制约的关注，超过了文体方面。他在诗中所扮演的各种角色——仙人、侠客、饮者及狂士，全部都是处于士大夫兼宁静隐士的双重角色之外的行为类型。李白多数应景诗隐含着拒绝扮演“普通”诗人角色的信息，他扮演的是其他诗人从远处渴求的角色。通过这些角色，李白表明了他是“区别于”其他诗人的，而“区别于”意味着“高于”。作为一位生长于京城中心诗坛外部的人，李白以其独立性形成了一种新价值：他不仅仅是与众不同，而且是由于超越众人而与众不同。由于李白缺乏无可非议的社会背景，他不得不成为一个“发明自己”的诗人，不仅他那些自夸的书信如此，他的诗歌也主要与创造和解释李白相关。通过这种对自我的关注，李白将自己从诗歌传统中一些最严格限制的方面解放了出来，这些方面包括观察对象的被动性、人生欲望的压抑及外部世界的专制。王维可能是“诗匠”，李白却是第一位真正的“天才”。实际上，李白的风貌后来被用来界定诗歌天才。

《河岳英灵集》中选入的一首李白诗，正以这种异常而超越的李白作为对象。殷璠对这首诗的选择，表明李白所创造的自我形象在天宝时是受到赏识的。

山中问答

问余何意栖碧山，笑而不答心自闲。
桃花流水窅然去，别有天地非人间。

如果李白与其他人的社会相隔离，他就会成为独立的仙人或桃花源中的居民。题目的问答并未发生，李白已经与世间俗人隔断联系，故没有社交活动。李白本人扮演了高适《渔父歌》中不回答的渔父角色。其他诗人可能会说曾经遇到这样一个人物，但李白却自称是这个人物。

王维的一首名诗也运用了阻拦式的问答，但与上引李白诗有所不同，其不同的地方典型地代表了两位诗人的区别。

送 别

下马饮君酒，问君何所之。
君言不得意，归卧南山陲。

但去莫复问，白云无尽时。

在王维诗中，确实出现了对话的部分，但这一部分掩盖了处境的基本情况，因为细节是不重要的。这样一来，对话的中断涉及共同的性情和感觉，允许当下的理解。与之相反，李白的中断传达，所带来的是基本的、无法跨越的裂缝，将他与其他人分离开来。

李白的多数诗篇热衷于形成和突出自我形象，这一形象部分地被描绘为创造的诗人。这种情况出现在诗中的角色和各种转变的技巧，这些角色和技巧揭示了隐藏在诗后进行创造、操纵的诗人。所有的唐代重要诗人都描绘出了某种自我形象，但是在李白这里，这一行动处于中心位置。与王维不同，李白对如何感受外界没有多大兴趣；与王昌龄不同，李白对情调也无太多兴趣。他只写一个巨大的“我”——我怎么样，我像什么，我说什么和做什么。他对外部世界几乎全不在意——除了可以放头巾的支挂物。李白的诗是一种创造自我的诗：感怀诗人可以通过内省来表现自我，李白则通过独特的行为，通过不同于他人的姿态来表现自我。

夏日山中

懒摇白羽扇，裸袒青林中。

脱巾挂石壁，露顶洒松风。

自遣

对酒不觉暝，落花盈我衣。

醉起步溪月，鸟还人亦稀。

在李白集中，社交应景诗要多于类似上引二首的“个人”诗。然而，除了乐府之外，读者将此类“个人”诗最紧密地与李白联系在一起。

甚至在社交应景诗中，李白也经常将自己放在舞台的中心，如《宣州谢朓楼饯别校书叔云》中的名句：

抽刀断水水更流，举杯销愁愁更愁。

即使是在饯别朋友时，李白也是诗歌的主人公，与他在离别时的狂热情绪相比，别人的一点忧愁显得无足轻重。

与七世纪初的王绩一样，李白发现酒是获得精神自由和直率行为的工具。也与王绩一样，李白的诗所主要关注的是饮者而不是饮酒。此类诗中最著名的是组诗《月下独酌》之一：

花间一壶酒，独酌无相亲。

举杯邀明月，对影成三人。

月既不解饮，影徒随我身。

暂伴月将影，行乐须及春。

我歌月徘徊，我舞影零乱。

醒时同交欢，醉后各分散。

永结无情游，相期邈云汉。

在这首诗中，以及在大多数李白的作品中，孤立既不是孤独，也不是宁静的隐逸，而是为诗人提供了机会，显示创造性的、丰富的自我，以及以自己的想象控制周围环境的能力。只要有诗歌活动（以及来自世俗世界的观众），他就不会孤独。如果鸟和云离开了他，他能够找到更可靠的伙伴。

独坐敬亭山

众鸟高飞尽，孤云独去闲。

相看两不厌，只有敬亭山。

在诗歌想象中，诗人能够想入非非，任意地构造和理解世界。

李白不仅通过各种面具来展露他的存在和创造力量，而且还通过描写及诗歌技巧的其他方面来表现。同时代人和后代批评家在李白作品中看到的“奇”，其作用是引人注意诗歌后面的诗人，以及他的创新和独特之处。王维在描写中运用句法组合创造了“奇”，从而在最终说明感觉的性质。李白走向更大的极端，通过这样做强调诗人的构造和改造力量。李白可以令人惊奇地颠倒感觉，出现在地平线上的三座山峰变成了：

三山半落青天外。

夸张是使世界变“奇”的另一手法，如著名的《秋浦歌》之九：

白发三千丈，缘愁似个长。
不知明镜里，何处得秋霜。

李白的放任不羁、夸张，以及近于戏谑的机巧，这一切都促使读者对这首诗保持着嘲讽的距离。诗人既不寻求真实，也不寻求“真实的幻想”；诗中的虚假暴露无遗，从而体现了那位强大的作假者。诗人的狂放和夸张走得有点过远，但恰好用来不知不觉地破坏读者对诗篇的注意力，从而体现了李白，这位创造的、充分控制的天才。

这位付出如此多的精力以创造诗歌自我形象的诗人，也能令自己从通常要求个人反应的诗中完全退出。这似乎是自相矛盾的，但实际上并非如此：创造自我的力量中，隐含着否定自我的力量，这一点是王维所做不到的。正由于李白缺乏京城诗人对真实的追求，他才能驰骋虚构的想象，从眼前的世界及作为补充的个人反应中解放出来。例如，李白的怀古诗经常十分接近乐府，而不是在景象中明显插进个人反应的传统怀古诗。面对着古迹，其他诗人看到的只是古迹和自己的感伤，李白却看到了古代人物的纷繁演出。

越中览古

越王勾践破吴归，义士还家尽锦衣。
宫女如花满春殿，只今惟有鹧鸪飞。

简朴的语言、直露的旨意，以及生动呈现的想象，这些都是李白出自同一模式的作品的特征。

批评家和传记家经常讨论李白对道教的倾心，特别是他对神仙的崇拜。李白结交著名的道教人物，接受初级的道箓，有时在诗中显示对道教密旨的了解，这在大多数诗人那里是罕见的。玄宗对道教的扶植，使它成为宫廷宠臣的迷人捷径，李白走的正是这条路。李白从未参加进士考试，也从未表示在这方面有何兴趣，似乎也不可能为获得必不可少的引荐而努力。即使他参加考试，也极不可能通过，因为要想成功通过这条指向恩宠的标准“文学”之路，就必须结合社会和教育的有利因素。与王维相比，李白更算不上是宗教诗人：他所深切关注的，既不是道家的宇宙法则，也不是道教炼丹术的原始科学。对于李白来说，神仙不过是驰骋幻想的对象和释放想象力的工具。他们的异常与李白个人的异常感觉相应：“别有天地非人间。”

仙人经常出现在李白的《古风》，以及他的一些最出色的乐府和描写遨游宇宙的“歌”中。

元丹丘歌

元丹丘，爱神仙。

朝饮颍川之清流，暮还嵩岑之紫烟。

三十六峰长周旋。

长周旋，蹑星虹。

身骑飞龙耳生风，横河跨海与天通。

我知尔游心无穷。

就像李白的多数作品，在这首诗中，感觉的活动远远超过理智。如同赋中所曾达到的那样，诗人试图通过语词创造一种直接的、感官的体验。

李白描写在幻想中逢遇仙人的诗中，最出色的两篇也都是应景诗:《梦游天姥吟留别》和《庐山谣寄卢侍御虚舟》。这两首诗描绘了想象中的精神遨游，沿袭了楚辞的传统，不过在李白这里，遨游天空被理性化为做梦。虽然李白在一些《古风》诗中讽刺求仙，光明绚丽的神仙对他仍有着不可抗拒的诱惑力。

李白与诗歌传统保持一种奇特的联系：此前从未有诗人如此熟悉较早的诗歌，但又对这些诗歌的伟大成就满不在乎。李白坦然自若地从古代诗人那里借用著名词语和完整诗句，却从未真正感到被迫面对另一位诗人的天才——司马相如可能是个例外。甚至在实际上由别人的诗句杂凑而成的诗篇中，李白也体现了自己的特征，从未与别人相似。这一点可能像孟浩然，但李白表现得远为突出。相比之下，杜甫不是将诗歌传统看成诗句的巨大集子，而是看成一系列鲜明有力的声音；作为一位诗人，杜甫试图掌握这些声音，将它们同化进自己的特殊声音中。李白高度赞赏谢朓，经常提到他，从他的作品中借用词语，却从未写过一首与谢朓的代表作品有些微相似的诗。

鲍照或许是例外：他的乐府诗中有几首十分接近李白风格。可是，李白虽然会在诗篇开头采用鲍照的语调，却很快就转向完全属于自己的方向。例如，每一位唐代读者都会熟悉鲍照的《行路难》之六：

> 对案不能食，拔剑击柱长叹息。
> 丈夫生世会几时，安能蹀躞垂羽翼。
> 弃置罢官去，还家自休息。
> 朝出与亲辞，暮还在亲侧。
> 弄儿床前戏，看妇机中织。
> 自古圣贤尽贫贱，何况我辈孤且直。

熟悉李白的读者都可以推断，在先唐的所有诗集中，这首诗的开头对李白最有吸引力。事实上李白在写自己的《行路难》时，开始时显然想到了鲍照的诗，但他不动声色地彻底清除了鲍诗的刻板拘束：他拒绝仅满足于珍馐和美酒。而一旦李白在困境中抽出宝剑，他就转入了一个完全属于自己的狂放世界：

金樽清酒斗十千，玉盘珍羞直万钱。
停杯投箸不能食，拔剑四顾心茫然。
欲渡黄河冰塞川，将登太行雪满山。
闲来垂钓碧溪上，忽复乘舟梦日边。
行路难，行路难，多歧路，今安在？
长风破浪会有时，直挂云帆济沧海。

从鲍照那里，李白仅借来愤懑的姿态。对鲍照诗的较深理解，使诗人注意其心理呈现，其动荡情绪和不平决定。李白追随着鲍诗的行程，一直到结尾，但他那夸张的狂放表现了豪侠行为，与鲍照那可信的普通人的愤懑完全不同。这种方式与京城诗人对陶潜的理解和阐述恰相对应：虽然他们所描绘的盛唐式陶潜与那位晋代诗人大不相同，他们的修改却产生自对陶诗特性的真实兴趣。

在许多方面，李白对于同时代的京城诗歌世界都是一个局外人。他忽略京城诗人，而京城诗人也忽略他。王维或许是李白最著名的同时代诗人，但李白从未提及王维，王维也无视李白。这可能是由于两位诗人属于不同的社交圈子，或由于他们的诗歌观念相距甚远，缺乏遇合的共同基础。就我们所知，孟浩然并没有酬答李白的狂热赞美。王昌龄可能写有一首不重要的诗赠李白，这两位诗人处理绝句的方式有些相似，但王昌龄较温和，较有节制。京城群体的所有诗人中，只有李颀可能为李白的天才所动心，不过这一可能性还无法证实。而放在李白的最优秀作品之旁，李颀的诗黯然失色，变成仅是大声呐喊。

李白至少结交了两位重要诗人：高适和杜甫。高适遇见李白时，还不是名闻天下的诗人，但他似乎并未受到李白的明显影响。而杜甫遇见李白时，还仅是一位有前途的青年，李白对杜甫的崇拜的回报，仅是几首平淡的诗而已。传说中的两位诗人的友谊，不过是杜甫赠送和描绘李白的诗的产物。李白确实对杜甫诗产生了影响，但这一影响是在经过改造之后才渗入杜甫自己的复杂诗歌个性。在天宝中，李白的诗歌的确有一定程度的流行和影响：在岑参和几位次要诗人的作品中，以及在杜甫和李颀的作品中，都可以清楚地听到李白的回响。李白的“奇之又奇”对天宝趣味的形成起了重要作用，包括狂士角色、追求奇异及虚幻想象。但李白的影响产生自对一个独立的人的赞美，而不是通过共同诗歌交换而获得的稳定风格转变。李白的伟大无可怀疑，他在后代的影响巨大无比，但从宽泛的意义上说，他一直保持着孤独的、独一无二的形象。

杜甫：最伟大的中国诗人

贾晋华　译

尽得古今之体势，而兼人人之所独专矣。

元稹《杜甫墓系铭》

杜甫是最伟大的中国诗人。他的伟大基于一千多年来读者的一致公认，以及中国和西方文学标准的罕见巧合。在中国诗歌传统中，杜甫几乎超越了评判，因为正像莎士比亚在我们自己的传统中，他的文学成就本身已成为文学标准的历史构成的一个重要部分。杜甫的伟大特质在于超出了文学史的有限范围。

在九世纪初，元稹已经看出杜甫天才的基本特征，即丰富多彩，涵括万象。杜甫吸收同化了此前的一切，并通过这样做决定性地改变了自己的根源。杜甫作品的丰富多样成为一个泉源，后代诗人从中汲取各不相同的方面，从各种不同的方向发展了它们。实际上，杜甫研究中有一个陈套，即列举后代某一位名诗人从杜甫作品的某一方面发展出了自己的风格。每一时代都从杜诗中发现他们所要寻找的东西：文体创造的无比精熟，特定时代的真实个人“历史”，创造性想象的自由实践，以及揭露社会不平的道德家声音。杜甫诗歌作品的影响一直到他卒后几十年才产生，但他的杰出地位一旦确立，他就成为中国诗歌的顶点人物，没有一位后代诗人能够完全忽略他。

由于杜甫在诗歌的未来发展中扮演了构成的角色，说他处于“时代之前”恐怕是不恰当的。然而，在杜甫的时代，诗人们已经形成了统一的、无区别的诗歌特性，以对抗题材传统有力的离心影响，而杜甫却体现出多样化的才赋和个性。杜甫是律诗的文体大师，社会批评的诗人，自我表现的诗人，幽默随便的智者，帝国秩序的颂扬者，日常生活的诗人，以及虚幻想象的诗人。他比同时代任何诗人更自由地运用了口语和日常表达；他最大胆地试用了稠密修饰的诗歌语言；他是最博学的诗人，大量运用深奥的典故成语，并感受到语言的历史性。文学史的功用之一是指出诗人的特性，但杜甫的诗歌拒绝了这种评价，他的作品只有一个方面可以从整体强调而不至被曲解，这就是它的复杂多样。

复杂多样不仅表现在杜甫的全部诗篇，而且表现在单篇的诗作，他在诗中迅速地转换风格和主题，把属于几个范围的问题和体验结合起来表现。从这种“转换风格”中产生出新的美学标准，最后取代了统一情调、景象、时间及体验的旧关注。在较深刻的文字层次上，复杂多样体现为模糊多义的句法和所指，以及极端矛盾复杂的旨意。

有关杜甫的传统评价中，特别是唐代作家的评价，宇宙和造化的用语起了重要的作用，这些联系不仅说明了一种与自然的生成力量类似的诗歌，而且指出一种超越特定表现形式的统一诗歌性质。这同样是对杜甫作品复杂多样的认识，还可以用来部分地解释传统上在阅读杜甫作品时的强烈传记兴趣：这种复杂多变的诗人不能以任何简单的、缩小的类型来界定，如隐逸诗人、复古诗人，或“悲哀”诗人。统一的诗人只能是历史的人，创作诗篇的人。

文学史所关注的惯例、标准及其在时间发展中的转变，对于理解杜甫诗歌的作用很有限。在较早的唐诗中，惯例是基本的问题，它在暗中引导着创作。一首诗是艺术材料共同体中或多或少带有个性特点的作品。惯例的生成力量十分巨大，以至在小诗人那里，诗歌实际上是“自动合成”。对于王维这类大诗人，惯例是诗人可以用来产生个性的“语言”，诗人可以使用惯例，也可以避免它，或把它改造成某种个人的东西，但诗歌惯例始终是赋予所有变体意义的重要标准。甚至连极端个性化的诗人李白，也是通过嘲笑惯例，通过要求否定某些事物的对抗态度，才获得独立。

杜甫也从惯例中解放了出来，但却是一种不同的、较深刻的变化。有关杜甫的一个批评滥调是“无一字无来处”，但对于杜甫的运用传统，这一滥调不仅在表面层次上是错误的，在较深层次上也是错误的。杜甫对较早文学的掌握远远超过在他之前的任何诗人，但他真正地“运用”了传统，充分体现了运用一词的控制和掌握含义。传统文学和惯例极少支配他的创作。必须仔细检查杜诗，才能寻找熟悉的唐诗结构，而即使找到此类结构，也会发现它们在诗歌的整体结构上作用甚小。例如，攀登山峰是对觉悟过程的相应模仿，这是一个古老的主题，已经产生过千百首诗篇。王维在《登辨觉寺》中，用这一主题写出了优美的、高度个性化的作品。可是，结构和主题的惯例仍是构成这首诗的原始材料，就像其他同类诗作，“觉悟”是诗中的真正目标。在杜甫最早的诗作之一《望岳》中，也可以看见同样的惯例；但此处惯例模式是隐蔽的，而且其作用也是从属的，诗中真正的艺术和理性关注在于别处（见后）。阅读杜甫作品时，辨别诗人如何使用较早的特定字句和风格是一个基本的工作，但巨大的、变化不停的诗歌惯例整体，对于理解杜诗既不足够，也不重要。

考虑到杜甫诗歌的数量（大约一千五百首诗），以及加在它上面的价值，它与历史事件的密切联系，千百年来学者们竭尽心力追寻杜甫的生活细节，精确地为他的作品系年，是十分自然的事。许多困难的问题已经得到解决，其他一些无法解决的问题曾经被热烈地讨论。我无意于此处为历史问题加上什么新东西；而且，我将经常离开许多明确但并不可靠的结论，这些结论都是根据感觉的推论和渊博的学识得出的。对于文学史，传记只是一种构架，通常不要求精确的日期。但在阅读单篇作品时，有关事件的精确历史背景可能较为有用。

杜甫的许多诗篇无须涉及传记或历史背景就能读懂，但也有同等数量的诗是对重要政治历史事件的反应，其契合程度远远超过大多数同时代诗人的作品。这种与政治历史的契合，特别是与安禄山叛乱中事件的契合，使杜甫赢得了“诗史”的称号。对于杜甫卷入政治和社会问题的程度的估计，既不可过高，也不可过低。无关的或不清楚的历史背景必须排除，但在其他一些诗篇中，当时的政治问题在表面的事物和通过这些事物而增加的意义之间，起了重要作用，而在古代读者理解杜诗的方式上甚至更重要。政治和传记背景扩充了许多作品的范围，这些作品被看成是特定个人在特定历史时刻的言论。

杜甫出自京城地区杜陵的一个古老而有名望的家族，这一家族与洛阳地区似乎也有关系。杜甫是第一位家族根基在京城地区的唐代诗人，王昌龄可能是例外，他似乎出自太原王氏的一个分支，这一分支也落根于京城。杜甫对帝国的持久关注，很可能由于其家族与京城地区的联系而加强，因为只有在那里才会感觉到帝国对地方隶属的绝对统摄。那些产生过王维一类诗人的大家族，虽与皇室有密切联系，但对帝国本身的观念却较淡薄。

在杜甫之前，杜氏家族在唐代出现的最杰出人物是杜审言，他是杜甫的祖父，武后和中宗朝的宫廷诗人。可是，作为一个家族，杜家缺乏社会声望和权势。与许多到长安碰运气的地方人物不同，杜甫与大世族的成员并不缺少联系，但他与他们的联系却是高度从属性的。

杜甫生于七一二年，正与玄宗的漫长统治的开始一致。关于他的少年生活所知甚少，诗人后来自称是神童，其早熟的才华为年长的学者所称叹。他无疑希望这一传记惯例将充分引起他的后代传记家的注意（后来确实如此）。杜甫对自我形象的关注并不少于李白，但他通常更多地对后代人述说，而不是对当代人，那些未来的传记家是帮助他获得所渴求的后代声名必不可少的人物。与许多年轻诗人和文士一样，杜甫在二十岁左右漫游东南地区。其后，在七三五或七三六年，正当张九龄掌权时，杜甫返回长安，作为京兆府荐送的进士参加考试，却落第了。诗人再次外出漫游，此次是到东北，最后返回洛阳，在那里待了几年。

根据杜甫的自述，他在早年写了大量的诗。这些早期诗可能有一些保留了下来，散布于他的集子中，被系以后来的日期。有可能系年的最早诗篇可以定于八世纪三十年代末；直至八世纪四十年代前半叶，杜甫已经三十余岁时，才有一些诗篇可以肯定系年。在这些“最早”的诗作中，杜甫已不是初学的诗人，而是充分成熟的诗人，体现了稳定的笔调和鲜明的个人声音。有可能杜甫的少作在安禄山叛乱中及诗人晚年变迁不定的漂泊中丢失，但也相当可能杜甫实际上从集子中去掉了天宝前的所有作品及战乱前的大部分作品。

下引诗《望岳》，作于杜甫在八世纪三十年代末第一次东游时，或后来在七四四年的旅行中。这首是传统系年中最早的诗篇之一，但甚至在这首诗中，已经无可否认地出现了杜甫个人声音的标志：

> 岱宗夫如何？齐鲁青未了。
>
> 造化钟神秀，阴阳割昏晓。
>
> 荡胸生层云，决眦入归鸟。
>
> 会当凌绝顶，一览众山小。

这首诗的出色文体经翻译后黯然失色。这是一首戴了一半律诗面具的“古体”诗。诗中迅速的风格转换是杜甫艺术的特征：首联是随意松散的散文式语言，中二联转变成宏丽、曲折、精致的诗歌语言，尾联又变为直截了当的期望，模仿孔子的登泰山而“小天下”(《孟子·尽心上》，孔子“登泰山而小天下”)。

在译文中较易理解的是诗人对理性的兴趣，就像王维的理性兴趣，但属于极不相同的种类。中国赋予这座伟大山岳的近乎宗教的虔敬，使得杜甫将其描绘成一座巨大的、象征性的山，置于阴与阳之间的宇宙位置上（见第四句：暗的北面山坡是阴，阳光照耀的南面山坡是阳）。这座山是一个将被“认识”的秘密（见第一句），在询问这一认识中，诗人已经敏锐地意识到，从远处望山和从山上俯瞰，对于山的认识是不同的。对于“岱宗夫如何”的回答，只能从这两种认识的平衡中找到，这两种认识界定了登山的点，旅行正是开始于“望”，结束于“览”。在杜甫的想象性登山中，山没有形状，开始于宽广的全范围视界，一直绵延至古代的齐国和鲁国，诗人只看见无边的青翠，处于阴和阳的交接处，由其相互作用而调节。在他的眼光中，他逐渐地登上山，追随着飞鸟，直到最后在想象中完成登山，从绝顶获得补足的巨大视野。

在杜甫这首现存的最早作品后面，隐含着什么样的诗歌传统？杜甫既不屈从也不避开诗歌传统，而是用它来为自己服务。三部式结构保留了下来，作为单纯的形式构架，但在主题上诗篇却分成两个四句。结尾的回答不是从体验中得出的“结论”，而是一种平衡的选择。诗中不用时间顺序的直线进程，而是从眼前视境转向对过去的观察，又回到现在，最后指向未来。

开头的询问是咏物传统的基本问题，但这首诗并不同于此前任何咏物诗。在想象中登山并与觉悟相关，这方面的先例是苏绰的《游天台山赋》，可能还有李白的幻游庐山和天姥山。但是在他们手中，这些传统不是独立的模式，用来服从诗人所乐意的任何结合；而是带着某些伴随成分——佛教的觉悟或道教的幻想。杜甫则将登山主题作为独立的模式，用来服从重新阐释的需要，这里不是佛教或道教的价值观，而是模仿孔子的登泰山，将山置于宇宙秩序的地位，处于阴和阳之间。诗人的重新解释看起来可能十分温和，只是以一种幻想体验取代另一种，但却显示了处理传统材料的自由，这在他的唐代前辈的作品中是非常罕见的。

七四四年，在靠近洛阳的地方，杜甫遇见了高适和李白，李白当时失去了朝廷的恩宠，正在东行的旅程中。杜甫和两位诗人一起东游，访谒了年老的文士李邕，杜甫较早时已于长安认识他。

关于李白和杜甫的友谊已经有许多叙述，而描述两位诗人的区别一直是中国批评家最喜好的事情之一，包括传统批评家和现代批评家。李白和杜甫确实是很不相同的诗人，并列在一起时尤其引人注目，但从中国诗歌的标准看，他们之间的差别并未构成一些批评家所指出的基本对立。杜甫会有相当的理由看到自己作为一位诗人，正与李白处于同一传统，而在李杜作品所代表的诗歌类型与王维作品所代表的京城诗歌传统之间，存在着更为重要的差别。

杜甫十分崇敬李白。崇敬其他诗人本是杜甫的特点，被扩展至许多地位远低于李白的诗人。但是，李白对于杜甫具有特别重要的意义，在杜甫作于乱前的诗篇中，李白的声音可以较清楚地听到，超过了其他任何诗人。正如前面所提到，他们的著名友谊是一边倒的，他们最共同的基点可能是对李白的共同赞美。杜甫在一生中一再作诗赠李白，许多成为著名的诗篇——主要是由于两位诗人友情的神秘光彩，而不是由于内在的优点。这些诗中最出色之一是作于七四四年的早期绝句《赠李白》：

秋来相顾尚飘蓬，未就丹砂愧葛洪。
痛饮狂歌空度日，飞扬跋扈为谁雄。

葛洪是《抱朴子》的作者，这是一部包括了许多炼丹经验的道教杂录。诗中所描绘的狂放激情，被一种明确的忧郁情绪暗中削弱，这是一种失败无成的感觉，一种在衰颓的秋天世界里徒耗精力的感觉。诗篇采用了经常由李白扮演的狂士这一流行“类型”，但情调和背景的复杂改变了类型惯例的价值。同样的矛盾心理几乎重复出现于杜甫所描绘的所有人物类型中，从而使他比此前任何诗人更为复杂深刻地揭示了人的本质。

离开高适和李白后，杜甫在七四五年返回京城，再次决心求仕。在七四七年，玄宗下诏，为以前的落第者举行一次特别的考试，这似乎是一次很好的机会。可是，宰相李林甫使所有应试者都落第，以向玄宗证明没有贤人从以前的考试中漏网。在七四五年至七五五年间，杜甫实际上付出了整整十年的时间，试图建立在朝中任职的必要关系。在七五一年，诗人采取冒险的方式，向皇帝献上三篇赋。根据杜甫自述，这些赋获得了玄宗的宠顾。结果杜甫被召考试，通过之后，被通知等待吏部的职位。

获得任职资格与实际得到官职是大不相同的两码事，即使即将授予一个官职，其品类也在很大程度上依靠社会政治关系而定。杜甫过了几年也没等到任命。很多人已经证明这是由于李林甫的敌视，先是试图阻止杜甫中举，后来又阻止他授官。但杜甫当时地位低微，李林甫不可能对他有特别的敌意，更可能的是，反对杜甫的原因是与他有社交联系的某个人是李林甫的真正敌人，如李邕。

李林甫死后，杨国忠成为丞相，杜甫还是未得到任命。在七五四年，四十三岁时，诗人试图追随岑参和高适的榜样，向哥舒翰请求入幕，却未得到理睬。那一年发生的大暴雨及由此产生的饥馑使得杜甫带领全家北迁奉先。返回京城后，杜甫的任命终于来临，是朝廷所任命的最低县职。杜甫拒绝了这个毫无吸引力的官职，被改授太子府的一个官职。在七五五年末，他赴奉先探家，就在他离开时，安禄山率领东北军队叛变了。

杜甫的乱前诗与后来的作品相比，较明显地体现了与其他同时代人诗歌共同的成分。《饮中八仙歌》一类七言歌行，出自李白和李颀的醉酒狂士诗。一些七言歌行如《丽人行》，是对八世纪初流行的七言歌行体的时事改造。咏马诗如《高都护骢马行》，与岑参的诗相应，还有一些虚幻想象的诗如《渼陂行》，也与岑参相关。两组游何将军山林的诗（《陪郑广文游何将军山林十首》和《重过何氏五首》）出自京城应景诗传统。甚至著名的《兵车行》，也与张谓同时而较逊色的《代北州老翁答》相应。但这些相应只用来说明杜甫如何从根本上改造了他所触及的一切，他与同时代人的共同兴趣只在于最宽泛的风格、主题及类型范围。

杜甫与岑参的联系可以作为恰当的例子。在八世纪五十年代初，岑参已写出想象的、描绘的歌行，杜甫陪伴岑参兄弟游览长安附近的渼陂，写了一首模仿岑参风格及其“好奇”特点的歌行。出于友情和礼貌，杜甫沿用了一般的写法，以其主人或同伴的风格作为模式。但只要将杜甫的“模仿”成果与岑参的任何歌行比较，就可以看出杜甫的超越和极大的创新性。

渼陂行

岑参兄弟皆好奇，携我远来游渼陂。
天地黯惨忽异色，波涛万顷堆琉璃。
琉璃汗漫泛舟入，事殊兴极忧思集。
鼍作鲸吞不复知，恶风白浪何嗟及。
主人锦帆相为开，舟子喜甚无氛埃。
凫鹥散乱棹讴发，丝管啁啾空翠来。
沉竿续蔓深莫测，菱叶荷花净如拭。
宛在中流渤澥清，下归无极终南黑。
半陂已南纯浸山，动影袅窕冲融间。
船舷暝戛云际寺，水面月出蓝田关。
此时骊龙亦吐珠，冯夷击鼓群龙趋。
湘妃汉女出歌舞，金支翠旗光有无。
咫尺但愁雷雨至，苍茫不晓神灵意。
少壮几时奈老何，向来哀乐何其多。

月亮出现于蓝田关，倒映在湖中，成为骊龙吐出来的珠：杜甫的虚幻想象将岑参对荒漠景象的夸张描写降低为拘谨的呼喊。杜甫准确地看出岑参的基本特征是“好奇”，一种想以奇异超越别人的愿望。此处超越者被超越了。

有许多成分将这首诗与岑参作品及其他同时代人作品分别开

来，其中之一是有意地打破类型的统一，这就是标志着杜甫一生诗作的“转换风格”。而且，很可能就是这一特征使杜甫未能得到同时代人或直接后辈的充分赞赏。在八世纪，情调统一的要求十分强烈，岑参可以不注意结构的统一，将应景结尾挂在边塞歌行的后面，但他却小心翼翼地遵守情调一致的要求。无法想象杜甫的同时代人会如何看待上引这样一首歌行，诗中在描绘天气的多变时，也暗中多次改变情调和风格。《渼陂行》开始于事件的直接陈述，很快转向可怖的暴风雨和想象的魔怪，接下来是快乐的船歌，然后“登上”倒影的山。正如可以预期的，登山的高潮是众神狂欢的光怪陆离幻象，但杜甫以凡人对风暴的畏怯暗暗削弱了神灵的光辉，因为“雷雨”将伴随众神而来。结尾诗句有意地写得古朴，采用了汉武帝《秋风歌》的陈语，放在此处表明平凡的诗人未能知晓的“神灵意”，由于神灵呈现的雷雨而可以理解了。从始至终，杜甫的主题穿过各联诗的界限，然后却在同一联诗的中间转换旨意。

杜甫的繁复变化在同时代人看来，可能太过分了，但恰恰正是这种体验的丰富多变吸引了许多后代的赞赏者。气候、情调及主题不断地变化，戏谑和敬畏和谐地并置。诗歌传统并未被遗忘：游湖可以成为登天（张说《和尹从事懋泛洞庭》）；可以用古老的真理结束全诗，如同王维的一些诗；传统上众神光辉幻象的难以知晓；但从未有一位诗人会由于忧虑气候变化而不能理解“神灵意”。

由于杜甫有意地忽略类型的统一，故他从未为约定俗成的诗歌题材规则所阻碍。以此前的诗歌为背景阅读杜甫作品，没有一位读者不会注意到，杜甫写了许多其他诗人未曾提到的事物。后代诗人虽然学习杜甫的自然主义，处理日常生活细节，却很少能够达到他在态度和意旨方面的自由随意。这种自由随意使得杜诗体现出一种宽容的人性，甚至连现代西方读者都能明显感受到。这种随意不拘可以出现在最简单的方面，如善于讲述在有关场合中最自然的事情。在过访从侄杜济时，杜甫告诉他不要由于从叔而困扰：

所来为宗族，亦不为盘飧。

在较重要的方面，这种随意不拘可以表现为严肃情形下的幽默闪光，而这种幽默丝毫不会损害严肃意义。下引诗是吟咏七五四年的暴雨的组诗《秋雨叹三首》之二：

阑风伏雨秋纷纷，四海八荒同一云。
去马来牛不复辨，浊泾清渭何当分。
禾头生耳黍穗黑，农夫田父无消息。
城中斗米换衾裯，相许宁论两相直。

结尾对市场价格的简述，以前都是杂史和轶事集的材料，而不会进入诗中。三世纪时张协的《杂诗》在诗歌方面最接近：

尺烬重寻桂，红粒贵瑶琼。

张协的对句为对偶而作的夸张、修饰变化，代表了晋代诗法。而杜甫的市场景象，及论价成功和情愿如此的语言，与张协的诗属于不同的世界。更重要的是杜甫的场景中那轻微的谐趣笔触，这是一种与购物者——或许是他自己——的冷漠距离，这位购物者正急于用昂贵的衾被交换“仅仅”一斗米。这种谐趣并没有削弱情形的真正严肃性，而是指出了以米为重的价值观的真实次序，与平时市场的错误价值观相对立。杜甫是最早发现悲喜剧力量的中国诗人之一，在悲喜剧对立冲力的结合点，显示了标志杜甫作品复杂性的另一方面。杜甫总是喜好复杂化，进入对立范围，“完成”对事物和体验的认识。

上引诗同样明显地体现了“转换风格”：诗篇开始于宏壮的诗歌措辞，以宇宙视野描绘巨大云层下面的整个世界，然后在第二联接以伦理和哲理的联系（三句出自《庄子》，四句是成语）。第三联出自农村谚语，并引向尾联的城市简述。此外，开头一句还否定了“无一字无来处”的说法：不仅没有前人用过“阑风”和“伏雨”的词语，而且没有一位评注家能够完全确定这两个词语的意思。这两个词语既响亮又不祥，混合了威胁和毁灭的言外之意；它们给诗篇开头带来的混乱和不定，一直贯穿全诗，表现在无法分辨事物，消息断缺，以及最后的价格混乱。

杜甫的复杂多样最鲜明地体现在叙述个人经历的长诗中，他一生中都在写着这类诗。最早的重要范例作于七五五年，正当反叛爆发前夕，这就是《自京赴奉先县咏怀五百字》。几年后，跟随着这首诗，出现了更著名、更充分地发展了这一形式的典范诗：《彭衙行》和《北征》。第一首诗太长，无法全部引出，但做一些摘录可以提供对此诗丰富内容的认识。诗篇开始于自我嘲讽和自负傲气的奇妙混合，这种混合后来成为杜甫自我形象的特征。

杜陵有布衣，老大意转拙。
许身一何愚，窃比稷与契。
居然成濩落，白首甘契阔。
盖棺事则已，此志常觊豁。

散漫的自我分析在中国诗歌中有其先例，但杜甫的复杂陈述——结合了嘲讽、严肃及辛酸，反映了一种矛盾和深度，没有一位此前的诗人能够匹敌。诗篇的前三十二句是扩大的独白，诗人在其中与自己争论，为自己不管反复失败而坚持求仕的行为辩护。然后在第三十三句，诗人突然转向诗篇的主题——旅程的叙述。

岁暮百草零，疾风高岗裂。
天衢阴峥嵘，客子中夜发。

霜严衣带断，指直不得结。

凌晨过骊山，御榻在嵽嵲。

蚩尤塞寒空，蹴踏崖谷滑。

瑶池气郁律，羽林相摩戛。

杜甫在凌晨穿过寒冷黑暗的旅行是不祥的、神秘的。他在清早经过的宫殿，并不是宫廷诗人所描绘的园林、池、亭、台的宫苑，而是一个戒备森严的堡垒，羽林军在此似乎真正发挥了作用，而不是如同大多数诗歌所描绘的装饰品。杜甫继续推想森严戒备后面的世界，正在举行欢宴，赏赐权贵。这种欢宴对于唐代读者本来是很熟悉的，但杜甫却以普通百姓的贫困苦难作为平衡对照，正是这些普通百姓提供了宴饮和赏物。

接下来杜甫转向对外戚的谴责：

朱门酒肉臭，路有冻死骨。

诗人很快又转回来叙述旅程，生动描绘了波涛汹涌的河水，窸窣作响的桥梁及过桥的危险状况，行人的互相牵携。最后，杜甫到达了其家所在的奉先。

入门闻号咷，幼子饥已卒。

……

所愧为人父，无食致夭折。
岂知秋禾登，贫窭有仓卒。
生常免租税，名不隶征伐。
抚迹犹酸辛，平人固骚屑。
默思失业徒，因念远戍卒。
忧端齐终南，澒洞不可掇。

这种体验在杜甫之前的诗歌中极少见到，即使出现（如《悼亡》题材，或卢照邻自伤疾病的抒情诗）也通常是风格仿效多于体验认识。而杜甫不仅表白了心迹，还交织融汇个人体验与民众体验，个人价值观与民众价值观，以及劝说评论、叙述、象征描绘及抒情感怀。为了抵抗这种复杂化的离心冲力，杜甫以新的统一法则将诗篇集中起来，包括类比（皇帝对大臣的赏赐和父亲对子女的供养）、主题的微妙延续（诗人希望像后稷和契一样，成为伟大家族的创立者，而后来却是其子的死亡），以及神秘的时事象征传统（朝廷中过度的阴律体现于黑暗意象和洪水景象）。这些安排全无人工的痕迹；相反地，杜甫似乎在无意中掌握了事物的内在模式，能够统摄此前诗歌结构的一切惯例。

安禄山率领东北军队反叛是八世纪中叶的中心事件。盛唐诗人不可能没看到它的重要性，但八世纪五十年代的重大事件却很少被写进诗歌，这一事实主要是关于诗歌本质的普遍观念在起作用，而不是无动于衷的表示。在岑参看来，中亚的风雪是合适的诗歌题材，而怛罗斯河的战斗却不合适。战争只能在送别、个人叙述及游览战场的诗中顺便提及。所以只有极少数诗人描写了安禄山叛乱本身。目前关于安禄山叛乱是唐诗重大题材的说法，几乎可以完全归因于杜甫，归因于他对叛乱中的战争及个人经历的描写。

在七五五年底，东北军队攻陷洛阳，安禄山在洛阳称帝，叛军向西击溃了唐军，占领长安。玄宗仓促逃离京城，途中皇家卫兵呼吁并得到允许，处死了宰相杨国忠和玄宗宠妃杨贵妃。在七五六年夏，玄宗让位太子；不久肃宗在长安西面的行都凤翔组织了军队。

叛乱爆发时，杜甫似乎在北部的奉先，他很快将家庭迁移至更北的羌村。几年后，他写了一首诗叙述此次旅行，即《彭衙行》。

忆昔避贼初，北走经险艰。
夜深彭衙道，月照白水山。
尽室久徒步，逢人多厚颜。
参差谷鸟吟，不见游子还。
痴女饥咬我，啼畏虎狼闻。
怀中掩其口，反侧声愈嗔。
小儿强解事，故索苦李餐。
一旬半雷雨，泥泞相牵攀。

既无御雨备，径滑衣又寒。
有时经契阔，竟日数里间。
野果充糇粮，卑枝成屋椽。
早行石上水，暮宿天边烟。
少留同家洼，欲出芦子关。
故人有孙宰，高义薄曾云。
延客已曛黑，张灯启重门。
暖汤濯我足，剪纸招我魂。
从此出妻孥，相视涕阑干。
众雏烂漫睡，唤起沾盘餐。
誓将与夫子，永结为弟昆。
遂空所坐堂，安居奉我欢。
谁肯艰难际，豁达露心肝。
别来岁月周，胡羯仍构患。
何当有翅翎，飞去堕尔前。

这首诗和《自京赴奉先县》有较大区别，这就警告我们不要将杜甫对既定主题的处理一般化。《彭衙行》未采用“转换风格”，是一首简单动人的叙事诗，比杜甫之前的任何诗人更自然主义地处理一次经历。杜甫称这首诗为“行”，但它并不符合八世纪关于“歌行”的观念。它事实上是一首特殊类型的应景诗，是写给某人看的个人叙述，一封韵文信。但这一题目所代表的诗体含有乐府意义，允许自然主义的细节描写，并赋予其经历以普遍的意义。

杜甫将家庭迁移至安全地点后，就返向南方，却被叛军捕住。在叛军占据的长安城中，杜甫悲叹着唐军的一再失利和伟大城市的衰败。在七五七年春，杜甫潜逃出叛军阵营，到达凤翔行都，被授予左拾遗的要职。由于支持无能而善意的宰相房琯，杜甫陷入了严重的麻烦。事后他请求离开朝廷省亲。正是在此次赴羌村的旅途中，诗人写下了最著名的长篇叙事诗《北征》。

杜甫回到羌村数月后，长安被收复，紧接着洛阳也被收复，但叛军残部仍占据着东部和东北部。肃宗和退位的玄宗回到长安，杜甫亦返京重任左拾遗。七五八年，在对房琯的拥护者和叛乱中新任命官员的大清洗中，杜甫被贬至华州任低职，华州在长安和洛阳之间。与正在邻近的虢州的岑参一样，杜甫对此次贬逐极其不满。在七五九年杜甫五十八岁时，他辞官奔赴远在西北的秦州。杜甫的一千五百首诗中，约有六分之五作于赴秦州之后，即他生活中的最后十一年。

杜甫在叛乱中所作的诗，包括了许多最著名的作品，但与较早的诗作相比，这些诗的绝大多数并未形成真正的变化。它们所描写的感情往往更激烈，所体现的风格往往更精熟，但它们的丰富变化大多数属于杜甫在乱前就已形成的各种诗歌类型。如著名的《哀江头》，部分出自《丽人行》的七言歌行风格；分为两组的六首社会批评歌谣《三吏》和《三别》，出自《兵车行》。但这一时期还出现了一些杜甫所写过的唯一的真正守旧诗：在任左拾遗期间，杜甫写了一小批应景诗和台阁诗；这些作品在同类型诗中是最出色的，但基本上与其同僚岑参、贾至甚至王维的诗属于同一模式。杜甫作有一诗赠王维。

杜甫在这一时期的作品中，真正出现重要创新的方面是律诗。妻子和家庭历来极少出现于诗歌中，最多只在个别主题和题材中偶尔提及（例如，陶潜模式的隐逸诗），但肯定不属于律诗。而杜甫不但在古体诗中大量写了他的家庭，如《彭衙行》，而且还在律诗中优美地描绘了他的妻子，如下引作于沦陷长安时的著名诗篇。

月　夜

今夜鄜州月，闺中只独看。
遥怜小儿女，未解忆长安。
香雾云鬟湿，清辉玉臂寒。
何时倚虚幌，双照泪痕干。

这首诗的突出特征，不仅在于所抒写的人情极其感人，而且在于改造了一些最古老、最做作的诗歌比喻，杜甫的妻子是用“美女”的传统特征构成的，她变得洁白如玉、云鬟袅袅，周围缭绕着香气和湿气。这些是后妃、宫女及乐府程式化角色的特征，从未用来描绘妻子。分离的朋友或情人共享月光，并由于同一明月和相同的注视而团聚，这也是古老的写法。还有折射思念，诗人思念着远处的某人，设想他反过来也一定正在思念自己，如王维著名的思念兄弟的绝句《九月九日忆山东兄弟》。诗篇以妙语结束，写得和宫廷诗时代的作品一样精巧：月光能够使泪痕变干，因为他们正并肩共享明月。从这种陈套化的传统中，杜甫写出了流传千古的诗，动人地、自然地抒写了夫妻情爱。

与早期诗歌一样，杜甫较自然主义地描写了前人从未提及的题材。诗人们可以合法地抱怨官场的束缚，可以希望躲入较自由的生活，但此类诗中从未允许提及其作者被迫做累赘公务。在表现仕宦生活与个人生活相冲突的诗中，从未出现讲述坐在书案前，面对大堆紧迫公文的情景。但杜甫却以一个幽默的诗题生动地讲述了这种情景，《苦热》的诗题出自南朝（王维也写过此题）。

早秋苦热堆案相仍

七月六日苦炎蒸，对食暂餐还不能。
每愁夜中自足蝎，况乃秋后转多蝇。
束带发狂欲大叫，簿书何急来相仍。
南望青松架短壑，安得赤脚踏层冰。

王维在《苦热》中，大概也有十分相似的感觉，但由于他对诗歌典雅法则的敏感，只以温和的夸张处理这一主题，以脱离乏味的世俗生活来解脱酷热。

对于杜甫诗歌的后来发展更重要的是一种较深刻的感觉，一种世界的内在象征秩序。大多数唐诗是非虚构的，诗人们观察实际世界，发现其中包含着意义丰富的结构。在大多数诗人的作品中，世界秩序相对简单和可以理解（如山的结构引人“向上”达到超越）；此外，景象的所有组成部分不必具有意义，读者允许诗中的各种成分简单地呈现，因为这些成分正存在于景象之中（虽然它们可以渲染气氛）。而在杜甫的诗中，意义和秩序的各种可能性被复杂化至矛盾的地步，并回响于诗中的每一个字。

对 雪

战哭多新鬼，愁吟独老翁。
乱云低薄暮，急雪舞回风。
瓢弃樽无绿，炉存火似红。
数州消息断，愁坐正书空。

此处所描写的政治形势，使得传统批评家一直将这首诗定于杜甫沦陷长安时，作于唐军败绩青坂和陈陶之后。

在季节的象征循环中，冬天紧接秋天的衰颓，是最黯淡消沉的时刻。它是“阴”和“玄”的季节，但又是允许再生的季节。政治世界和季节所体现的宇宙循环及眼前景象之间的各种对应，都出现在杜甫所描绘的雪景中。

题目《对雪》包含了诗人和外部冬天世界的主要对立。实际上，杜甫对这一主题的处理，明显地模仿了七世纪诗歌修辞的正规描述。首联以列名的方式重复了主要的对立：外面，在天边的战场上，有许多“新”鬼，年轻人未到时间就非自然地被杀死；里面，是孤独的“幸存者”，本来符合死亡年龄的老年人。城市在诗中消失了，只有诗人“对”着被“对”的雪的世界，死亡和冬天的世界。自我孤独地处于无人的或鬼魂出没的世界，这是杜甫诗歌的典型场景，此诗则是其最早范例之一。

在次联中，所对的世界更接近了，先是天上的云，然后是窗前飘舞的雪。这些是无秩序和叛乱的在自然界的对应：乱云是“叛乱的云”“混乱的云”；急雪是“战争紧急的雪”“急迫的雪”。这些双重含义标志着人类世界与无人景象的神秘对应。诗人面对着一个无秩序的世界，夜晚日益增加的黑暗中又出现一片白色，而黑与白、暗与明的突出呈现，仿效了（如同杜诗在其他地方所表现的）宇宙力量的交互作用。

第二联处理了“所对的事物”，第三联则处理了平衡的“对者”——诗人及室内世界。每一联处理了主要对立的一个方面，引申了首联的一句。冬天世界的对立面是温暖、光明及色彩——酒已喝尽，炉火正在熄灭，并在烧成灰烬时变得更红。

这首诗一直在向内集中，从天边逐渐接近，进入房间，到达温暖鲜亮的火炉。故结尾的“反应”要求相应的向外运动，但在此之前，还应在“对”的联系中引入一个新的方面，即隔断，消息被隔断了，进不来，信息也被隔断了，出不去。诗人在两个世界的交接处做出了无效的反应姿势，在空中写字，这是无法传达的迹象，无法穿越障碍进入冬天的无秩序世界。《对雪》在形式、风格和关注点上，都是杜甫的“经典”律诗的早期范例，在此类律诗中，诗人面对的是一个充满神秘对应的世界。在此诗中，这一神秘世界可以被解说，而在杜甫后来的诗中，这一世界可以是片断的组合，保留了象征，却不再落入这种容易理解的模式。

在七五九年，杜甫放弃了华州的官职，往西北赴秦州，在那里待了不到两个月。不再在朝中求官后，杜甫似乎开始将全部精力用在诗歌上，虽然他如同大多数退向个人生活的诗人一样，从未完全放弃政治价值。在杜甫生活的最后十一年中，政治事件和“外部传记”减少了重要性，诗人的“内部传记”占了主导地位。杜甫最后十一年的诗发生了重大的变化，但仍须简要概述一下外部的传记。

在七六〇年，杜甫从秦州向西南出发，翻越山岭，到达成都，这是西部最大的城市，他的几个朋友已经在此任职。杜甫抵达未久，严武也来此任节度使，严武及其父亲都是杜甫的朋友。杜甫在城郊盖了著名的“草堂”，在此度过了一生中一些最快乐的日子。在七六二年，严武入朝，成都军队作乱，杜甫从城中逃走，大概是怕受牵连。叛乱平息后，严武复职，杜甫被任命为节度参谋，这一任命可能主要是出于赞助，而不是考虑他的军事才能。在七六五年，严武去世。杜甫在同一年开始沿长江而下，一路上在几个城市停留。其中停留最久的是夔州，即白帝城。从七六六年至七六八年，诗人在那里写了近乎现存作品四分之一的诗，包括许多最著名的作品。从夔州诗人沿江下行，到达江陵，然后往洞庭湖及周围地区，于七七〇年卒于那里。

大多数诗人在发誓放弃仕宦、过简单的“隐居”生活时，已拥有充足的资产和庄园，可以优雅地享受隐居乐趣。杜甫显然没有这样的财产。他放弃政治生涯和华州官职，奔赴无把握的秦州，是一个重大的、富于戏剧性的决定。这种严肃的生活决定，对于以“诗言志”的诗歌观念为背景的作家，必然要产生影响，这样的作家所表现的是个人对历史世界的反应。

秦州是杜甫诗歌的变化期。这一时期最著名的诗大概是《秦州杂诗》二十首。他前一时期在京中任职时与京城诗人的密切联系，在这组诗中的一些篇章还可轻微听到，如组诗之十与王维的后期作品十分相似，只是改换成边塞背景。

云气接昆仑，涔涔塞雨繁。
羌童看渭水，使客向河源。
烟火军中幕，牛羊岭上村。
所居秋草静，正闭小蓬门。

在所有中国诗人中，杜甫或许是最不愿意让自然界以本色呈露的一位，在他笔下，自然现象极少看来是随意的或偶然的，也极少仅因其存在而引起注意，如孟浩然一些最优秀的诗所描写的那样。物质世界充满了意义，有时是明显的对应，有时是逗人的隐藏。但是，根据杜甫诗歌中复杂性的整体现象，连这种观察也从属于特殊的情况。在一些秦州诗中，特别是在《秦州杂诗》中，象征世界未出现，代替它的是对同时代人的类型诗法的熟练运用：世界的各种事物不是隐蔽秩序的象形文字，而是复杂的心理状态的标志。下面是组诗之十七：

边秋阴易夕，不复辨晨光。
檐雨乱淋幔，山云低度墙。
鸬鹚窥浅井，蚯蚓上深堂。
车马何萧索，门前百草长。

夜晚增长，秋空晦暗，秦州成为“北”的类型标志：阴暗，潮湿，及孤独。

《野望》历来被划归于秦州时期，这一系年的证据不足，主要基于内证，但数百年来对杜甫的风格变化具有敏锐感觉的批评家却认为是可信的。这是杜诗中写得最为荒凉的作品之一，将秦州时期的类型兴趣与宇宙明暗力量交互作用的象征模式结合起来，描写阴暗逐渐覆盖了秋天的萧瑟荒莽山野。

清秋望不极，迢递起曾阴。
远水兼天净，孤城隐雾深。
叶稀风更落，山迥日初沉。
独鹤归何晚，昏鸦已满林。

阴—阳象征在杜甫诗中起了重要的作用，宇宙论词语是讲述普遍事物时最现成可用的词汇。这位经常被引向矛盾的诗人，不会错过各种秋天传统特征的自相矛盾：秋天以清澈而著称，故允许第一句的远方视野，结尾增加的黑暗和“阴”的力量却成为诗的结尾。阴影扫过秋天的远景，只有落尽树叶的树枝空隙偶露光亮。但随着黑暗的逼侵，落叶也被新的暗点取代，被黑夜返巢的黑色不祥乌鸦取代。独鹤是诗人的自然对应，正处于黑暗中间，孤独无依，无法找到栖息之地。

祈愿是杜甫逃开黑暗死亡世界的典型反应。早在青年杜甫面对未登的泰山的诗篇中，已出现祈愿语气。它经常重复出现在他的后期诗作中，如在成都时，诗人在自己的屋顶被秋风刮走后，祈求出现一座大厦，庇护天下寒士。在现实世界的形式中受到限制的，诗人就在祈愿中寻求解脱。

万丈潭

青溪合冥莫，神物有显晦。
龙依积水蟠，窟压万丈内。
跼步凌垠堮，侧身下烟霭。
前临洪涛宽，却立苍石大。
山危一径尽，岸绝两壁对。
削成根虚无，倒影垂澹瀩。

黑知湾澴底，清见光炯碎。
孤云倒来深，飞鸟不在外。
高萝成帷幄，寒木垒旋旆。
远川曲通流，嵌窦潜泄濑。
造幽无人境，发兴自我辈。
告归遗恨多，将老斯游最。
闭藏修鳞蛰，出入巨石碍。
何当炎天过，快意风雨会。

与《渼陂行》中的纷繁神灵相比，秦州附近的潜龙属于不同的世界。在秦州时，杜甫晚年的沉郁风格开始出现，虽然主题转变，风格却相对地一致（秦州诗及赴蜀旅行诗尤其如此）。但与《渼陂行》相比，诗人与所观察世界之间的区别关系甚至更明显。

渼陂之游曾经是杜甫实践自由想象的机会，其奇幻设想基本上结束于设想本身。“登”游倒影中的山并不是统一象征幻象的一部分，而是作为想象“材料”的场合的一部分。光辉神灵的旨意是不可知晓的；诗篇以人世欢乐变化无常的“古代真理”结尾，如同原始的汉诗，这一“真理”与游览本身的体验相关。

在《万丈潭》中，倒影成为世界的镜子，悬崖环绕的神秘小湖，投射出诗人为“根虚无”的巨石所环绕的形象。倒影的表面是交接的路口，只有龙能够通过，它从蛰伏之处伸展跃出，在云中施展力量。这一幻象的全部意义可能无法彻底了解——这是自然界的“秘密”；但这一体验并非有意展示诗人的独创力量，不如说，诗人力求表现奇特的经历。帝王主题在诗中起了一定作用，但帝王与龙之间并没有简单的隐喻等同，龙只是包含了一种帝王也具有的力量。

杜甫从秦州地区翻山越岭，到达成都，为纪念这次旅行，他写了一些宏壮的山水诗，风格与《万丈潭》相似。但诗人一到成都，似乎就觉得自己和世界都较安定舒适了。对于杜甫来说，成都的几年是丰富多产的时期，他在继续发展旧的诗歌兴趣的同时，又形成了新的关注。成都诗的最突出特点，大概是作为老人的成熟的、半幽默的自我形象。这一自我形象明显出自旧狂士的传统“类型”，但杜甫已将其复杂化得面目全非了。

《江畔独步寻花七绝句》是这一自我形象的著名范例。下引是组诗之二。

稠花乱蕊畏江滨，行步欹危实怕春。
诗酒尚堪驱使在，未须料理白头人。

这首诗可以引起幽默感或畏惧感，但诗人“在两者之间”的状态体现了其典型的复杂多样，他还年轻，足以被繁盛逼人的春天所“驱使”，但又已经太年老，无法适应它——“欹危”。但作为老年人的主要作用是和他人以及被驱使的自我保持距离，这一距离允许他以幽默的畏惧观察自我。

在著名的《茅屋为秋风所破歌》中，杜甫这种半幽默、半怜悯的自我形象表现得最明显：

八月秋高风怒号，卷我屋上三重茅。
茅飞渡江洒江郊，高者挂罥长林梢，下者飘转沉塘坳。
南村群童欺我老无力，忍能对面为盗贼。
公然抱茅入竹去，唇焦口燥呼不得，归来倚杖自叹息。
俄顷风定云墨色，秋天漠漠向昏黑。
布衾多年冷似铁，娇儿恶卧踏里裂。
床头屋漏无干处，雨脚如麻未断绝。
自经丧乱少睡眠，长夜沾湿何由彻！
安得广厦千万间，大庇天下寒士俱欢颜！风雨不动安如山。
呜呼！何时眼前突兀见此屋，吾庐独破受冻死亦足！

杜甫在描述的自然主义世界和象征幻想的世界之间自如地移动：隐喻的大厦在稳固性和规模上都与茅草屋顶的易破小屋不同，这一区别超过了现实和隐喻之间的强烈区别。这两个世界统一于诗人的形象，既滑稽可笑又豪壮英勇，既富于同情心又幽默诙谐。个人叙述变成了祈求，不是如同社会批评歌行中的向朝廷权威祈求，而是向宇宙秩序的更高权威祈求。而在向这些看不见的力量祈求时，诗人采用了帝王礼仪的方式，说明祈请者愿意以死表白真诚。

在成都时期，随着杜甫自我形象的成熟和深化，一种对于诗人的本质和角色的新兴趣出现了。在一些诗中，杜甫严肃地陈述了文学的价值，在晚年他认为文学是：

文章千古事，得失寸心知。

但在这些传统文学理论的回响之外，诗歌的性质成为杜甫自我形象的一部分：

为人性僻耽佳句，语不惊人死不休。
老去诗篇浑漫兴。

这些诗句的轻松、通俗语调是杜甫成都时期诗篇的特色，嘲讽地反射了狂士的自我形象。第二句很著名，在戏谑的背景下有着严肃的一面：诗歌应该“惊”人的观念基于天宝的标准“奇”，殷璠的评语中经常用到。但更重要的是赋予诗歌的隐含重要性：如果诗人无法产生预期的效果，那就至死也不得安宁。

李白和杜甫都赋予诗歌一种重要性，这在同时代人的作品中见不到。在李白看来，诗歌是使天才在现世被承认的工具（诗歌是使自己被认识的工具，这是“获取资格”的理论）；在杜甫看来，诗歌关系到他在后代的声誉和历史地位。由于在政治世界的失败，杜甫日益将志向投向诗歌。对著名诗人的抨击，总是使杜甫感到不安，故在复古与六七世纪诗人的虚幻冲突中，杜甫很自然地成为公开为前几世纪诗歌辩护的极少数人之一。虽然杜甫对古代诗人和复古诗人都加以赞美，但他致力于为复古作家所攻击的诗人挽回声誉，特别是庾信和初唐四杰。这种辩护的最突出例子是一组特别难懂的警句诗——《戏为六绝句》。下引诗为庾信作辩护，是组诗的首篇，较容易理解：

庾信文章老更成，凌云健笔意纵横。
今人嗤点流传赋，不觉前贤畏后生。

最后一句引用《论语·子罕》中的“后生可畏”，说明现代的“后生”有可能超过古人。唐代诗人的最高目标是重获古代风格，从而与古人并肩；所以尽管杜甫的观点有经典的证明，但在唐代仍是惊人的提议。在将庾信和四杰从“现代”的诋毁解放出来的同时，杜甫也为自己的成就清出了位置。

在庾信的“流传”赋中，有一篇格外深刻地触动了杜甫，这就是《枯树赋》，其中那落尽树叶、即将枯死的树成为伟大和失败的隐喻形象。卢照邻和骆宾王曾多次处理过这一题材，这或许是杜甫为四杰辩护的部分原因。在一组吟咏病树和枯树的四首诗中，杜甫有意地模仿了这一传统。

病柏

有柏生崇冈，童童状车盖。

偃蹇龙虎姿，主当风云会。
神明依正直，故老多再拜。
岂知千年根，中路颜色坏。
出非不得地，蟠据亦高大。
岁寒忽无凭，日夜柯叶改。
丹凤领九雏，哀鸣翔其外。
鸱鸮志意满，养子穿穴内。
客从何乡来，伫立久吁怪。
静求元精理，浩荡难倚赖。

虽然枯树是“现代”主题，杜甫却用与复古相联系的隐喻模式处理它。其中可能有时事含义，但已无法寻绎。此诗虽然用了复古模式，却与任何“古代”形式没有相同之处，最后四句的对话是盛唐手法，而结尾从主要题旨宕开，则是杜甫的特色。

在成都期间，杜甫的律诗创作占据了更重要的地位。在《对雪》和《野望》一类沉郁严肃的律诗之外，杜甫还形成了一种律诗风格，具有“古体”隐逸诗的全部轻松明快笔调。在此类诗中，经常出现快乐自得的形象，老狂士在小农舍中过着朴素的生活，周围是优美的自然风景。

客　至

舍南舍北皆春水，但见群鸥日日来。

花径不曾缘客扫，蓬门今始为君开。
盘餐市远无兼味，樽酒家贫只旧醅。
肯与邻翁相对饮，隔篱呼取尽余杯。

轻快的笔调加上完美的形式，使这首诗备受赏爱，几乎没有一位重要诗人没模拟过首联。

在成都连续的政治骚乱之后，诗人沿长江而下，后来到达夔州。杜甫在夔州期间成果丰硕，处于创作的高峰。一种严肃冷静甚至忧郁沉重代替了成都诗中那嘲讽的、半幽默的自我形象。在夔州及其后的岁月中，杜甫在风格上作了最激进的试验，夔州诗的象征世界最神秘、最迷幻，达到了极端的复杂多样。

成都之后，杜甫的诗日益与自我相关。他是一位关注基本问题的诗人，如同他早年曾询问雄伟的泰山似什么，在沿长江而下时他转向“我似什么”的问题，并反复从大江的各种形态和生物中寻求答案：

飘飘何所似，天地一沙鸥。

杜甫看见自己处于笼罩一切的巨大背景中，包括天和地，乾和坤，日子及季节的晦和明，以及各种宇宙要素，这一背景不可避免地使他感到既矜持又无力渺小。他住在山崖和江水之间的一座高阁上，这是地和天、石和水的交接处：

瞑色延山径，高斋次水门。
薄云岩际宿，孤月浪中翻。
鹳鹤追飞静，豺狼得食喧。
不眠忧战伐，无力正乾坤。

杜甫较早诗篇中的许多主题和问题重新出现在夔州诗中，而且往往由于夔州诗十分著名，使得较早的处理变得黯淡无光。著名的《古柏行》咏夔州诸葛亮庙的柏树，由他自己沿袭枯树传统的较早诗篇发展而来，但这首后出诗的深度和复杂性，使它成为这一主题的经典处理。诸葛亮这位三国时蜀汉的丞相，久久萦绕着杜甫的成都诗和夔州诗。他是生于错误时代的天才人物，徒然地试图恢复一统帝国。这位被崇敬和纪念的伟大失败人物，对于诗人有着特殊的意义。杜甫在成都时，已经在著名的律诗《蜀相》中论述了诸葛亮。在夔州，他一再转向这一主题，最著名的有《八阵图》及《咏怀古迹五首》中的几首。这组诗或许是杜甫最成功而又最难解的怀古诗。

杜甫在夔州期间所作律诗特别值得注意。五言律诗构成了大部分，但他对七言律诗形式的完善，给后代批评家留下了最深刻的印象。夔州律诗中，有较多吟咏气候和一日的组成部分（黄昏，半夜）的诗，这些都被处理成宇宙力量交互作用的体现，融合了杜甫对阴阳象征、宇宙要素及代表造化的大江的兴趣。著名的夔

州律诗有:《宿江边阁》《阁夜》《白帝城最高楼》及《返照》。《阁夜》可以作为范例:

> 岁暮阴阳催短景,天涯霜雪霁寒宵。
> 五更鼓角声悲壮,三峡星河影动摇。
> 野哭几家闻战伐,夷歌数处起渔樵。
> 卧龙跃马终黄土,人事音书漫寂寥。

杜甫晚年的诗篇经常采用模糊多义句法,创造出一个各种联系仅是可能性的世界:诗句中的各种意象确实相互配合,但却没有排除其他可能性,从而使得诗旨的阐述难于实现。这是一种余味无穷的语言,在这种语言中,世界成为一种持续的预兆,可以用众多的,经常是矛盾的方式来解释。上引诗的第五句,可以是“几家”正在为死于战场上的人哭泣,也可能他们正在聆听战场上的哭声,或可能是诗人听到了战场上或流离漂泊家庭的哭声。相对的另一句,本来被认为可以帮助理解模糊多义句法,却毫无用处,连它自己也要求从前一句得到句法阐释,这显然是不可能得到的。

在较早的《渼陂行》和《万丈潭》中已出现的倒影世界,重新简短地出现于第四句,稳定的、定向的银河随着江上波涛而动摇。这是一个秩序分崩离析的世界,理性的联系正在分解,在弥漫扩展的黑暗和空虚寂寥的空间中,一切声音和视境都沉寂不见了。

杜甫夔州诗的核心作品是两组诗,《秋野五首》和《秋兴八首》。在这些关于秋天世界及其意义的复杂感怀中，夔州诗的丰硕成果达到了高峰。《秋野》较直接地陈述文化的分崩离析、野蛮与教化等问题，以及诗人对老年的顺从。《秋兴》则可以作为中国语言运用的最伟大诗篇。在这组诗中，杜甫将夔州景象与对朝廷的忆念交织在一起，并通过这样做，引出对于时间和诗歌艺术不朽之间联系的广泛思索。

一组诗是一个统一的整体，不能脱离整组诗的背景对一首诗作哪怕是概括的阐释。不过，如果只说明这组诗的几个主题，我们可以选择第七首：

昆明池水汉时功，武帝旌旗在眼中。
织女机丝虚月夜，石鲸鳞甲动秋风。
波漂菰米沉云黑，露冷莲房坠粉红。
关塞极天唯鸟道，江湖满地一渔翁。

昆明池确是汉代长安的人工湖。织女是星宿名，天上的仙女（经常出现在宫廷诗中）。汉宫中有织女和石鲸的石雕。

仙人和汉代历史的世界（这是唐代宫廷和帝国的标准隐喻）与玄宗宫廷的历史混合在一起，这一切都消失于往事和遥远的距离（在天上或长安，超出了第七句的关塞）。然而通过诗歌的想象和追忆，他们又都奇妙地变得可以接近："汉时"正"在眼中"。

这种想象中的往昔景象是鬼魂萦绕的、荒芜的，充满了“功”和碑，却没有人。荒弃的雕像看起来孤独而不祥，在月光下织着空幻的丝，在衰飒的秋风中摆动着人工的鳞甲。想象的眼光集中于最微小的事物：在波涛（显然是天上云层的镜子）中漂浮的细米，从秋天的莲花上坠落的红粉。在《秋兴》中，想象中的往昔景象通常色彩鲜明，而对夔州眼前秋景的描绘往往灰暗苍白，二者形成鲜明对照。这一想象世界的纷繁色彩，再次出现于组诗的最后一首，诗中引喻了郭璞的“彩笔”。

甚至连波涛中漂浮的菰米和红粉的微小世界，也充满了预兆——无助、分崩、结束，以及秋天。第七句将诗人带回夔州的现实，面对着将他与长安和过去隔绝开来的关塞。最后，末句最复杂地运用了对偶的类比可能性——结构的重复，这一技巧用于整组《秋兴》。在新的视野中，“大”池中的菰米的形式重新出现在巨大的水的世界中，这一世界没有别人，只有单独一个渔翁，这就是沉思的诗人，梦想着、描绘着色彩缤纷的过去和坠红的诗人。

杜甫离开夔州后所作的诗，与夔州诗没有重要的不同。但一些诗篇显得萧瑟凄凉，并具有一种连王维都未达到的严谨。

江　汉

江汉思归客，乾坤一腐儒。

片云天共远，永夜月同孤。

落日心犹壮，秋风病欲苏。

古来存老马，不必取长途。

乾和坤是《易经》中两个首要的宇宙法则，也就是天和地，阳和阴。读者分不清是云还是诗人与天共远。这是一个奇异的自我象征世界，在老马的形象中达到顶点，老马就像年老的官员，在其临终时应该给予照顾，而不应放任其不停地漫游。

依照我写下的指令，财务大臣，
带进这匹灰马，老但巴，
在忠实地为我服务时
他的头发变成灰白。
现在安置他以抵御圣诞期间的寒冷，
将他装饰得如同主教的骡子，
因为我已经亲笔签署
偿付他的服饰的所有费用。[1]

与但巴的请求不同，杜甫的请求并没有收到《国王的答诗》。

除了京城收复后在朝中任职的短暂期间，杜甫从未处于他那一时代诗坛的中心。他最后的多产时期是在漫游偏远地区度过的。杜甫卒后不久，樊晃为其作品的一个小集子写了序文，文中提到

1 苏格兰诗歌《国王的答诗》，一般认为作者是苏格兰国王詹姆斯四世。

杜甫的较大集子曾在南方流行。因此，杜甫卒后三十年中，出现他的作品基本上被忽视的情况，就不会令人感到十分惊奇了。令人惊奇的地方在于，经过湮没无闻之后，他竟能很快地就被推认为那一时代最伟大的诗人（与李白一道）。在八世纪后期，他实际上未被提及，几乎听不到他的作品的回响；但在九世纪的头十年，他的名字已和李白并称，成为文学成就的公认标准。

同时代对杜甫的颂扬性评价不可全信，这些主要不是对天才的承认，而是出于社交礼节的陈套。杜甫确实拥有一小批赞美者，但并未见到对其伟大成就的普遍承认。甚至连樊晃集序的赞词也异乎寻常地拘谨。任华赠杜甫的诗《寄杜拾遗》可能是例外，与他对李白和书法僧怀素的赞美一样，任华使用了空洞夸张的语言来称赞杜甫。

九世纪初对杜甫的复兴作出贡献的，都是中唐的主要文学人物：韩愈（《荐士》《调张籍》）、元稹（《酬孝甫见赠十首》其二，《乐府古题序》《杜公墓系铭》）及白居易（《读李杜诗集，因题卷后》《与元九书》）。除了这些对杜甫成就较为直接的评价外，韩愈、元稹、白居易及其他较不著名的同时代人，还有许多关于李白和杜甫的随意评论。这些评论开始采用引人注目的“李杜”并称，作为诗歌成就的公认标准。

但杜甫卓著声誉的真正形成，主要不是靠颂扬和轶事（据传张籍曾将杜诗烧成灰和水吞下，以便吸收杜甫的天才），而是靠中唐作家对其诗的反复模仿，韩愈的诗特别突出，但还包括孟郊、张籍、白居易及元稹的诗。中唐的许多著名诗篇回响着杜甫的声音，如白居易和元稹的“新乐府”，或韩愈著名的《石鼓歌》，后者是对杜甫《李潮八分小篆歌》的模仿。整个九世纪都在持续不断地提及杜甫或利用杜甫。到了北宋，杜甫已获得在中国古典诗歌中普遍承认的杰出地位，并一直保持至今。

杜甫的诗作为千百年的后代诗人所逐篇模仿，但他对中国诗歌发展还有重要的一般性贡献。其中，他对题材的处理是最重要的贡献之一。在杜甫之前，诗人们写什么和如何写，主要是根据题材。杜甫不但大大超出了传统题材的限制，而且扩充了现成题材的范围，并将分散的诗歌“类型”的各种要素重新结合，创造出混合形式。杜甫名望在中唐的上升，正与题材在诗歌创作中的重要性的大幅度下降相一致。这种情况在许多方面反映了中唐的特殊兴趣，但中唐重要诗人的范围也反映了杜甫的典范意义。

杜甫对不定场合诗歌的处理具有特别重要的意义。[1] 在整个八世纪前期，不定场合的诗得到了重要发展，王维和李白的许多著名诗篇就是以这一形式写成。可是，在已经有了现成应景题材的情况下，不定场合的诗篇普遍受到限制，如王维的《送别》和《终南别业》，就受到访问诗传统的影响。杜甫的晚期作品中，不定场合诗特别突出地构成较大的比例。杜甫将这一形式扩展至较

1 “不定场合”的诗，指的是旨在表现特定时刻和场合，但诗题中的场合定义和诗中对场合的处理都具有普遍意义的一类诗。这样，此类诗既跟特定时刻有关，又涉及一般情况，例如“新晴”和“秋夜”。这一术语是我的创造，不是中国的分类。

不常见的题材（如《客至》），并应用于新的场合（如《卜居》）。在许多情况下，不定场合诗与较旧的、纯修辞的题材结合在一起。例如，当杜甫写一首题为《雨》（他曾写过多次）的诗时，通常是一首不定场合诗，而不是咏物传统的修辞练习；可是，它又包含了某些所咏对象的一般意义，这正是咏物的特征。不定场合诗成为中国抒情诗最重要的类型之一，它深深植根于场合和眼前的非虚构世界，却又转向一般的意义。杜甫自由开辟了许多新题材，如儿子生日、庭树枯死及公务烦杂，从而为中唐诗特别是北宋诗的广阔范围提供了模式。诗歌不再受制于特定的程式化事件，而是适合于生活体验的宽广范围。

组诗是杜甫对诗歌传统的另一重要贡献。在杜甫之前，将诗篇组合在一起已经形成传统，但杜甫是第一位充分发展组诗的诗人，在他的组诗中，每一首诗只有放在整组诗的背景里才能体现出完整意义。这种组诗完美解决了中国抒情诗的一个中心问题：既能充分展开题目，又不破坏短篇的简洁、密度及强度。写作组诗的最早冲动见于杜甫一些较早的诗篇组合中，如《秦州杂诗》。在这组诗中，诗人从组诗较前面的诗篇中抽取主题和意象，将单篇作品结合成大致连续的组合体。到了夔州时期，在写《秋兴》时，杜甫已经将这种组合技巧与一些较古老的组诗技巧相结合，如毗邻的两首诗的末句和首句相重复（如曹植的《赠白马王彪》）。此外，组诗的前三首按照从黄昏到第二天清早的时间顺序，较紧密地结合在一起。上述各种持续因素在《秋兴》中形成了复杂的连续发展，各种结构模式、主题及意象在这种发展中经历了复杂的修改和变形：夔州的长江先被长安的曲江所取代，其后又被“银河”和御宿所取代；隔绝和突破的意象以各种形态重复出现；色彩缤纷的世界与黑白的世界交替出现。

杜甫被公认为文体和诗歌语言大师，但他的精湛造诣并非简单的特征说明所能概括。寻找通俗诗人的批评家们指出了他的诗中一些看起来是口语的语言（洪业甚至认为这种通俗语言的倾向使他进士落第）。寻找学者的批评家们指出了古语和对诗歌成语的模仿。寻找唯美诗人的批评家们指出了圆美精致的语词。寻找语言试验者的批评家们指出了异常句法和新奇语义的段落。所有这些成分都存在于杜甫的诗中，都超出了八世纪中叶习用的诗歌语言，但没有一种能够界定文体家杜甫。

杜甫的风格既朴素又古雅，但他最富于独创性的文体特征是语言的复杂化，与主题的复杂化相应。语言的复杂以模糊多义的形态出现，在两种文体极端中可见到：陈述的语言和对句的“联想”语言。在这两种情况下，杜甫作品的模糊多义有时会达到无法理解的地步。

陈述语言的模糊多义最棘手，因为陈述体向读者表明，诗句只能是稳定的语义信息。《戏为六绝句》是杜甫模糊陈述的最好范例。下引是组诗之五：

不薄今人爱古人，清词丽句必为邻。

窃攀屈宋宜方驾，恐与齐梁作后尘。

风格和题材在此处都以警句的形态出现，但诗篇读起来仍貌似流利。在组诗的前面，杜甫已经为庾信和初唐四杰作了辩护，反对同时代的复古诋毁者。首句涉及的问题有："今人"到底是杜甫同时代的作家，还是一直追溯到庾信和初唐四杰的时代（按照传统的"古"代文学的结束时期）？同样地，"古人"到底是庾信和四杰，还是先秦的诗人如屈原和宋玉？"今人"一词倾向于指同时代人，"古人"一词倾向于指五世纪前的诗人；可是，这两个词语的传统时代联系留下了三个世纪的裂缝，其中包括了庾信、四杰及第四句提到的齐梁。

这些所指对象的严重问题仅是一个不可靠的基础，在其上面还存在着真正的语言问题。首句还可以解释为：

我并不鄙薄今人对古人的爱好，
但清词丽句必将是我的邻居。

"清词丽句"与齐、梁、庾信及四杰有着密切的联系。在这种解说中，杜甫说的是他可以接受同时代人对五世纪前诗人的喜爱，但他偏爱的是庾信和四杰。但前两句诗的关系在很大程度上取决于读者如何理解"古人"和"今人"：

我不鄙薄同时代人，但也喜爱很久以前的诗人（庾信等或五世纪前诗人），

他们的（很久以前的诗人，包括上述两种）清词……

或者，扩大至所有人：

我不鄙薄近代诗人（庾信等），并喜好古人，

但他们（近代诗人）的清词……

或许是：

我不鄙薄今人对古人的喜爱，

他们（今人）应该以（古人的）清词丽句作为邻居。

另一方面，杜甫可能认为古人和庾信、四杰一类较近代诗人的对立是错误的，并试图消除它：

他们的（古代诗人和较近代诗人如庾信）清词丽句都应该被看成是邻居（即五世纪后诗人和五世纪前诗人比通常认为的有较多的共同之处）。

如果这些还不够混乱，第三句也有合理的不定意义：主语到底是

杜甫（在这种情况下，他正在陈述其目标，谦虚地表示不及），还是同时代人，也就是庾信和四杰的诋毁者（在这种情况下，他正在嘲笑他们）？还有，谁是齐梁的“后尘”——杜甫？还是那些诋毁者？或他和同时代人与齐梁一齐成为古人的“后尘”？带着复古标准（杜甫有时也表示拥护）期待的读者，读到的是一首诗；希望看到杜甫称赞南朝和初唐诗的读者，读到的是一首不同的诗；期待着自信的杜甫的读者，与期待着谦虚的杜甫的读者，读到的又是完全不同的诗。这篇无辜的绝句呈现了“有所指”警句的假象，但其“所指”却随着读者的偏爱指向而任意转变。

所指对象的不确定性和联系的无限性是律诗较普遍的文体特性，特别是在对句中。但是，杜甫律诗的模糊多义，特别是他的晚期律诗，却远远超过了同时代人的任何作品。这一点已经见于前面所引《阁夜》的第三联和《江汉》的第二联。而这种模糊多义还可以出现在首联，如《冬深》：

花叶随天意，江溪共石根。

第一句是否意味着春天的来临只靠天意？或诗人能活着见到春天只凭天意？或如仇兆鳌所认为，“花叶”是云的形态，随着天意而变幻？是否长江及流入江中的小溪在山石中有共同的根源？或长江和溪流与将在春天萌发“花叶”的植物共用石根？或江水与花叶般的云层共用石根（云与“石根”有着长久的传统联系，即

“石根”是山云的起源）？或它们与诗人共用石根，因为诗人就像江水一样，从西方的山上下来，又经常将自己比成浮云？或在“长江和溪流”中一种可能成分与另一种可能成分共用“石根”？紧接首联的对句只能加深这些矛盾。杜甫努力于创造一种重要的诗歌，将世界各种事物奇特地统一在一起，这些事物充满象征价值，与未确定的指示对象形成未充分阐明的联系。通过这样做，他将中国诗歌语言的开放性带进了无所不至的范围。

杜甫的艺术和思想关注的完整范围，远远超出了本章的范围，但作为一个范例，我们可以认为，在他的全部诗篇中，存在着一种以多种形式重复出现的模式，这一模式可以宽泛地定义为文明与野蛮的对立，或相类似的一对，艺术与自然的对立（在西方传统中有着有趣的对应）。这种对立按次序安排，随着衰颓崩解的过程而出现，有时则归入中国宇宙观的较大变化过程。

没有简单的成语可以表达杜甫在这一对立中的“位置”。有时他与许多同时代人一样，表现了对自然的敬畏，但从整体上看，他倾向于秩序、文明及其艺术的一边，这在唐代诗人中是罕见的。在《秋兴》中，艺术和回忆无力地呼吁重兴和保留正在衰亡的文明。在《秋野》中，这种反应表现为无效的耕作和整治荒野，伴随着反对衰颓和野蛮的儒家价值观。但通常是最宏伟壮丽的人工制品为自然的永恒形态所吞没和取代。

这种对立还表现于季节，如《对雪》中对立世界的对抗。但它最经常出现于秋天，这是夏天植物繁盛与冬天衰败的季节交接点。在一日之中，类似的交接点出现于傍晚，特别是在“返照”的时刻，世界转向黑暗之前夕阳的最后光辉。

艺术本质上是与时间对抗的姿态，是与文明的短暂相对抗的“千古事”，对于文明正在消失的辉煌秩序，艺术力求保留或重现。在夔州，杜甫观看了李十二娘表演剑器舞。李十二娘是宫廷大舞蹈师公孙大娘的弟子，杜甫在童年时曾经看过原来的宫廷舞蹈，故情不自禁地从眼前的表演看到了往昔的背景和开元盛世的消失：

> 梨园子弟散如烟，女乐余姿映寒日。
> 金粟堆南木已拱，瞿唐石城草萧瑟。

金粟堆是玄宗的墓，墓道旁的纪念树已茁壮成拱。夔州的舞蹈保存了过去的舞蹈，诗篇的艺术保存了现在的舞蹈。从原始作品转移的每一阶段，都改变了保存中的艺术的意义，直到这一艺术只能用来暗示失落的事实。

为了对抗这种可悲的艺术退落，产生出一种艺术可以成真的对立幻觉。这种幻觉最经常出现于咏画诗，通过这一题材的中心主题而起作用，即艺术能够创造出真实的幻觉。在杜甫的诗歌天地中，这一陈旧的比喻经常被改造成画中的事物竭力突破画面的界限，侵入实际的世界，成为真实的存在（《姜楚公画角鹰歌》《画鹰》）。但更经常的是这位造物者失败了，他的巧计暴露无遗：

试图挣脱素练的苍鹰仍然“堪擿”，而幻觉中的山水则是：

焉得并州快剪刀，剪取吴松半江水。

艺术是短暂的，而自然是永恒的。与绘画相比，自然的原物显得自由不朽。杜甫有一首诗咏八世纪初诗人兼画家薛稷的壁画鹤，诗篇结尾讲到壁画虽已销蚀，但仍很壮观，然后评论说：

高堂未倾覆，常得慰嘉宾。
曝露墙壁外，终嗟风雨频。
赤霄有真骨，耻饮洿池津。
冥冥任所往，脱略谁能驯。

结尾将真鹤与画鹤并置，从而极大地改变了画的意义：在生气勃勃、永恒不朽的真鹤面前，画鹤的壮观被降低为真鹤的苍白短暂影像。

所有艺术最终都是人类文明的体现，从属于文明的退落性和分解性。当文明消逝时，自然以自己的超越形式嘲讽般地取代了人工制品。如下引咏太宗玉华殿废墟的美丽哀歌：

溪回松风长，苍鼠窜古瓦。
不知何王殿，遗构绝壁下。

阴房鬼火青，坏道哀湍泻。
万籁真笙竽，秋色正萧洒。
美人为黄土，况乃粉黛假。
当时侍金舆，故物独石马。
忧来藉草坐，浩歌泪盈把。
冉冉征途间，谁是长年者。

自然的永恒“艺术”代替了衰朽的人工技巧：它的绝“壁”赫然耸立于破败的宫殿遗“构”之上；它的火栖居于无人的空房；它的真正音乐（庄子的“地籁”）取代了消逝的宫廷笙竽。它淹没了宫女的“假”（含有错的意思）饰和宫女本身。它甚至表演了逝去的人无法再表演的“哀乐”。在这座避暑宫殿的所有人工作品中，自然只留下送丧的石马，作为对人类短暂无常的嘲笑。

面对人类努力的必然短暂，杜甫坚定地作着永久、秩序及文明的诗歌表达。他自信地看到自己的作品是“千古事”，但他还感到：

名岂文章著，官应老病休。
飘飘何所似，天地一沙鸥。

李贺的遗产

贾晋华　译

在八一六年，即元和十一年，李贺去世，年仅二十六岁（按照中国的算法是二十七岁）。[1]考虑到其创作生涯之短暂，李贺有两百多首诗歌存世，可见其创作之丰富。李贺的风格很独特，既具有元和一些同时代诗人如卢仝的特点，总体来说又更受到八世纪最后十年至九世纪开首二十年诗歌创作上大胆和创新精神的影响。至八二〇年元和朝已经结束，这一时代的创新已经疲乏，诗歌创作明显地转向保守。

李贺去世时未留下诗歌“子息”，如他确实没有孩子一样。这两种后嗣的形式并非完全没有联系：整理一个诗人的“文学遗稿”（唐代的文学作品集在八二五年前一般皆是如此）是作者的儿子的

1 李商隐说他二十四岁时去世，这是错误的。但在早期的中国评论中，人们常常引用这个数字。

任务。作者有时候也把作品集托付给朋友，特别是当自己的孩子文学上不够出色，以及缺乏保证文集流传的关系。李白就是这么做的。李贺似乎也是如此，他将自己诗歌的一份手稿托付给当时还很年轻的朋友沈述师。

李贺的选择并不明智，不过长远来看最终还是奇特地得到了最好的结果。沈述师保存着李贺的文稿，但很快便忘诸脑后。文稿显然放在他的行李里长达约十五年之久。在八三一年十一月或十二月初的一个夜晚，沈述师居于其兄在宣州的官邸，酒后难以入眠。当他翻箱子找东西时，发现了李贺的诗歌。沈述师显然酒后伤感，想起尚未尽遗稿整理人最明显的责任，即为文集提供一位文学名人写的序，他对自己的疏忽深感内疚。沈述师想到一位朋友，一位二十九岁年轻有为的作家，也在其兄幕下。沈想着便立即行动，不顾常理半夜便派人送信去杜牧的住处，请他写序。

对这种深更半夜的请求杜牧大为吃惊，他拒绝了，这是可以理解的。沈述师继续请求，直到杜牧最后答应，写了无疑是唐代文学中最奇特的一篇序。一般序中常常会讲到写序的人如何被一再请求作序，所以杜牧描述了手稿的故事，这并不太奇特，虽然此故事不同寻常。杜牧的序与其他所有序文的不同之处在于他显然不赞赏李贺的诗歌。杜牧的结论是：

> 盖骚之苗裔，理虽不及，辞或过之。骚有感怨刺怼，言及君臣理乱，时有以激发人意。乃贺所为，无得有是！贺能

> 探寻前事，所以深叹恨今古未尝经道者，如“金铜仙人辞汉歌”“补梁庚肩吾宫体谣”，求取情状，离绝远去笔墨畦径间，亦殊不能知之。贺生二十七年死矣，世皆曰：“使贺且未死，少加以理，奴仆命骚可也。”

最后一句在到底谁是奴仆的问题上故意模棱两可。即使我们按照这段话最宽广的意思来理解，赞扬的也不是杜牧当时阅读的李贺，而是李贺可能成为的样子。理，翻译成“事物之秩序”和“秩序”（如“好的统治”，一个标准的唐代用法），其意思会被现代的文学读者称作“意义”。这一段话的意思是，李贺的诗歌依赖华丽的辞藻和新鲜的观念，但缺乏唐代价值观中那种涉及社会政治世界的深度。在与一般指称屈原诗歌的“骚”比较之时，这种社会政治参与在读者心中会引发深刻的感情，而这种深刻的感情赋予作品感染力。实际上杜牧是在说李贺的诗歌十分空洞。

年轻的杜牧很“严肃”，是唐代传统意义上的那种严肃。他把自己的严肃态度带到了对李贺的评论中，而李贺则是完全不同的诗人。杜牧的序中最能表露他心迹的话是上引段落之前的一段，它既可以理解为赞赏也可以理解为讽刺，但是在九世纪三十年代诗歌价值观变革的情况下，其意义是深远的。

> 云烟绵联，不足为其态也；水之迢迢，不足为其情也；春之盎盎，不足为其和也；秋之明洁，不足为其格也；风樯

阵马，不足为其勇也；瓦棺篆鼎，不足为其古也；时花美女，不足为其色也；荒国陊殿，梗莽丘陇，不足为其恨怨悲愁也；鲸呿鳌掷，牛鬼蛇神，不足为其虚荒诞幻也。

这段话很精彩，实质上在宣称李贺的诗歌超越了世界上所有相同特质的事物（或指附属于易于接触的经验世界的神仙世界）。这样李贺的特质在诗歌中比在现实世界中更能完美地体现。“严肃”的杜牧不得不摒弃李贺的诗歌世界，因为李贺的诗歌从杜牧的唐代意义上来看不“严肃”：它没有提供道德和政治教训，未能使人因为诗人参与这些问题而引发深刻的感情。这是完全不同的一种诗歌。但是任何人阅读杜牧在九世纪三十年代的作品，都会看到他阅读李贺所受到的影响。杜牧不像同时代的一些诗人，他从未公开模仿李贺的诗歌，但显然他对李贺的描述对自己有影响，从而创造出一个比任何经验世界更为真实的“诗歌”世界。此外，杜牧承认自己受到这些“诗歌”景象的诱惑，而这些“诗歌”景象缺乏对政治之“理”的惯有的严肃反映。

涉及“理”的诗篇往往具有与某一具体历史时刻相关的题目或序，由此可与某一特定情况相联系。李贺最著名、最典型的诗篇却无此等标记，模仿他的诗篇一般也没有，所以很难确定李贺的诗歌何时开始产生影响。我们可以在李商隐作于九世纪三十年代的诗篇中看到李贺的影响，也可以在温庭筠作于不早于九世纪三十年代或更迟得多的诗篇中看到。我们还看到受李贺影响的其他数位小诗人都是杜牧的熟人或朋友。很可能带有杜牧的序文的李贺诗集在九世纪三十年代初开始流传并产生影响，但我们不能确定这一点。杜牧的评判也许是否定的，但这是一种引人注目的评判，指向诗歌可能具有的吸引人的价值观，一种与律诗巧匠的价值观既不同又接近的价值。

李商隐的《李贺小传》约作于八三二年至八三五年间。此传与杜牧的序同样异乎寻常。李商隐从杜牧的序中得到灵感，开始寻找诗歌背后的诗人。与大多数传记不同的是，李商隐在撰写过程中实际地访问了李贺的姐姐。他发现“诗歌背后的诗人”不是屈原式的人物，不是因个人失意或是政治社会弊病而受折磨的人。相反，他发现的也许是他自己所要寻找的东西：一个完全沉浸在自己艺术之中的“诗人”形象。虽然这一形象与律诗巧匠“苦吟”诗学的形象有明显相似之处，但是这一形象远为奇特和极端。

> 京兆杜牧为《李长吉集序》，状长吉之奇甚尽，世传之。长吉姊嫁王氏者，语长吉之事尤备。长吉细瘦，通眉，长指爪。能苦吟疾书，最先为昌黎韩愈所知。所与游者，王参元、杨敬之、权璩、崔植为密。每旦日出，与诸公游，未尝得题然后为诗，如他人思量牵合以及程限为意。
>
> 恒从小奚奴骑距驴，背一古破锦囊，遇有所得，即书投囊中。及暮归，太夫人使婢受囊出之，见所书多，辄曰：“是

儿要当呕出心始已尔！”上灯与食，长吉从婢取书，研墨叠纸足成之，投他囊中。非大醉及吊丧日，率如此。过亦不复省。王、杨辈时复来探取写去。长吉往往独骑往还京雒，所至或时有著，随弃之。故沈子明家所余四卷而已。

长吉将死时，忽昼见一绯衣人，驾赤虬，持一板，书若太古篆或霹雳石文者，云当召长吉，长吉了不能读，欻下榻叩头，言："阿母老且病，贺不愿去。"绯衣人笑曰："帝成白玉楼，立召君为记。天上差乐，不苦也！"长吉独泣，边人尽见之。少之，长吉气绝。常所居窗中，勃勃有烟气，闻行车嘒管之声。太夫人急止人哭，待之如炊五斗黍许时，长吉竟死。王氏姊非能造作谓长吉者，实所见如此。

呜呼！天苍苍而高也。上果有帝耶？帝果有苑圃宫室观阁之玩耶？苟信然，则天之高邈，帝之尊严，亦宜有人物文采愈此世者。何独眷眷于长吉而使其不寿耶？噫！又岂世所谓才而奇者，不独地上少，即天上亦不多耶？长吉生二十四年，位不过奉礼太常中，时人亦多排摈毁斥之。又岂才而奇者，帝独重之，而人反不重耶？又岂人见会胜帝耶？

在李商隐的《李贺小传》的传奇气氛背后，我们认出韩愈《调张籍》中的诗人形象。在那首诗中，无情的天帝派李白和杜甫来到人间受苦，以使他们能够写出优美的诗歌，然后派天兵将这些诗歌收集带回天上。然而李商隐的故事不同，这种差别很说明问题：李白和杜甫写出优美的诗歌，是因为天帝让他们在生活中受苦。李贺不为世人所欣赏，但是李商隐说李贺并没有因此而难过，政治生活经验也不是他的诗歌背景。李贺完全沉浸在他的创作中，如果他受苦，“呕出心”，那是因为他在诗歌创作中花费了心血。

《小传》反映的是九世纪三十年代的价值观，李商隐回过头来将此价值观赋予了李贺，并让其在李贺的形象中实现，记住此点很重要。与韩愈的李白和杜甫不同，与此前占主导地位的诗歌观念也不同，在这里诗歌不是经验世界的产物，特别不是社会政治世界的产物。李贺“是”诗人，无论他在社会和政治生活的经验如何。当他只能写诗时，他更是诗人。如果他致力于诗歌，他作的不是当时通行的社交诗。李贺（根据我对上引段落的理解）确实也写社交诗，但是他不费精力和思想地写此类诗。他真正努力撰写的是一种完全不同的诗歌，是他与“小奚奴”旅行时发现的诗行，是那些在晚间重新修改雕琢的诗行。

李贺确实是苦吟的诗人，“煞费苦心地创作”。然而，九世纪三十年代最出名的诗人姚合和贾岛也是这么宣称的，而他们的作品几乎都是社交诗。李商隐的李贺与他们有相似之处：诗歌“花费时间”，是被雕琢出来的东西，而不是一时的灵感。诗歌是诗人每天都创造的东西，就像一种职业。李贺与这些律诗巧匠的不同之处在于一个细节：一旦一首诗完成后他便不再感兴趣。有时诗到处乱放着，别人可以抄写，有时他干脆扔掉。这是一种对艺术的热情追求，为了艺术本身而创作，而不是为了获得作为产品的诗篇。这与白居易的诗歌观念完全相反：白居易将诗歌视作数量不断积累增加的“资本”，将其保存于清楚地刻上自己名字的专用书柜里。在《调张籍》里，李白和杜甫的诗歌创作也是“资本”，由上天来收集，天帝被想象成一位不在的地主。有关贾岛的众多轶事之一，流露出一种诗歌创作的感受，更接近于白居易的观念，而离李贺则比较远：据说每年元旦，贾岛都将自己一年来创作的所有诗篇展开，祭之以酒肉，因为它们一年来消耗了自己的精神。各种轶事和诗篇中的意蕴，合起来生动地展示了围绕诗歌和创作的一套问题。这些讨论确实属于九世纪，在八世纪有关诗歌创作的话语中几乎完全没有出现。

“理”在中国思想中是个很重要的词语，虽然在唐代它具有“政治秩序”的简单习惯意义。杜牧称李贺诗歌中所体现的各种特质，比平常世界的经验要更完美，但是李贺的诗歌缺乏“理”。杜牧在这里关心的不是微妙的哲学问题：他可能仅意谓李贺的文采使他的其他特质黯然失色。然而，杜牧对李贺诗歌的描绘至少播下了一个深刻矛盾的种子，表明诗歌中可能存在一种与唐代普通的道德政治文化不同的“理”。

如果将表面上如同李贺作品一样破碎和难以捉摸的楚辞搁置一旁，杜牧指责李贺的诗歌缺乏“理”还是有一定道理的。唐代诗歌倾向于并置结构，每一行都是独立的谓语，但是读者的期待往往很容易将那些碎片融成一个统一的整体（就像王逸在楚辞的行间注所尝试的那样）。这种一致性就是“理”。例如，如果一个诗人在贬逐时感到痛苦，他对周围世界的描绘就会与这种思想情绪相融，诗中便具有一个主观的、经验的一致性，使唐代读者感到满意。李贺诗歌的并置结构更为极端：行与行之间的意思跨度更大，从而创造出语言破碎而只有部分一致的效果。他的诗中还经常缺少假设的主体——无论是历史的诗人还是传统的人物，使读者难以将那些意象理解为各种感知、情绪及思想的统一意识。李贺诗歌有时具有一种梦幻似的效果，这种破碎意象的部分融合显然是李贺吸引人的一个原因。同时，这种诗学对于年轻的杜牧来说却不可能不令他烦恼：他看不到诗篇的“要点”、道德意义或连接各种意象的人。

我们来讨论一首李贺关于边塞战争的早期诗篇：

雁门太守行

黑云压城城欲摧，甲光向日金鳞开。
角声满天秋色里，塞土燕脂凝夜紫。
半卷红旗临易水，霜重鼓寒声不起。
报君黄金台上意，提携玉龙为君死。

“行”在英文里翻译成“歌”，是一种乐府，因此不要求假定某一历史的诗人处于某一特定的地点，然而九世纪初的读者仍然会寻找普通经验秩序的迹象，以使诗篇统一。例如，读者会寻找天气的迹象，这里在开首时是黑云压城，然后是盔甲上的光辉。日光标明是白天，虽然第四句是夜晚。霜应是深夜或黎明时分。半卷的旗可以被看作是意外的、不祥的意象（特别是一场战斗之前）；喑哑的鼓声也是如此，因为鼓声本应是激励士气的。在这种情况下，“为君死”的誓言带着明显的命定色彩，仿佛军队正要去打一场无法赢的仗。这是由生动的片段构成的一个景象，这一景象如果没有相当精细的注解帮助，在经验上无法协调一致，但却比任何普通的乐府诗更完美地表达了对一场注定要失败的战役的印象。

这首诗给人的印象显然十分强烈。根据轶事传统，李贺在洛阳首次拜见韩愈时，先献上了这首诗。韩愈仅读了开首两句便极为欣赏，派人将李贺唤来。韦庄在九世纪末编的《又玄集》里收了这首诗。如我们将会看到的，这首诗还引来模仿。值得注意的是，第二句的“日”有时被引用成“月”，这说明唐代“理”的观念是如何影响文本的再创作，以使景象更容易与第四句里的夜景相容，但却忽视了另一个不那么明显的事实，即需要白天的景象才能有“秋色”。

我们无法确定张祜的《雁门太守行》的日期。张祜的年代很不确定，他大约是李贺的同时代人（在同十年内出生），但是他一直生活到九世纪五十年代的前几年。值得注意的是，他是杜牧的朋友。如果说张祜的拟作写于元和时期，也并非不可能，但是此诗中仿效李贺其他诗歌的地方，清楚地表明它应迟出，并且张祜知道李贺的同题诗。张祜这首诗很可能作于八三〇年或八四〇年间李贺全集正在流传时。

雁门太守行

城头月没霜如水，趚趚踏沙人似鬼。
灯前拭泪试香裘，长引一声残漏子。
驼囊泻酒酒一杯，前头滴血心不回。
闺中年少妻莫哀，鱼金虎竹天上来。
雁门山边骨成灰。

张祜采用了李贺并置的技巧，但是各景象之间更协调一致。这里没有时间顺序的问题，随着夜晚的结束，一个士兵（或更可能是一个将官）准备上战场。根据漫长的边塞诗传统，这里应提及士兵的妻子，而士兵的回答是忠心为皇帝服务，如在李贺的诗里一样。李贺的诗篇以战斗的时刻结尾，注定战死的士兵在最后一刻表达自己的“观点”，这也许过于激进。张祜的诗篇提供了一个传统上令人满意的尾句，从外部视角跨越漫长的时间观察，士兵的尸骨已经变成了灰。简言之，张祜有效地驯化了李贺。

有关庄南杰的情况我们几乎一无所知，只知道他大约是贾岛的同时代人（而贾岛的诗歌生涯十分漫长），根据其存世的诗歌来评价，他明显地模仿李贺。

雁门太守行

旌旗闪闪摇天末，长笛横吹虏尘阔。
跨下嘶风白练狞，腰间切玉青蛇活。
击革摐金燧牛尾，犬羊兵败如山死。
九泉寂寞葬秋虫，湿云荒草啼秋思。

尽管庄南杰的诗用了各种鲜明的意象，他显然模仿了李贺；但这是一首远为保守的诗篇，以中国人对“野蛮人”的进攻开始，随后是野蛮人的失败，以及战后的沉寂。

李贺的《雁门太守行》是此题在唐代的现存最早拟作，但唐之前另有诗例。《宋书·乐志》录有一首匿名乐府，但是那首诗似乎未给李贺提供灵感。李贺此诗的先行者显然是梁简文帝萧纲。萧纲用此题写了两首诗，也非常意象化地处理了边塞题材。李贺显然对六世纪梁陈时代的诗歌很感兴趣，使之成为他避开唐代压抑的“严肃”感的有效诗歌模式。正如李贺的诗歌常常被指责缺乏对“理”的探讨，梁代诗歌在传统上也因为缺乏严肃性而遭批评。

李贺显然为梁及南朝后期的独特诗歌所强烈地吸引。也许应部分归功于李贺，我们才会在九世纪中期，特别是在李商隐和温庭筠的诗歌中，发现对南朝后期文化的持续兴趣。这种兴趣总是糅合了吸引和批评两种态度。一方面，沉浸在形象的感觉世界中；这可以追溯到梁陈诗歌本身，但是李贺创造的独立诗歌领域成为其间的媒介。另一方面仍然存在一种信念，认为皇帝和朝臣们作诗如不涉及政治的“理”，便是一种放纵，最终将导致朝代衰亡。

在中国文学的研究中，“历史语境”常常被很宽广地描述。而我们需要知道一首诗的写作时间和被阅读的时间，它是为哪一群体而写的，以及那一特定时期的特征。南朝后期的诗歌确实唤起对美感享乐的迷恋，并笼罩着即将来临的衰亡阴影。李贺的创作时间在宪宗朝的前半期，这是一个充满乐观并相信唐朝的力量将重新崛起的时期。尽管刘蕡在九世纪二十年代后期对唐朝崩溃已做出过激的预言，文宗朝的前一段时间似乎一般来说是谨慎乐观的时期。这个阶段在作品中涉及南朝后期的诗人，很可能是从美学上而非从政治上想到那时的文化历史。这些文本如果是在甘露事变之后撰写或被阅读，便会在当时引起更强烈的政治共鸣。作为他所有诗歌的历史背景，李贺的生涯极其短暂。然而，通常我们不知道那些唤起旧风格或历史时刻的诗篇是何时写的。虽然这很不幸，但原则是相同的：像南朝后期这样的时代可能本身具有吸引力，也可能不可避免地与当前的时刻有共鸣。这全依阅读和创作的时间而定。

在很多方面，李贺对古老的歌谣和轶事具有强烈的兴趣，这些都令人想起李白。两位诗人在基于阅读的想象世界中都比在当前的社交世界中更为自如。下面是从南朝传来的杭州名妓苏小小那幽灵般的歌声。

苏小小歌

安乘油壁车，郎骑青骢马。

何处结同心，西陵松柏下。

苏小小的墓很有名，但李贺并未去过。他不必去，虽然他也许听说过，有时在风雨日，过路人可以听到墓中传出歌声和音乐。

苏小小墓

幽兰露，如啼眼。无物结同心，烟花不堪剪。

草如茵，松如盖。风为裳，水为佩。

油壁车，夕相待。冷翠烛，劳光彩。

西陵下，风吹雨。

这是一首鬼之歌，脑海中的景象在诗歌中实现。昔时歌妓半显形，分散在墓周围的景象中，然后出现在古辞的油壁车里，最后是一点闪烁的鬼火，仍在等待，直到一阵狂风暴雨吹灭蜡烛，结束了诗篇。

毫无疑问张祜知道李贺的诗，虽然张祜的诗题形式，以及他在南方的多年游历，都表明他是在亲自访问苏小小墓时写出下面这首诗。

题苏小小墓

漠漠穷尘地，萧萧古树林。
脸浓花自发，眉恨柳长深。
夜月人何待，春风鸟自吟。
不知谁共穴，徒愿结同心。

张祜的诗似乎很糟，读来令人不快，但这只是因为我们有李贺的原诗作比较。不过，这也确实体现了李贺在晚唐影响较差的一面。张祜显然被李贺诗的鬼气所吸引，试图重现这种鬼气。然而，李贺诗的形式是表现幻觉的创造性方式，张祜却受限于五言律诗展开的形式秩序。李贺诗的很多片段仍然呈现，但已按照非常熟悉的方式来组织：首联提供背景；次联描写自然现象使人想起那位女子的迹象；三联描绘无望的等待的景象；在尾联中，诗人发表自己的感慨。

没有人像秦始皇那样完美地体现出满足个人政治野心（唐代的“理”）与非政治意愿之间潜在的冲突。根据法家思想，秦始皇应成为一个真正的政治“机器”的核心，一个绝对结构的无形中心，以自然的非个人精确性而运行。不幸的是，作为这一机器的历史中心，秦始皇具有个人的意愿，欲与普通的自然相对抗：他想控制宇宙，永远活着。他的愚昧冒险行动，妄自尊大，死后致命的政治阴谋，以及其王朝异常迅速的崩溃，这些都是唐代特别喜爱的话题。

在下面这首诗里，李贺先以追随者的面貌出现，直接应答李白《古风》之三，但是他模仿时异常卓越而大胆的方式，使他的诗句比所模仿的原诗句更令人难忘。我们先看李白的诗：

> 秦皇扫六合，虎视何雄哉。
> 挥剑决浮云，诸侯尽西来。

李贺的秦始皇甚至更加张狂：

秦王饮酒

> 秦王骑虎游八极，剑光照空天自碧。
> 羲和敲日玻璃声，劫灰飞尽古今平。
> 龙头泻酒邀酒星，金槽琵琶夜枨枨。
> 洞庭雨脚来吹笙，酒酣喝月使倒行。
> 银云栉栉瑶殿明，宫门掌事报一更。
> 花楼玉凤声娇狞，海绡红文香浅清。
> 黄娥跌舞千年觥，仙人烛树蜡烟轻。
> 清琴醉眼泪泓泓。

这在中国诗歌中是前所未有的。辉煌的诗句分离断续，有效地体现了秦始皇欲控制宇宙和时间的梦幻、酒醉和疯狂的状态。因篇幅有限，我们无法详细讨论李贺这首诗，但是不难看到为什么李贺的诗歌在九世纪三十年代初出现后产生如此大的影响。

这样一首诗可能引起杜牧对李贺作品的批评，这是可以理解的，但是也有一些方面不应受到批评，如杜牧自己在评论中隐约提到的那样。与杜牧《阿房宫赋》中的秦始皇不同，李贺诗中的意象不按任何习惯方式协调一致，没有任何“寓意”，无论是直接的还是暗含的。此诗无法被理解成是在重申正“理”。同时，如杜牧所说，李贺诗歌具有的品质比我们在这个世界上所能找到的更加完美：于是《秦王饮酒》比秦始皇甚至更加疯狂。李贺将读者带进一个奇特的世界，对那个世界的评价，则留给我们在较清醒的时刻去进行。

九世纪三十年代的诗人在两个方面吸收了可以称之为“李贺经验”的东西。在最简单的层面上，李贺的艳丽辞藻被基本上较传统的诗歌所重新吸收，此类诗基于唐代对“理”的认识，其结构和道德意义皆较守旧。“李贺经验”较复杂的方面也许只有李商隐完全掌握：通过打乱诗歌的惯常秩序，诗歌可以用来展示迷幻的种种状态，而不只是指示它们。

九世纪中叶出现了很多关于秦始皇的诗，虽然没有一首听来像李贺的诗，但是我们仍可以清楚地看到他在第一个简单层面上造成的影响。韦楚老是杜牧的一位熟人，他深为李贺所吸引。在一首有关秦始皇的题为《祖龙行》的诗里，开头便清楚地模仿李贺《雁门太守行》中的“黑云压城城欲摧”。

祖龙行

黑云兵气射天裂，壮士朝眠梦冤结。

祖龙一夜死沙丘，胡亥空随鲍鱼辙。
腐肉偷生三千里，伪书先赐扶苏死。
墓接骊山土未干，瑞光已向芒砀起。
陈胜城中鼓三下，秦家天地如崩瓦。
龙蛇撩乱入咸阳，少帝空随汉家马。

这首诗本身并不值得注意，虽然一系列的用典令人想起李商隐。尽管如此，韦楚老的《祖龙行》显示了李贺与九世纪中叶“咏史诗”的联系。如李贺诗歌中常常出现的那样，这首诗每一句或每一联都提供一个独立的意象（李贺晚上从囊里倒出诗行并缀联成一首诗的故事，是其激进并置法的背景）；但在韦楚老的诗中，这些独立的意象按照准确的时间顺序安排，与《史记》中有关秦代灭亡的记载一致。诗篇表面看来断续的东西，由于同时代读者事先知道故事而得到统一。虽然诗中未明确说明秦朝灭亡的道德教训，但结尾时最后一位秦朝皇帝跟随汉马，每个人都很清楚其中的意思。这样的诗足以满足杜牧认为诗歌应表现“理”的要求。

李贺和韦楚老写的都是七言歌行。如果我们将韦楚老比较“有理”的咏史歌行转成律诗的美学，我们就会发现典型的晚唐“咏史诗”。

过骊山作

始皇东游出周鼎，刘项纵观皆引颈。

削平天下实辛勤，却为道傍穷百姓。
黔首不愚尔益愚，千里函关囚独夫。
牧童火入九泉底，烧作灰时犹未枯。

虽然杜牧的诗读来似乎断续而简略，但如同韦楚老的诗，也为当时所有受过教育的人都很熟悉的叙事所支持。与此相反，李贺的诗虽然确实引喻了秦始皇的故事，但并不真正基于历史记载。

庄南杰和韦楚老之类的人物显然是李贺的崇拜者，但是他们的年代不确定，留下来的诗篇也很少。在存有大文集的重要诗人中，李贺在晚唐最热烈的崇拜者是李商隐和温庭筠。温庭筠的生卒年仍是一种推测，而李商隐在九世纪三十年代时二十岁左右，此时大致是李贺诗歌开始流传的时候。罗吉伟（Paul Rouzer）已经详细讨论过温庭筠与李贺的关系。温庭筠采用了李贺喜爱的歌行形式和并置风格，罗吉伟称之为“蒙太奇”，故温受到李的影响是很明显的。李商隐确实写了一些晦涩的分诗节歌行，例如《河阳诗》，其中受李贺的影响也同样明显，且不提李贺写过一首同题诗。然而，李商隐一般更喜欢律诗，李贺的影响体现在主题、措辞和并置结构上。杜牧注意到李贺特别喜欢基于“近古未尝经道者”的故事写诗，咏北齐后主的宠妃冯小怜的诗《冯小怜》便是一例。李商隐在两首以“北齐”为题目的绝句里提到冯小怜，对此我们不应感到吃惊。李贺诗歌的影子在李商隐的所有作品中隐约出现，虽然面貌已改。

特别引起杜牧注意的两首诗之一，是他称之为《补梁庾肩吾宫体谣》的诗，这显然就是现在题为《还自会稽歌》的诗。在晋代，《诗经》那些只保留了题目的篇章被“补”以歌辞。但是在这里，李贺所作确实是前所未有的，他采用了一位较早诗人的语态，写了一首他“应该写”的诗。可以肯定，李贺影响的相当部分，是他独特地重新创造的六世纪中叶的宫体。宫体诗的特点主要在于其突出的感觉描写和意象，而不在于对妇女的关注（虽然这是其中的一个可能性）。更激进的做法是将自己放在一位以写宫体诗出名的历史诗人的位置。温庭筠捉住了李贺诗歌的一个方面，常常写过去“应该写”的歌辞，但他没有更激进地扮演一位前辈诗人。我们只发现了一个采取这种做法的例子，而且是在一般不会发现李贺影响的地方找到的，这就是李商隐在成都扮演杜甫而作诗。一般来说，李商隐表现了对人物诗的喜爱，特别是对话，有些还用于历史人物（《代公主答》《代贵公主》）。

李贺存留的诗篇只有少量可以被恰当地归入“闺诗”的类别，此类诗着重于描绘妇女及其周围的场景。尽管如此，后来的诗人似乎将此类主题与他的作品相关联。我们无法知道这种印象是因为李贺所写的具体的“闺诗”，还是因为他的诗歌总体艳丽以及他对梁陈诗歌的兴趣。李商隐作有一首表明是“效长吉”的诗，其主题是一位宫中妇女徒然地等待皇帝的恩幸。

效长吉

长长汉殿眉，窄窄楚宫衣。

镜好鸾空舞，帘疏燕误飞。

君王不可问，昨夜约黄归。

我们确实可在李贺的集子中找到数首类似的诗，但是李商隐主要是在模仿唐代所认为的六世纪宫体诗，而非在模仿李贺。从某些方面来看，我们可以将此处的公开模仿，看成李商隐在写一首浅薄的诗并暗示其浅薄的来源，以便“抑制”李贺的影响在其作品中的迹象。

李贺有关妇女和浪漫的诗篇，确实影响了李商隐涉及这些题材的更有名的作品。在李贺的诗篇中，我们发现几首为洛阳美女写的社交诗和一首咏一位妇女梳理头发的精美诗篇。李贺最奇特激进的闺诗是《恼公》，诗中列出一个名副其实的传统闺诗形象清单，并将之压缩成奇特的新形态。

因为李商隐有关妇女的诗篇一般缺乏具体的场合指称，所以几乎不可能精确地确定它们的日期。但有一个例外，李商隐最有名的一组诗可以确知作于李贺集刚进入流传的几年里。这就是李商隐的《燕台诗四首》，应作于八三五年或此前数年。如同李贺的很多诗篇，这些诗以四句为一节，其密集的断片也与李贺作品相联系。此外，李商隐的这些诗在洛阳流传，可能也作于洛阳，而李贺于二十年前在洛阳写诗，那里的人们可能仍然记得他。如果将题为《春》的第一首诗与李贺的《洛姝真珠》一起读，我们便会找到一个理解李商隐那极为晦涩的诗歌的框架。

杜牧于八三五年来到洛阳，新授任为监察御史“分司洛阳”。考虑到甘露事变将在那年的冬天发生，未授长安的官职是幸运之事。

虽然杜牧不赞赏李贺，但李贺的诗歌却在他身上逗留不去。八三五年，杜牧在洛阳的一个酒店里偶遇歌女张好好，是他从前在扶持人沈传师的官邸的旧识。杜牧为她写了一首长歌，叙述她于十三岁时在沈传师面前首次表演，后来成为沈述师的妾（沈述师是杜牧的朋友，也是那位多年保存李贺诗歌的人）。这时沈传师已经去世，沈述师显然也已抛弃了她。这首歌行具有浓厚的元和风格，伤感动人，叙事线索清楚。虽然杜牧选择使用五言，白居易有名的七言歌行《琵琶行》显然是杜诗的背景。我们在后面一章将讨论这首诗，下面仅引用有关张好好成为沈述师的妾的那一小段，以便于目前的讨论：

聘之碧瑶佩，载以紫云车。
洞闭水声远，月高蟾影孤。

远处（或越来越远）水“声”的意象并不平常，其背后微微显示了李贺的《金铜仙人辞汉歌》中的结尾。在那首诗中，汉武帝铸的金铜仙人被魏明帝曹叡带到东边的洛阳。

携盘独出月荒凉，渭城已远波声小。

“渭城”泛指长安。此联的背景是金铜仙人离长安越来越远，被迫离开老主人（武帝早已去世），为新主人服务，感到失落。如果我们比较保守的话，可能解释杜牧的诗篇仅是在字面上模仿，月光的寂寞与远处熟悉的水声相配。然而，还可以将杜诗与李贺诗句的联系解释得更密切，表现张好好自己被迫离开宣州水乡的沈传师或是她后来被沈述师遗弃的失落感。杜牧从未模仿过李贺，但李贺诗中精彩段落的片段不时地回到他的脑海里，有时还带着原始文本的强烈意味。

李商隐差不多作于同时期的《燕台诗》则截然不同。如同李贺的十二月组诗，李商隐的四首诗代表了四个季节。从十七世纪中叶开始，李商隐的评注家们都尽力解释这些诗篇，有时候加以解说，有时候创造出场景。注意此处这些解说和场景的动机是很重要的：这些诗篇提供了一系列片段破碎的意象，相互之间的联系很模糊，其吸引人之处正像李贺的《恼公》一样，是含混半解的世界。与杜牧的《张好好诗》不同，这些诗并非旨在使“意思清楚”。这些意象富有诗歌传统的共鸣，但李商隐使用这些指称隐藏的诗歌符号，通过不断延迟理解来逗引读者。在某些方面，这确实是年轻人在将诗歌神秘化，虽然是在一个诗歌天才的手中展开的。

燕台诗四首：秋

月浪衡天天宇湿，凉蟾落尽疏星入。

云屏不动掩孤嚬，西楼一夜风筝急。

欲织相思花寄远，终日相思却相怨。

但闻北斗声回环，不见长河水清浅。

金鱼锁断红桂春，古时尘满鸳鸯茵。

堪悲小苑作长道，玉树未怜亡国人。

瑶瑟愔愔藏楚弄，越罗冷薄金泥重。

帘钩鹦鹉夜惊霜，唤起南云绕云梦。

双珰丁丁联尺素，内记湘川相识处。

歌唇一世衔雨看，可惜馨香手中故。

清代的诗评家何焯恰当地评论这组诗：“四首实绝奇之作，何减昌谷。”

这首诗，像组诗中的其他篇一样，触及了中国“色情”诗歌传统的所有共鸣之弦，包括女子思恋远方的情人、情书、巫山神女等。结尾时的意象奇特而令人难忘：将一生花费在观看歌唇，凝固于时间，虽然作为情人痕迹的馨香已在手上消失。这首诗甚至比《恼公》更成功，它代表了一种暗示的诗法，而非指称的诗法：它拨动琴弦唤起的是传统爱情叙事的零星片段，但是除了读者和评论家们想要与某种“理”相连而创造的叙事外，并没有真正的隐含叙事。

杜牧的诗

贾晋华　译

在晚唐，不同的“诗歌”观念竞争激烈。虽然每一种观念内部都还有重要的各种变异，但首要的区分之处则在于，是将诗歌看成人生事业的全部（即“当诗人”），还是其他人生目标的附属。换言之，诗歌是一种展示或显露自我的工具，是参与社交甚至娱乐自己的工具。认定自己是“诗人”的人可能是专心艺术的巧匠（像佛教僧人那样），因为献身于这一事业而贫穷，或是个半职业的诗人，从一位扶持人转到另一位扶持人门下，靠自己的名声生活。这样的诗人常常寻求官职，但倾向于将职位仅看作是一种工作，是自己的才能得到的报酬，为诗歌创作提供了闲暇时间。

另一种诗歌观念后来完全主导了有关诗歌的话语，其内部的各种差异可能比其与“纯”诗人观念的深刻对立更显著。基本上，这是一种由社会所界定的个性诗学，在这里诗歌最多只是一种表现个人的工具，它本身并不是目的。杜甫的诗歌凸显出一个深切关注社会政治世界的杜甫形象，尽管他是非常专注的技巧大师。很少有人能这样称贾岛的诗歌，除非在其诗歌体现出忠实诗匠的形象类型的意义上，此类巧匠重复修改诗篇，斟酌对句、诗行，选择完美的字词。我们的区别并不是绝对的，而是代表了这一时期诗人可能选择的两个不同方向。

个性诗学的内部包含了各种重要的不同态度。“严肃性”的意思是参与公共政治生活，同时个性诗学也包含各种对这种热心公益的严肃性的否定态度。一种可能性是退出社会而进入私人生活，通常被称作“隐逸”，但这仍是一个可以从事社交活动的角色，与西方基督教的“隐士”大为不同，甚至与六朝时一些真正离群索居的隐士也不同。另一种对公益严肃性的否定态度是感官上的自我放纵。这些否定态度对严肃性并未提出真正的挑战，因为严肃性的意思是关注社会生活和政府利益；实际上，这些否定态度的前提是对严肃性的认定。社会严肃性或其否定态度都不能接受的是诗歌本身“严肃”起来，将诗歌本身看成是目的，而不是一种自我表达或娱乐的工具。

如果我们跨越个性诗学的内在对立，从较广泛的意义上来讨论它，将是很有用的，因为这可以使我们理解特定诗人如何在表面不相容的角色之间转换自如。诗人可以将自己描绘成既深入地参与政治生活，又同样深入地抵制政治生活。杜牧就是这样一位诗人。

至杜牧的时代，忠实于诗歌本身的话语已经赢得了一些声望。

表面看来，《献诗启》似乎与上文对杜牧性格的描述相矛盾。在《献诗启》中，杜牧比这一时期几乎所有其他诗人都更直接地陈述了诗人的价值观。

> 某苦心为诗，本求高绝，不务奇丽，不涉习俗，不今不古，处于中间。既无其才，徒有其奇，篇成在纸，多自焚之。

“奇丽”通常被理解为李贺的风格，但“习俗”显然与白居易相关。李商隐有关李贺的创作习惯和艺术价值观的描述是此处的背景。杜牧自称写诗很下功夫，以产生“奇”。李贺一旦完成诗篇便将之忘却，杜牧则相反，积极地将不完美的诗篇烧掉。与白居易那种以随意创作并保存有瑕疵的诗篇为自豪的态度相反，杜牧表达的价值观很不同，而且似乎已经成为广泛接受的规范。

然而，此段中更有意义的是其中一系列的否定，避免元和诗人的极端风格。杜牧所主张的是节制或中间的立场，在精神上与李贺那种迷恋自己技巧的诗人不同。这并未真正描述杜牧的实际诗歌创作。在诗歌创作中他可以表现出自己宣称要避免的各种风格，“奇丽”、明显的“古”风、明显的“今”风，但是他确实“不涉习俗”。

以诗人而闻名在政治上可以很有用。除了上面讨论过的献诗以外，我们还知道另一场合，杜牧因需要工作而想进入某位节度使的幕府，事先送去自己的一个诗歌选集。然而，与很多年轻的律诗巧匠不同，杜牧通常不以“纯”诗人自我标榜。诗歌对于他，就如同对于此前的许多诗人，只是事业的附属，及一种随着事业的变动而变化的内心生活。如果我们考虑杜牧的背景，这种观念便不令人吃惊。他的背景与贾岛和姚合周围的那些诗歌巧匠很不同。虽然他与牛僧孺关系密切，但杜牧正是李德裕认为最适合承担公职责任的年轻人。

唐代的重要诗人中，没有一位成长于与杜牧相同的家庭背景。在八〇三年，杜牧出生的那年，他的祖父杜佑以淮南节度使回朝廷任宰相。他待在这一职位直至去世，历事德宗朝的最后几年，顺宗的短暂统治，宪宗元和朝的早期。如此长久居于文官体系的顶峰是很了不起之事，特别是经历了几位皇帝。在回长安前两年，杜佑完成了《通典》，一部巨大的政治典章知识的百科全书。他将这三十年工作的成果呈献皇帝。闲暇之时，他就回到自己的庄园朱坡。朱坡在长安南边（城南），以长安最好的田产而著称，位于杜氏家族世代居住的地区，包括出了杜甫的另一杜姓分支。流经此处的樊川，成为杜牧的号。我们可以合理地推测杜牧童年时熟悉朱坡，他后来在诗歌中将朱坡描绘成几乎具有一种奇幻的特质。

杜牧的祖父在八一二年去世，几年后他的父亲似乎也去世。杜牧的父亲，像杜佑自己及其他家庭成员一样，通过门“荫”特权进入仕途，升到中级的朝廷职位。不幸的是，杜牧的父亲官职升得不够高，所以不能将门“荫”特权传给他的儿子们。杜牧和他的倒运弟弟只能通过进士考试进入仕途。两人都是一试即中，这证明杜家年轻成员获取学问的资源之丰富，也证明有显赫关系的年轻人能得到特别的照顾。

杜牧不仅是名门子孙，而且二十刚出头（可能在八二六年）便以《阿房宫赋》而出名。赋中描写秦始皇这一著名宫殿里的过度奢侈及社会后果。最后的教训十分清楚明白：

> 灭六国者六国也，非秦也。族秦者秦也，非天下也。嗟乎！使六国各爱其人，则足以拒秦。使秦复爱六国之人，则递三世可至万世而为君，谁得而族灭也？秦人不暇自哀，而后人哀之；后人哀之而不鉴之，亦使后人而复哀后人也。

这篇赋一般被解释为批评敬宗好兴土木，其著名结语在一定程度上证实这种解说。尽管杜牧显然不赞赏白居易和元稹的诗歌，此处不难看到赋中的一个手法受到白居易和元稹“新乐府”的影响：这一文体又回到其假定的最初功能，在结尾明确地批评当代的社会政治问题。

《阿房宫赋》的原意可能是批评敬宗（虽然不能肯定是在他在世时还是去世后），但是其首要目的是引起人们对即将参加进士考试的诗人的注意。准备考试的有志者要吸引扶持人，其首要方式是传播自己的作品。扶持人然后会将其推荐给其他高官，包括考官。有一件著名的轶事，其本身可能不足凭信，但确实说明了考试成功与否，在某种程度上决定于扶持人为特定个人力荐的程度。一位叫吴武陵的国子监博士对《阿房宫赋》非常欣赏，他告诉主考官杜牧应该得状元。考官告诉他说状元已经有主，吴说那么杜牧应该得第五名。考官略有犹豫，吴便向他展示《阿房宫赋》，于是考官同意了。

杜牧于八二八年在洛阳进士及第，其后于五月十二日又通过了文宗主持的制举殿试（我们可能还记得，文宗比杜牧年轻几岁，做皇子时连最基本的经书都学不会）。通过第二场考试后，杜牧开始了体面的仕途，担任接近官僚等级中品位最低的弘文馆校书郎。

那年秋天，任职仅几个月后，杜牧决定加入沈传师的幕僚。沈传师被任命为江西观察使，府治在洪州（现代江西的南昌）。这一决定的原因并不完全清楚。沈传师是杜家的老朋友，在节度使和观察使的幕府任职常常是获得扶持人的好方法（杜牧似乎并不缺少高位的支持者）。这种地方幕僚职位常常带有一个京城的名义职位。杜牧的名义职位使他在仕途上升了一级。也可能是因为在建立关系准备考试数年以后，他想要见见世面，特别是东南的美人。也许他觉得校书郎的工作枯燥无聊。

无论是出于何种原因，杜牧出发去了洪州。在那里待了一年后，沈传师调任宣歙（现代安徽的宣城）观察使，杜牧又随往宣州。宣州像洪州一样风景美丽，比洪州更著名，因为它曾在五世纪后期的诗人谢朓的管辖之下。这些职位的确切责任通常不太清楚，也许是起草文件和奉命出使，但是其责任似乎并不特别繁重。宴饮和游赏当地的美景和美人，似乎是其中很大的一部分。

同样有趣的问题是，为何高级地方官员招募年轻人，但显然并不需要他们做行政工作。也许首要的原因是声望。在唐代，权力寻求引人注目。官员们任职时旌旗飘扬，佩戴勋章，并展示其地位的其他引人注意的标志。周围有很多文采出众的年轻人也是一种可见的威望。纯粹从实际的角度来看，与两个京城的社交生活相比，地方的社交生活枯燥无聊。甚至有些州府的美丽景色也会变得平常。然而，如果有一批幕僚可以一起宴饮，一起欣赏这个地方，可能就不那么像贬放了。对于这些高官来说，有两个主要的娱乐：诗歌和“官妓”（对于军官来说则是“营妓”），这些官妓被强迫征用为当地官员服务。

杜牧的很多诗篇都无法确定日期；如果我们能够确定此类诗篇的日期，可能会影响我们对一位诗人的文学生涯的理解。杜牧的可以确定日期的最早诗篇作于文宗统治的初年。《感怀》是一首长篇古体诗，描绘了这个朝代的动乱历史及地方的军队，以节度使李同捷公开违抗朝廷命令为主要事件，李是东北地区实际上自治的节度使之一。杜甫和韩愈的诗篇是《感怀》的背景。与形式不同的《阿房宫赋》一样，杜牧在《感怀》中作为关注政治的诗人出现。虽然这是带给年轻诗人某种声望的诗歌类型，但也是很少有人读的那一类诗歌，记得此类诗歌的人就更少。《阿房宫赋》那些批评尖锐的段落，使之成为唐代最著名的赋及文学经典的传诵部分，除此之外，它还具有一种迷人的夸张挥洒感。相比之下，如今的《感怀》主要是那些已经读过杜牧的一些诗篇并想要加深对他了解的人才阅读。

然而，在沈传师的幕府中，有些场合是用来创作另一类诗歌的。其中一首有关张好好，一位属于洪州府的“官妓”。她刚出道时还是少年，很得沈传师欢心，沈去宣州时也带上她。沈的弟弟沈述师也看上她，在八三二年将她从官妓的名单上除名，纳为妾。沈述师已成为杜牧的好友，杜牧写诗赞颂这位歌者作为妾和私人表演者的新角色。

赠沈学士张歌人

拖袖事当年，郎教唱客前。
断时轻裂玉，收处远缲烟。
孤直絚云定，光明滴水圆。
泥情迟急管，流恨咽长弦。
吴苑春风起，河桥酒旆悬。
凭君更一醉，家在杜陵边。

这是一首很平常的诗，诗人赞美主人的歌者和舞者。在这首诗中，首联“破题”，毫不掩饰地陈述她被命令表演。“郎”指“年轻人”，是一个具有很多联想意义的词，其中包括浪漫的意思，这里也许暗指沈述师的迷恋。九世纪在诗歌和散文中都变成爱情故事的时代，热烈的迷恋成为时尚。向自己的朋友展示自己的宠妾是常有的事，主要是让她表演。而朋友们则报以对她的才艺的赞美，有时候宣布自己也爱慕她。

诗篇的剩余部分集中于有关表演的诗歌描述，用的是当时整个时期通用的诗歌话语。虽然后来杜牧含蓄地赞同对白居易的严厉批评，但他肯定知道《琵琶行》，以及其中对音乐的详细描绘。在杜牧诗的开头部分，有一联提到音乐段子，用了很合适的比喻描绘它们的特征。第三联描绘声音的质量，虽然"云定"常常指音乐对外部世界产生的效果。水的滴落是人们喜爱的声音意象，水滴落在水里时视觉上的圆形暗指声音的"圆"（完美）。第四联描绘歌手与器乐伴奏的关系。最后歌声似乎唤起吴地的典型田园景色，使诗人想起远方长安杜陵附近自己的家。诗篇赞美歌者搅动了诗人的情绪，使其多饮酒和思家。

上引诗的写作时间，很可能在沈述师半夜派人请杜牧为重新发现的李贺诗歌作序后不久。考虑到杜牧自己创作的诗歌类型，以及他的政治散文，他对李贺那种有分寸的批评是可以理解的。然而，杜牧很快就变成了一位很不同的诗人。

在八三三年，杜牧奉沈传师之命出使淮南府治扬州。新的淮南节度使不是别人，正是牛僧孺。牛此前当宰相，因处理四川（他的政敌李德裕所管辖的地区）的一个事件而受到越来越多的批评，牛请求辞职。淮南府是个美差，可以说如果不得不离开京城的话，那么在唐代最好的去处便是扬州。扬州地处大运河之首，所有从南方、四川以及国外来的货品、贡品和粮食都得经过扬州送往长安和洛阳。就在杜牧到达扬州五年以后，扬州接待了一个来自日本的代表团，代表团中有一位名叫圆仁的和尚，后来写下在唐代中国逗留的长篇详细日记。扬州曾经是隋炀帝的江都，是他最著名的奢侈之地。杜牧留在扬州牛僧孺身边，先任淮南节度府推官（当地的法官），后迁任掌书记。与牛的这种关系后来对杜牧的仕途造成重大影响。

扬州似乎标志着杜牧诗歌的转折点，或更精确地说，标志着杜牧的诗歌开始成熟。杜牧在八三七年又回到扬州短暂逗留，照顾生病的弟弟，但是他似乎充分利用了在牛僧孺幕府时居留扬州的那两年时间。这一组三首简单题为《扬州》的诗篇，很可能出自这一时期。

扬州三首

其一

炀帝雷塘土，迷藏有旧楼。
谁家唱水调，明月满扬州。
骏马宜闲出，千金好暗投。
喧阗醉年少，半脱紫茸裘。

其二

秋风放萤苑，春草斗鸡台。
金络擎雕去，鸾环拾翠来。
蜀船红锦重，越橐水沉堆。
处处皆华表，淮王奈却回。

其三

街垂千步柳，霞映两重城。
天碧台阁丽，风凉歌管清。
纤腰间长袖，玉佩杂繁缨。
栬轴诚为壮，豪华不可名。
自是荒淫罪，何妨作帝京。

在中国诗歌中，区分话语和行为很重要，同时要承认话语造成的印象会产生社交后果，与实际行为同样重要或更重要。通过意象、态度、价值观及语言手法的不同话语，一位诗人可以扮演不同的角色。这种角色扮演是“真实生活”的一部分，但与真实生活的关系除了直接“反映”真实生活以外，还有很多可能性。诗歌的角色扮演可以完成日常社交期望，如赞美朋友的妾的唱歌，表达因朋友离别而彻底失去未来的幸福。诗人可能确实欣赏表演，对朋友离开觉得难受，但是诗歌的说服力并不依赖于诗人真实感情的真诚和强烈。这种社交期待的角色和反应的标志之一，是我们认识到诗人陷入困境，很难说相反的话。在其他情况下，角色只是纯粹游戏，欣赏在一首诗中创造的自我形象。另一种极端是某一角色出自诗人的个人信念或下意识地出自其性格。这些区别只是为了权宜之便，因为信念和游戏之间没有明显界限，很容易从一个阶段转到另一阶段。此外，我们无法决定一位诗人在扮演特定角色时所带来的实际信念。有一种很强烈但并无根据的假定，认为一位诗人在特定的话语角色中的表演越新颖和成功，他就越有真意，或此角色就越真实。

这里的问题是杜牧诗歌中放荡的自我形象。我们没有真正的证据表明，与他的同时代人相比，包括那些只在评论中留下“严肃”面孔的人，杜牧与名妓的风流轶事更多，或是饮酒更重。在他的一些效果最佳和最令人难忘的诗篇中，杜牧以风流人物出现，既多情浪漫又伤感潇洒。杜牧的风流行为在轶事和传记资料中都受到评论。这些评论和举例更可能是从其诗篇的语调或宣称推论出来的，而非来自任何对他实际行为的直接了解。也可能杜牧在世时，这种形象几乎肯定已成为他的名望的一部分。杜牧显然很乐于扮演这一角色，但是他也同样乐于扮演未受赏识的军事天才和政治家，希望以自己的政策使唐王朝恢复过去的辉煌。杜牧的问题在于，更多读者相信的是他所扮演的诗歌风流角色。

这三首《扬州》诗可以确定日期，在杜牧开始成为人们所喜爱的那一类诗人的诗篇中，这是最早的三首。我们已经讨论过自我形象的问题，然而在这三首诗中，杜牧并未在任何地方谈到自己。但是，如果我们将这些诗与他年轻时写的《阿房宫赋》相比，差别便很鲜明。隋炀帝是一位极度奢侈的“坏”皇帝，比秦始皇风流，但是他同样应负亡国的责任。除了读者将对隋炀帝的一般负面评价归因于杜牧以外，这几首诗中没有任何地方表达他在赋中所作的那种道德谴责。我们可以将第三首诗的最后一句解释为谴责，但它被围框于一个特别的形式中。

第一首诗的开头便召唤起隋炀帝墓土的遗迹，即扬州的坟墓。“迷楼”可能有一些遗迹存留（或人们相信的迷楼遗址）；但是很快就清楚整个扬州都是迷楼。显然，水调仍在唱，月光依旧，过去与现在的差异未在任何地方说明。我们看到一位有钱有地位的放荡年轻人，一个标准的诗歌角色，夜晚出去，倾泻金钱于酒、女人和歌。“喧阗醉年少”是迷乱、丢失自我、挥霍的形象。诗篇的结尾描绘这位年轻人半脱掉昂贵衣装的形象，既失体面又失资本。即使他看上去略显愚蠢可笑，这不是被谴责的形象，而是颂扬自我放纵的形象。

我们此处再次引用第二联：

谁家唱水调，明月满扬州。

此联与杜牧的另一首名诗相比，颇有启发意义：

泊秦淮

烟笼寒水月笼沙，夜泊秦淮近酒家。
商女不知亡国恨，隔江犹唱后庭花。

秦淮河流过南朝的古都金陵。我们不知道杜牧哪次经过这里时写了这首诗。《后庭花》为陈后主所作，是一首艳美享乐之歌。陈国朝臣中的道德家们听到以后，认出这是“亡国之音”，知道王朝不可能持久。杜牧诗中的叙述人在自己对历史的深刻理解上做文章，而诗中的歌者显然并无这种理解。对她来说，那只是一首艳美享乐的歌；对隔江而听的诗人来说，却是亡国的记忆，也许在现在唱此歌是一个不祥的迹象。

这首诗的情景与在扬州听到唱隋炀帝的“水调”完全一样。在《扬州》中，听者很了解这首享乐之歌背后的历史深度（特别是如果杜牧自己加上那一早期的注解，说明隋炀帝是歌的作者）。然而，《扬州》诗中并没有道德谴责；这首歌的继续存在只是增强了这一享乐之城的怀旧气氛。

过去和现在的浑然相接也带入第二首《扬州》诗中，这首诗颂扬城市中的各种陈迹和享乐，以及流过这里的巨大财富。奇怪的是，最后一联也唤起类似的延续，城中无数华表似乎在邀请想象中的淮南王刘安回来，就像神仙丁令威返乡一样。然而，在这首诗中，这座城市的财富和享乐会使扬州成为真正的回归和重现的场所，与丁令威所发现的变化和失落相反。

在第三首诗中，诗人引喻鲍照的《芜城赋》，继续描绘这座城市的寻欢作乐。在唐代“芜城”一般被认为指扬州。扬州因其地理位置成为商业中心，不断发展强大而过分成熟，最后却“竞瓜破而豆分”。当杜牧将这座城市描绘成运输财富的“棰轴”时，也许确有一种不祥的语气。尾联很容易读懂，但却难于解释清楚：

自是荒淫罪，何妨作帝京。

前一行显然指隋炀帝的荒淫无度，很可能是说问题在此人而非此地。最后一行可能表示扬州是适合这样一位皇帝的京都。

他在扬州的逗留结束时写了两首诗，表面上是关于与一位歌妓的离别，但我们看到的却是杜牧的典型风流形象。

赠 别

其一

娉娉袅袅十三余，豆蔻梢头二月初。
春风十里扬州路，卷上珠帘总不如。

其二

多情却似总无情，惟觉樽前笑不成。
蜡烛有心还惜别，替人垂泪到天明。

“春风十里”从此成为与扬州城相连的一个短语。我们对喜爱刚入青春的女孩的做法且不作评价，因为这在中国和世界其他许多地方曾经很平常。她刚过了十三岁（在新年刚满十三岁），这意味着她可能还只有十二岁，因为这里年龄与春季相联系，刚刚进入第二个月（在八三五年，第二个月始于三月三日）。诗的焦点先集中于初开的花，然后转向“十里”青楼的大背景。帘子卷起，女人们的脸在朝外看，比较之后得出评价，她是其中最美的。

“你是其中最美的人”的比较评判，可以想象是赠送歌妓的诗篇中最常见的成分；虽然这颇具普遍性，但很难不从进士考试和官僚制度的男性文化的背景来解释这一点，因为男性文化热衷于等级和比较评价。

第二首诗的心理显然是有关离别的主题，比第一首更有意思，差不多是中国诗歌中隐喻的寓言。我们应该首先指出，蜡烛的芯是它的“心”，蜡滴传统上象征着泪滴。唐代诗人一般不会为流泪而感到难堪；但是也有一种压抑的美感，强烈的感情通过一个眼光或姿势溢出。但是在这首诗中，我们看到的是否定的宣告，最强烈的感情以无情出现。感情的证据在喝酒中，喝酒应该有欢笑（买一位歌妓是“买笑”），但是不知如何却无法欢笑。

被压抑或阻碍的感情在感情主体之外的世界出现：蜡烛替代人，为他们流泪。作为隐喻的寓言，其寓意是象征性的表达可以而且常被理解成是（因各种原因，包括政治上失意）表达受阻的迹象。隐喻性的移情可以表示感情的加强。不过，还有另一种诗学在此起作用，即关于证据的换喻诗学：从最后一行中我们知道两人在一起，直到黎明，大概是他们必须分手的时刻。

我们可以作一比较：杜牧对分离时无法说话的心理学处理，与温庭筠对同样情况的较传统而同样有效的诗歌处理。

别情无处说，方寸是星河。

温庭筠从主观的角度谈自己无法表达的感情。杜牧的手法更有意思，因为他将这种情景普遍化为一种原则，在另一个层次上取代了当时的难堪。

杜牧显然得意于自己的风流形象，但是他也很严肃地致力于表现自己很不相同的另一角色，即一位关心国事的潜在政治家。在扬州期间，杜牧也忙于写作政治论文，花费的时间远远多于我们刚阅读的那些诗篇。具讽刺意味的是，这些散文得以保存下来，可能是因为那些诗篇的缘故。诗歌是杜牧后来的名气资源，是他的作品集得以保存的一个原因，而许多其他人的作品都丢失了。

在决定命运的八三五年春天，杜牧当时三十三岁，被任命为监察御史，离开扬州回到京城。当时与宦官关系密切的朝臣和宫廷医官郑注掌握权力，颇受众官的鄙视。御史李甘是杜牧的知己朋友，因为公开反对郑注，在七月被贬为封州司马，去了遥远的南方，其后卒于那里。也许担心自己与李甘的关系，杜牧托称无法完成职务的重任，请求换职。朝廷允准，将他调任洛阳没有责任的闲职。后来证明这是一个及时的行动。无论是直接参与阴谋还是与阴谋者有一般的联系，很多长安官员都在那年十一月甘露事变后的血腥清洗中丧失了性命。

在洛阳，杜牧再次碰到他在宣州赞美过的歌女张好好。她在一家酒店当垆卖酒，可能是因为沈述师抛弃了她。杜牧为她写了一首长歌，我们前面已经提过。在这首歌中，杜牧回忆她在洪州和宣州时年轻貌美的盛况。

张好好诗

牧大和三年，佐故吏部沈公江西幕。好好年十三，始以善歌来乐籍中。后一岁，公移镇宣城，复置好好于宣城籍中。后二岁，为沈著作述师以双鬟纳之。后二岁，于洛阳东城重睹好好，感旧伤怀，故题诗赠之。

君为豫章姝，十三才有余。
翠茁凤生尾，丹叶莲含跗。
高阁倚天半，章江联碧虚。
此地试君唱，特使华筵铺。
主公顾四座，始讶来踟蹰。
吴娃起引赞，低徊映长裾。
双鬟可高下，才过青罗襦。
盼盼乍垂袖，一声雏凤呼。
繁弦迸关纽，塞管裂圆芦。
众音不能逐，袅袅穿云衢。
主公再三叹，谓言天下殊。
赠之天马锦，副以水犀梳。
龙沙看秋浪，明月游东湖。
自此每相见，三日已为疏。
玉质随月满，艳态逐春舒。
绛唇渐轻巧，云步转虚徐。

旌旆忽东下，笙歌随舳舻。

霜凋谢楼树，沙暖句溪蒲。

身外任尘土，樽前极欢娱。

飘然集仙客，讽赋欺相如。

聘之碧瑶佩，载以紫云车。

洞闭水声远，月高蟾影孤。

尔来未几岁，散尽高阳徒。

洛城重相见，婥婥为当垆。

怪我苦何事，少年垂白须。

朋游今在否，落拓更能无。

门馆恸哭后，水云秋景初。

斜日挂衰柳，凉风生座隅。

洒尽满襟泪，短歌聊一书。

这首诗未述及一些重要的事情：我们不知道她对被沈述师纳为妾是否高兴，我们也不知道两人之间发生了什么导致她成为洛阳的私妓。当然这些是不必提的，因为杜牧和张好好两人都明白。而这也提醒我们这首诗是“为”张好好写的，而不是为后人。的确，诗篇着重描写的是张好好与沈述师的兄长沈传师在一起的时间，以及现在两人对他的去世感到的悲伤。

人老珠黄的女子回忆过去曾得到的宠爱而伤感，令人不能不想起二十年前（八一六年）白居易著名的《琵琶行》。在形式上和修辞上,《张好好诗》都是对这一主题更“文学”的处理，虽然缺乏《琵琶行》那种将琵琶女青春时的故事与动人的琵琶演奏相交织的复杂性。白居易用的是七言、押韵的对句及四行一节的诗。这是长篇通俗歌行喜爱的形式。《琵琶行》确实似乎很快就传播到各个通俗的表演场所。而杜牧却选择了一个更“文学”的形式，即从头到尾只用一个韵部的五言诗。

《琵琶行》中的女子不仅没有名字，而且她的故事是普遍性的，这一点无疑也增加了故事的流行。

自言本是京城女，家在虾蟆陵下住。
十三学得琵琶成，名属教坊第一部。
曲罢曾教善才伏，妆成每被秋娘妒。
五陵年少争缠头，一曲红绡不知数。
钿头云篦击节碎，血色罗裙翻酒污。
今年欢笑复明年，秋月春风等闲度。

从后代的角度看，很难不更喜欢白居易的《琵琶行》，即使在这一小节中，其语言的力量也完美地描绘了她对音乐和欢乐不顾一切的专注，获得和花费皆不计得失。这为此节后面的诗行作好了铺垫，随着青春逝去，爱慕她的人也消失了。《琵琶行》中的女主角确是歌妓，她的成功与失败是以爱慕她并为她付费的客人的数量来衡量的。很难不将她看作是诗人白居易的化身（诗篇在其他方面也作了同样的类比）：白居易及其朋友元稹一起庆祝白诗的广泛流传。这种无区别的普遍流行，后来成为贬低者对白诗的批评。

在这种情况下，我们就较易于理解杜牧在张好好的形象上对这样一个角色所进行的改造。此位歌者有名字，为人所知。她只被一两个男人所爱和欣赏，而不是所有存有欲念的男人。她的"成功"是以感情的深厚来衡量的，包括她自己的感情及其爱慕者的感情，特别是沈传师的感情。所失去的是第一位爱慕她的主人，而不是她的青春魅力。诗歌形式和修辞层次的"提升"与这些"更高"的价值相配。虽然她现在落魄于洛阳的一个酒店，张好好是充满爱情及被爱的妾，而不是歌妓。

杜牧另一首有关女子悲惨命运的作品《杜秋娘诗》，创作日期不那么确定。缪钺将此诗系于八三三年杜牧前往扬州的时候，傅璇琮则更倾向于八三七年。与《张好好诗》一样，白居易的《琵琶行》是这首诗的背景，虽然杜牧再次选用较不通俗流行的五言，而不是七言。与《张好好诗》相比，这首诗用了更多的典故和层次更高的措辞，离开通俗诗歌的调子甚至更远。根据张祜和李商隐都提到此诗的事实，它似乎是杜牧在当代的名声的一个重要部分，虽然与杜牧的许多其他诗篇相比，后来的诗评家们较少注意此诗。

虽然此前并非没有相似的主题，但是在白居易的歌行成功之后，发现经受艰辛并从地位和名声跌落的女子变得很流行。值得注意的是，杜牧的诗篇详细叙述了一位女子的动人故事，而这个故事与政治历史交织。杜秋娘原是谋反者李锜的侍妾；李锜倒台之后，杜秋娘被送入宪宗的后宫，后来很得宠爱。在宪宗后继者的统治下，她成了穆宗的一位儿子漳王的养母。漳王遭诽谤被废黜后，杜秋娘被遣回家乡。她将自己的身世告诉杜牧，于是杜牧以诗歌重述了她的故事，诗中充满红颜祸水和贞女。正如白居易在《琵琶行》中人老珠黄的歌妓身上看到自己的命运，杜牧也在杜秋娘身上看到了学者的命运：

> 女子固不定，士林亦难期。

他接着列举了一长串学者命运多舛的例子，此时我们终于明白，他对杜秋娘的兴趣远不如他对儒家士大夫的命运的兴趣。

八三六年杜牧在洛阳期间，一位叫李戡的挚友去世。一年后杜牧为李戡撰写碑文，文中突然攻击元稹和白居易的诗歌，称之为元和诗歌恶习的代表。攻击出现在引用李戡的话中，这些话与其（现在已佚失）唐诗选集联系在一起。碑文如下：

> 诗者可以歌，可以流于竹，鼓于丝，妇人小儿，皆欲讽诵，国俗薄厚，扇之于诗，如风之疾速。尝痛自元和已来有元、白诗者，纤艳不逞，非庄士雅人，多为其所破坏。流于民间，疏于屏壁，子父女母，交口教授，淫言媟语，冬寒夏热，入人肌骨，不可除去。吾无位，不得用法以治之。

在现代的情况下，李戡的极度忧虑当然会被理解为白居易诗歌流行感人的证据。然而在这里，我们必须如同评论杜牧的风流形象一样谨慎。李戡对这种诗歌风行情况的描绘，不仅在元稹和白居易自己的陈述中得到证实，而且可能正是那些陈述的产物。

从九世纪三十年代中叶开始，七言律诗越来越流行，特别是用于描绘地方风物和古代遗址。杜牧有一组两首洛阳诗，基于皇帝不再来洛阳这一事实，这在当时是流行的洛阳主题。他还作有一首凭吊古城废墟的怀古诗。

故洛阳城有感

一片宫墙当道危，行人为尔去迟迟。
筚圭苑里秋风后，平乐馆前斜日时。
锢党岂能留汉鼎，清谈空解识胡儿。
千烧万战坤灵死，惨惨终年鸟雀悲。

杜牧开始于他所认定的东汉宫墙的废墟，作为促使旅行者驻足感怀的标志。第二联在晚唐很典型，提出在唐代已无可辨认的两个著名东汉遗址的名字。这些名字仅是被放置于消失的日光和秋风这些表示完结的片刻之中。第三联通过用典而作出评论。从完结的时刻，我们又返回到历史的关键时刻，由不同的决策而可能导致不同结局的时刻。这样一个历史关键时刻发生在东汉灭亡之前，开始于一六九年对官员的大批清洗。杜牧似乎在说，如果那些人没有被排斥贬逐，继续留在职位上，那么他们便可能挽救那一朝代。第二个时刻发生在西晋灭亡之前，西晋的京城也是洛阳。这里杜牧认为当时的清谈精神是无效的：虽然王衍能够认出一位可能毁灭王朝的人的迹象，他并未采取任何行动。第七句是杜牧的典型佳句，描绘了一个宏伟的视觉形象，将常理具体化：洛阳是很多大仗的战场，被洗劫多次，直到土地本身（即“坤灵”）死亡。所剩的只有悲伤，移情到喳喳叫的麻雀上，如同前面将离别的悲伤移情到烛的蜡泪。

这里我们对比下引许浑同一题材的诗。许浑是杜牧的同时代人，后来也成为他的朋友。

登故洛阳城

禾黍离离半野蒿，昔人城此岂知劳。
水声东去市朝变，山势北来宫殿高。
鸦噪暮云归古堞，雁迷寒雨下空壕。
可怜缑岭登仙子，犹自吹笙醉碧桃。

虽然这不是许浑最优秀的诗篇，但是对比之下可显示出其长处和短处。杜牧的诗篇提供了一个贯穿整体的视觉形象，成为诗篇的结构：开头的废墟挑逗思想，接着展示在洛阳昔日辉煌的遗址上的诗意空寂景象，然后引向导致洛阳毁灭的决策时刻，最后描绘毁灭城市的一次又一次的烧掠和战争的景象，这个城市再也未能完全恢复。许浑的诗篇则漫无目的地从一个意象转向另一个意象，最后颇不和谐地结束于超脱一切之上的神仙王子乔的形象。尽管如此，第三联唤起的废墟之美与杜牧诗中的任何描绘都不相同。它与五言律诗巧匠们精心雕琢的对句有很多相似之处，像那些对句一样，这是一种很容易重现的美，后来也确实重现。

杜牧之弟杜顗于八三二年进士及第。与杜牧一样，杜顗年轻时写的作品得到广泛赞扬。杜牧还在扬州的时候，杜顗在附近的润州（现在的镇江）节度使李德裕幕下任职。李德裕调离后，杜顗去了扬州，出于对前幕主的忠诚，他一再婉拒牛僧孺入幕的邀请。杜顗患一种眼病，至八三七年时已经失明。因为这一家庭危机，杜牧离开洛阳的职位，旅行到长安，请一位著名的医生为其弟治疗。当两人到达扬州后，医生诊断不是眼睛本身而是脑有毛病（我们怀疑是肿瘤）。

两兄弟住在禅智寺内，大概在那时杜牧写了他最著名的诗篇之一。禅智寺在城东北的竹西路上，其与繁华的娱乐区的距离，似乎体现了诗人现在与仅几年前如此喜欢的扬州在心理上的距离。

题扬州禅智寺

雨过一蝉噪，飘萧松桂秋。
青苔满阶砌，白鸟故迟留。
暮霭生深树，斜阳下小楼。
谁知竹西路，歌吹是扬州。

杜牧在诗的开首，突然以尖厉的噪声打破或取代较有规则的雨声。虽然杜牧的诗并不完全是律诗，但却写得近于律诗。虽然这样的开头不是律诗巧匠们喜欢的有控制的陈述，但是它令人想起八世纪一些名诗的首联。其中一首是王维的《观猎》：

风劲角弓鸣，将军猎渭城。

另一首是李白的《访戴天山道士不遇》：

犬吠水声中，桃花带露浓。

蝉的噪声消失于吹过树木的风声之中。

正如首联以单一的声音侵入连续声音的听觉背景，次联设立了青苔的视觉背景，映衬着各个小形象（或一个形象，也许只是一只白鸟）。这是可辨认的“近”景，为转换到第三联的“远”景作铺垫，此联描写升起的雾霭和降临的黑暗。第三联有效地封闭了寺院地区，鼓励想象转移到这个空间以外的扬州的享乐世界，一个与寂静的寺院完全相反的嘈杂世界，十分引人注目。最后唤起的扬州实际上是一种“缺失的景象”，我们已经在怀古诗中反复见到：一首诗以声音开首，以远处听不到的声音结束。与较早的扬州诗篇相比，这首诗开始出现杜牧许多诗篇所具有的一种特征，即深思而经常忧郁的距离感。

这时，杜牧的幕主从扬州转任洛阳，来扬州接任的不是别人，正是李德裕。杜牧之弟杜顗以前在李德裕幕中任过职，但现在已经失明，无法做什么事。杜牧则被认为与牛僧孺关系密切。杜牧带着一封信及自己的一组诗，去宣州新任观察使崔郸处谋职，于八三七年的晚秋带着其弟去了宣州。

将赴宣州留题扬州禅智寺

故里溪头松柏双，来时尽日倚松窗。

杜陵隋苑已绝国，秋晚南游更渡江。

年轻时出发去东南地区，杜牧似乎充满激情，然而此时他已经开始疲惫。

杜牧的一些最精美和最著名的诗篇可以确定作于第二次居宣州时。下面这首便是一个出色的例子：

题宣州开元寺

南朝谢朓城，东吴最深处。

亡国去如鸿，遗寺藏烟坞。

楼飞九十尺，廊环四百柱。

高高下下中，风绕松桂树。

青苔照朱阁，白鸟两相语。

溪声入僧梦，月色晖粉堵。

阅景无旦夕，凭栏有今古。

留我酒一樽，前山看春雨。

虽然这首诗与“怀古”诗有相同的成分，但是它远远超出那一题材。这里不仅是谢朓的“城”，而且也是李白的名篇《宣州谢朓楼饯别校书叔云》的地点。李诗的开首如下：

弃我去者昨日之日，不可留。

乱我心者今日之日，多烦忧。

长风万里送秋雁，对此可以酣高楼。

杜牧的诗语调沉思，李白的诗抱怨时间流逝，要抓紧时机喧闹聚会，两者之间的差别不能再鲜明了。旧的朝代像迁徙的鸿雁一样离开，留下隐藏的寺院。寺塔确实“耸入云天”，但并不飞走。颇具讽刺意味的是，这种永久的田园诗般的景色只是一种幻觉：不到十年，一位新皇帝将关闭几乎所有的佛寺。

宣州开元寺南楼

小楼才受一床横，终日看山酒满倾。

可惜和风夜来雨，醉中虚度打窗声。

我们再次碰到实质上的景象缺失。我们开始明白这种景象缺失诗意地创造出的世界，是已失去的或不可及的，或如此诗是睡过去的。我们已经看到律诗巧匠们如何创造出在诗题或诗篇其他部分限定之内不可能实际体验的景象。诗句的诗歌效果显然比忠实于经验更为重要。景象的缺失是另一种诗歌表现的形式，超越了直接的经验。只需一个小小的飞跃，便可从这两种诗歌表现模式跳出，转为创造真实生活经验中永远不可能发生的景象，这种景象只能在语言中存在。

独 酌

长空碧杳杳，万古一飞鸟。
生前酒伴闲，愁醉闲多少。
烟深隋家寺，殷叶暗相照。
独佩一壶游，秋毫泰山小。

“万古一飞鸟”到底是什么意思？也许是见到茫茫太空中的一只鸟而产生亘古的印象，而其实并不需要真有一只鸟。这是一个诗意的景象，不是真实世界的景象。这是一种观察的方法，就像视角的调整，可以（用庄子的话）将泰山看得比空中飘荡的鸿毛还小。这种视角的改变，在杜牧的世界中是在诗歌作品中实现的，将独自饮酒的忧郁变成了一种欢乐。

在八三八年末，杜牧授左补阙和史馆修撰。如果将这一任命与十一月文宗建立翰林院诗学士的失败企图联系起来，会产生一定道理。杜牧出身显贵（其伯父娶了宪宗的女儿岐阳公主），他可能综合了文宗所需要的良好家庭背景和诗歌才能。新年（八三九年一月十九日）一过，杜牧先将其弟托付给在江州的堂兄，便出发去京城。

自宣城赴官上京

潇洒江湖十过秋，酒杯无日不迟留。
谢公城畔溪惊梦，苏小门前柳拂头。
千里云山何处好，几人襟韵一生休。
尘冠挂却知闲事，终把蹉跎访旧游。

从杜牧辞去第一个职位跟随沈传师去洪州算起，确实已经十年了。除了在长安和洛阳待过很短的一段时间外，这些年他主要是在长江下游的宣州和扬州度过的。他的作品中的公务形象和私人形象之间的对立，体现了他矛盾复杂的欲望，即升官还是享乐。在这首诗中他怀疑公务的价值，但却无法抵制它的诱惑，发誓将会回来，满足自己矛盾的另一面。另一首相应的“十年”诗，是杜牧最著名的一首诗，诗中浪费的时间是他纵情享乐的时间。

遣　怀

落魄江南载酒行，楚腰肠断掌中轻。
十年一觉扬州梦，赢得青楼薄幸名。

由于这首诗收于杜牧诗集的补遗（外集）中，而外集包含了无数归属的讹误，我们不能完全保证这首诗的可靠性。尽管如此，这首诗与前引诗的首联十分相似，我们倾向于认为它是可靠的，并将它大致定于这一时期。

杜牧的经久形象是追求享乐者。“名”或“名声”指的是在仕途上寻求的东西，在这里杜牧赢得了“名”，尽管是在错误的地方赢得了错误的“名”。

回长安后，杜牧的仕途似乎返回轨道。在任职左补阙期间，他成功地上诉，使李甘死后赦罪。在一首题为《李甘诗》的长篇五言古诗中，他叙述了李训和郑注如何升上权力地位，李甘如何勇敢地反对郑注擢升宰相，如何被逐而死，以及自己如何干预，恢复李甘的好名声。这首诗读来并不激动人心，但是开头有关李训和郑注如何往上爬的描述，向读者展示了后面的风格。

太和八九年，训注极虓虎。
潜身九地底，转上青天去。
四海镜清澄，千官云片缕。
公私各闲暇，追游日相伍。
岂知祸乱根，枝叶潜滋莽。
九年夏四月，天诫若言语。
烈风驾地震，狞雷驱猛雨。
夜于正殿阶，拔去千年树。
吾君不省觉，二凶日威武。

操持北斗柄，开闭天门路。
森森明庭士，缩缩循墙鼠。

一首诗在开头标明日期，这意味着下面所述有关严肃的政治问题。杜甫的《北征》诗和卢仝的政治寓言《月蚀诗》都开始于日期。这是与伤感风流形象完全不同调子的诗歌。

在八四〇年，很可能是在文宗去世后，杜牧的官阶升了一级，任膳部员外郎，掌管宫廷的供给。随后，在八四一年他改任比部员外郎。然而，在八四〇年晚秋，李德裕调离扬州任，回到京城任宰相。在八四二年春天，四十二岁的杜牧被外调任黄州刺史，黄州亦称齐安郡（在现代的湖北）。虽然这在官阶上是很大的提升，但地方官职一般不如京城的官职，州郡也有区别。黄州位于长江北岸，是个狭小穷薄的乡村州郡，不是一个好职位，虽然比贬任遥远的南方各州要好得多。黄州在北宋再次著名，因为那是苏轼被贬逐的地方，虽然苏轼的职位远比刺史要低。

杜牧显然对这一职位很不满意，似乎怪罪于李德裕的恶意。虽然有些官员生命中似有魔法保护，在京城职位的阶梯上稳步上升，但是担任一期州郡刺史似乎是仕途的正常部分。最终这证明对于杜牧来说也是如此，他若活得更长可能会升得更高，但是在随后的六年半中，他连任三个贫穷的乡村州郡的刺史。不过对于王朝的真正需要来说，一位好的州刺史远比京城中大多数显赫的位置重要。最后，当杜牧于八四九年被召回京城时，他恢复原先的官阶，任某部员外郎。

在八四二年，杜牧已到了感到事业好像是失败了的年龄，但同时又未老到可以对这一事实不感愤恨。一些长诗，如《郡斋独酌》和《雪中书怀》，以不同方式表达了他的不满。在前一首诗中，他感到自己越来越老，描绘了自己的游历：

> 前年鬓生雪，今年须带霜。
> 时节序鳞次，古今同雁行。
> 甘英穷西海，四万到洛阳。
> 东南我所见，北可计幽荒。

他想到汉代的探险家甘英，将自己的旅行与甘英相比：他的确到过“东南”。我们没有证据表明他去过东北的幽地，所以我们得相信他说的话。

他风流的自我形象，出现在描绘较拘泥小节的官员的一段诗：

> 促束自系缚，儒衣宽且长。
> 旗亭雪中过，敢问当垆娘。

杜牧接着转向自己所钦佩的两位人物：八世纪末至九世纪初伟大忠诚的将军李光颜，以及一位生活在田园诗般的质朴世界里的乡村隐士，杜牧在十三年前遇到了这位隐士。最后他批评自己在京城任职时无所作为，并表达了为国效劳的愿望，希望收复唐王朝失去控制的地区，使社会繁荣。最后，他回到当前的时刻。

孤吟志在此，自亦笑荒唐。
江郡雨初霁，刀好截秋光。
池边成独酌，拥鼻菊枝香。
醺酣更唱太平曲，仁圣天子寿无疆。

《雪中书怀》是一首更加苦闷的诗篇。杜牧开始时歌颂皇帝，赞扬现时的政府，并宣称自己有计划可以解决皇帝面临的问题，主要是应对八四八年秋回鹘进攻的方法。他结束时绝望地举起双手，想象这样的计划献给皇帝时会发生什么情况：

臣实有长策，彼可徐鞭笞。
如蒙一召议，食肉寝其皮。
斯乃庙堂事，尔微非尔知。
向来躐等语，长作陷身机。
行当腊欲破，酒齐不可迟。
且想春候暖，瓮间倾一卮。

这些散漫的长篇诗作令人想起杜甫和韩愈，特别是韩愈。杜牧的很多诗篇中都有韩愈的影子。《大雨行》是杜牧第二次逗留宣州时的作品，这首诗是对韩愈诗的重写。他在黄州时写的一首劝告侄儿的长诗，令人想起韩愈写给儿子的训导诗。这些诗篇不是人们通常阅读的杜诗，但是却提醒我们，对于那些知道如何运用诗歌的诗人来说，唐代诗歌为不同题材的处理提供了不同的模式。

《雪中书怀》所含蕴的前提是如果朝廷官员听取杜牧的意见，国家面临的种种困难便都会解决。政治策略家推测结局和后果：他知道技术意义上的“危机”，即事件因有意识的决定或是偶然性可以朝不同方向发展的时刻。在怀古的时候，这样的思维很容易倾向于想到反事实的虚拟情况，这在中国诗歌中是很少见的。正是在这个阶段，杜牧写了其在反事实传统中最著名的一首诗。

美丽的二乔姐妹，一位嫁给孙吴的奠基人孙策，一位嫁给孙吴的大将和水师统帅周瑜。曹操计划渡过长江入侵孙吴，周瑜以火船反攻，但依赖于东风。那天确实刮起东风，结果曹操的舰队都被烧毁。否则，曹操便可能成功地入侵孙吴。如果他征服了孙吴，他便会得到二乔姐妹，二乔姐妹便会被禁锢于铜雀台，就像曹操的其他女人一样。

赤　壁

折戟沉沙铁未销，自将磨洗认前朝。

东风不与周郎便，铜雀春深锁二乔。

虽然杜牧很少直率地披露自己受惠于李贺，李贺却总是以微妙的方式出现在杜牧的诗歌里。例如，视文物为古代的举隅便是从李贺的《长平箭头歌》中得到的启发。在那首诗中，箭头令人想起著名的长平大战，在战斗中秦军摧毁了赵军。但是看到李贺诗的开头诗行，我们很快便认识到杜牧只是借用了主题，并未借用李贺那明显的元和风格。

漆灰骨末丹水沙，凄凄古血生铜花。
白翎金簳雨中尽，直余三脊残狼牙。

然而，杜牧那相对直接简朴的风格却引向一个同样奇特的念头，诗人想知道如果那天未刮东风，将会产生什么后果。

在八四四年的晚秋，杜牧被调任东部同样贫穷的池州（现代的安徽）。第二年秋天，诗人张祜从丹阳来访。张祜比杜牧年长约十岁，尽管几次被荐，但一直没有得到过职位。在其人生的这一阶段，他从一位扶持人转到另一位扶持人，仍在希望找到一位恩人。他有时用律诗巧匠的风格写诗，但如我们所见，与律诗巧匠相比，他更是一位半职业的诗人。他用诗篇回报官员和歌妓的恩惠（根据一些轶事资料，他也用诗篇侮辱惹他生气的歌妓）。很清楚，张祜来访杜牧，只是为了寻求政治上的支持，尽管杜牧极不可能成为扶持人。

我们不知道是张祜还是杜牧先发展了律诗和七言绝句的风流风格。两人之间显然有一种心灵的相通，虽然杜牧很少表现张祜那种戏剧性的潇洒。但正是张祜诗歌的这一方面吸引了杜牧。我们不知道张祜何时写出咏扬州（广陵）的诗，但杜牧显然在赠张祜的一首诗中谈到它，此诗作于八四四年秋。我们很希望能够确定张祜那首诗的日期，因为首联显然与我们前引杜牧作于八三九年的诗及著名绝句（见本章前面）有联系。

到广陵

一年江海恣狂游，夜宿倡家晓上楼。
嗜酒几曾群众小，为文多是讽诸侯。
逢人说剑三攘臂，对镜吟诗一掉头。
今日更来憔悴意，不堪风月满扬州。

对于后来的读者来说，这首诗所描述的似乎比杜牧自己还更像杜牧。这是一种自我标榜的个性诗歌，为达到戏剧性效果而加以特意安排，融合了对玩乐的颂扬和重访旧日享乐之地时的感伤。最后一联以感伤与早期的自我放纵拉开距离，令人想起标准的“扬州明月”的诗歌主题。如同杜牧其他同一模式的诗篇，这首诗衍自一个通行的诗歌主题，即“忆旧游”。诗人对自己或对朋友颂扬过去逍遥自在的享乐，以及现在与那些享乐的距离。这便是风流，颂扬情人、剑客、饮者、潇洒多情流泪伤感的人。七言诗的传统很适合这种风格，与五言律诗巧匠们所推重的节制完全相反。

在赠张祜的诗篇中，杜牧表达了自己的同样夸张的感情，最后赞美张祜，因为张在诗中表达了对王侯的鄙视。

登池州九峰楼寄张祜

百感中来不自由，角声孤起夕阳楼。
碧山终日思无尽，芳草何年恨即休。
睫在眼前长不见，道非身外更何求。
谁人得似张公子，千首诗轻万户侯。

张祜的答诗是：

和池州杜员外题九峰楼

秋城高柳啼晚鸦，风帘半钩清露华。
九峰丛翠宿危槛，一夜孤光悬冷沙。
出岸远晖帆断续，入溪寒影雁差斜。
杜陵春日归应早，莫厌青山谢朓家。

且不论谁影响谁的问题，与杜牧唱和时是张祜诗歌创作最佳之时。然而，他那相当精彩的对句仍然遮盖不了应酬诗的传统模式。在诗篇结尾，张祜安慰任地方官职的主人：他很快就会被召回长安。

在张祜身上杜牧看到诗歌不是晋升的工具，而是讽刺权贵的手段。即使张祜的诗篇在宫廷里颇受欣赏，却并未给他带来任何好处。

酬张祜处士见寄长句四韵

七子论诗谁似公，曹刘须在指挥中。
荐衡昔日知文举，乞火无人作蒯通。
北极楼台长挂梦，西江波浪远吞空。
可怜故国三千里，虚唱歌辞满六宫。

在同年早秋，武宗发布了其一系列诏令中的最后一道，关闭全国所有佛教寺院，只有几所是例外，并强迫大批和尚尼姑还俗。杜牧自己无疑地被要求监督摧毁池州寺院的工作。虽然杜牧作为官员表示支持这种政策，但是作为诗人，他无法不为造成的毁坏和社会混乱而担忧。

池州废林泉寺

废寺碧溪上，颓垣倚乱峰。
看栖归树鸟，犹想过山钟。

还俗老僧

雪发不长寸，秋寒力更微。
独寻一径叶，犹挈衲残衣。
日暮千峰里，不知何处归。

下一年春天，武宗去世，宣宗即位。李德裕很快失势，被贬逐远方。在新皇帝即位后一般会发生的调动中，杜牧不但没有被召回京城，反而被调到更远的南方——另一个贫穷的州郡睦州（现代的浙江）。杜牧有三首咏家乡庄园朱坡的绝句，由于其中一首可以比较有把握地确定作于其任睦州刺史期间，学者们一般将其他两首也定在同一时期。在杜牧的一些诗篇中，所描绘的景象只能在诗歌中存在，但在朱坡诗中的一些部分，我们看到的却是回忆和诗歌的构造交融无迹。这三首绝句从平常转向奇特。

朱坡绝句三首

其一

故国池塘倚御渠，江城三诏换鱼书。
贾生辞赋恨流落，只向长沙住岁余。

其二

烟深苔巷唱樵儿，花落寒轻倦客归。
藤岸竹洲相掩映，满池春雨鸊鹈飞。

其三

乳肥春洞生鹅管，沼避回岩势犬牙。
自笑卷怀头角缩，归盘烟磴恰如蜗。

与贾谊一样，杜牧开始“在长沙”思念家，虽然这个“家”是他的童年时代的家。我们不知道杜佑的朱坡庄园是否仍是杜家财产（他们在长安城里的房宅已经在八二〇年卖掉）。即使朱坡尚未卖掉，我们也不知道在多大程度上，这位杜佑三子的成年儿子是否仍然可以将其作为“家”。在第二首绝句中，朱坡庄园成为诗歌和记忆中田园诗般的景象，诗人想象自己回到那里。在奇特的第三首绝句中，朱坡变成了岩洞和蜗壳，虽然是凹凸不平的钟乳石和“犬牙”般的悬崖，诗人缩回头角，可以躲避进去。

那首回忆朱坡的长诗，虽然不是杜牧比较著名的诗篇，却具有一种美，值得在诗歌史上被注意并占有一席之位。这种稠密描绘的诗歌可以追溯到杜甫，但是也许最重要的来源是《城南联句》——韩愈和孟郊作于八〇六年的联句诗。从形式的角度来看，此诗在这两位诗人的联句诗中是一种新类型，并且据我们所知，在传统上也是新的类型。在这首诗中，不是一位诗人写一个对句或一段，然后另一诗人回应，而是每位诗人轮流写一个对句中的第一句，然后另一诗人回应第二句。因为挑战和应对的因素，结果形成特别稠密的风格，其中含有极美的段落。

新形式造成压力，而场合提供的主题也为这一形式增加了深度。孟郊和韩愈写的是城南的一次游览。城南是富裕的乡村，有很多大庄园，其中包括朱坡。这是皇帝的领地，王朝的中心，各个场地都有其历史。诗篇的稠密风格与这一奇幻地方在收获季节的稠密相辅相成。《城南》与韩愈同年创作的结构稠密的游览诗《南山诗》相对应。

数年之后（精确的日期不肯定），李贺写了《昌谷》诗，描绘洛阳附近自己的家的景色。我们再次看到稠密的描绘风格，颂扬其家乡地区的神秘和富饶。孟郊和韩愈在收获的景色和未开垦的繁茂自然景色之间转换。李贺在深入自然景色之后，在诗篇的中段转向农耕景色，最后又更亲近地回到自然。

杜牧已经在其《题池州弄水亭》里运用过这种风格。在那首诗中，我们发现同样稠密的自然描写，然后赞美一个欢乐的农业社会，令人想起李贺的《昌谷》。如果比较李贺的昌谷农村和杜牧的池州农村，我们就可清楚看出这一点。李贺对昌谷的描绘如下：

> 珍壤割绣段，里俗祖风义。
> 邻凶不相杵，疫病无邪祀。
> 鲐皮识仁惠，丱角知腼耻。
> 县省司刑官，户乏诟租吏。

下面是杜牧对池州的描绘：

> 风俗知所尚，豪强耻孤侮。
> 邻丧不相舂，公租无诟负。

在某种程度上，这是传统的田园诗式农村的一部分，但是措辞和题材的相似，很容易使我们认为杜牧受到李贺的影响。然而在结尾，杜牧突然意识到，自己与这一融合了自然美和社会和谐的世界是相隔的：

不能自勉去，但愧来何暮。
故园汉上林，信美非吾土。

然而，朱坡及其周围的城南地区的确是他的乡土。离开池州后，在睦州时，杜牧在诗歌中重新创造这一失去的世界。

朱 坡

下杜乡园古，泉声绕舍啼。
静思长惨切，薄宦与乖睽。
北阙千门外，南山午谷西。
倚川红叶岭，连寺绿杨堤。
迥野翘霜鹤，澄潭舞锦鸡。
涛惊堆万岫，舸急转千溪。
眉点萱芽嫩，风条柳幄迷。
岸藤梢虺尾，沙渚印麑蹄。
火燎湘桃坞，波光碧绣畦。
日痕絙翠巘，陂影堕晴霓。
蜗壁斓斑藓，银筵豆蔻泥。

洞云生片段，苔径缭高低。

偃蹇松公老，森严竹阵齐。

小莲娃欲语，幽笋稚相携。

汉馆留余趾，周台接故蹊。

蟠蛟冈隐隐，斑雉草萋萋。

树老萝纡组，岩深石启闺。

侵窗紫桂茂，拂面翠禽栖。

有计冠终挂，无才笔谩提。

自尘何太甚，休笑触藩羝。

蜗牛成功地收回“角”，缩回壳里。杜牧是角卡在篱笆里的羊，因此他无法退缩。唯一有效的退缩是退入诗歌里，想象中的蜗牛爬上雾霭里的台阶，进到安全、厚重、单调的壳里，所发现的是诗歌。

在八四八年秋，杜牧终于接到调回京城任司勋员外郎和史馆修撰旧职的消息。他在晚秋时节起程，于八四九年初到达长安。此时杜牧已是著名诗人，吸引了诸如李商隐的年轻诗人的仰慕。

杜司勋

高楼风雨感斯文，短翼差池不及群。

刻意伤春复伤别，人间惟有杜司勋。

批评家们对第一联的含义争议颇多：这些诗行指的是李商隐还是

杜牧，或兼指两者。然而我们看到杜牧的诗歌被与“伤春”和“伤别”相联系，即与杜牧处理的较轻松的题材相关。

一旦在长安安定下来，杜牧便开始写信请求一个俸禄稍丰的地方职位，理由是有很多人依靠他生活，包括他的弟弟。他请求杭州的美缺，但是没有得到允准。在八五〇年，他被调任吏部员外郎，写信要求去湖州任刺史，湖州比早先的几个州要大。这次他的请求被允准了。

将赴吴兴登乐游原一绝

清时有味是无能，闲爱孤云静爱僧。

欲把一麾江海去，乐游原上望昭陵。

批评家们通常将诗人远望太宗陵墓解释成他对唐朝黯淡的政治情况感到绝望的迹象，但这也同样可以看成反映他对持久的唐朝政体的满意。西北地区的汉人起兵反抗吐蕃的统治，使边塞的一些州郡回到名义上的中国统治，而收复西北州郡是杜牧长期一直怀有的愿望。在不停地抱怨州刺史的职位之后，杜牧似乎不能在京城的职位上待久，很快就提出辞职或请求调动，他现在清楚地看到刺史的位置有其吸引人之处。他打着旌旗出发，欣赏这种位置的闲静乐趣。

很可能在八五一年初，杜牧在湖州遇到年轻的诗人李郢，请他饮酒。

湖南正初招李郢秀才

行乐及时时已晚，对酒当歌歌不成。
千里暮山重叠翠，一溪寒水浅深清。
高人以饮为忙事，浮世除诗尽强名。
看著白苹牙欲吐，雪舟相访胜闲行。

诗篇直率地以刺史劝说及时行乐开头。饮酒时作诗而未完成，此应指杜牧自己，因为他缺少饮酒之伴。第二联写景，目的在吸引李郢来，同时也展示诗人的艺术。

第三联是诗篇兴趣的焦点，结合了口语“忙事”和《老子》中关于大道无名而“强为之名”。杜牧在陈述一个宏大的诗歌理论，令人想起他早期对李贺诗歌的评论，即诗歌的品质比其在经验世界中的对应物更为完美。实际上，世界上唯一“自然”而不勉强的语言是诗歌。然而我们不知道这是作为杜牧自己的宣称，戏谑地劝说李郢来饮酒，还是假设为李郢的态度，他沉浸在诗歌写作之中，不愿花时间玩乐。

结尾用王徽之的典故，也同样很奇特：王徽之想到他的朋友戴逵，就在雪夜乘船去访。但是到了戴的家门口时，他却转头回家，解释说：“本乘兴而来，兴尽而返，何必见安道耶！”这是邀请朋友来饮酒的最奇特方式。

在八五一年秋，杜牧被召回京城任考功郎中兼知制诰。不幸的杜顗于同年去世，可能减轻了他部分经济负担。杜牧在湖州逗留，直到庆祝完收获季节才回到京城。在八五二年，杜牧迁中书舍人。那年冬天杜牧病倒，可能感到不久于人世，便为自己撰写了一篇墓志铭，并选择了希望收入自己的作品集《樊川文集》的作品。在阴历年底之前，大约是八五二年底，杜牧去世。传世《樊川文集》的本子是他的外甥裴延翰整理的。

在整理自己的文集时，烧掉相当数量的作品，或进行某种严格的筛选，这是很常见的现象。白居易的文集很独特，差不多收入了所有的作品。杜牧的诗篇十分流行，特别是他的绝句，《樊川文集》中未收入的很多诗篇，后来至宋代都被收入各种对其文集的补遗中。不幸的是，诗歌一旦普遍流传，归属便常常改变，结果使得这些补遗集子中的很多诗篇，根据证据更可能是他人所作，而非出自杜牧之手。这不意味着未有其他归属的诗篇就一定是杜牧的，虽然很多诗篇可能确实如此。那些补遗所呈现的是晚唐想象中的“杜牧”，一位吸引某一类型诗歌的人物，其中包括他自己的很多著名绝句。

田园诗

所有唐代诗人都曾经有过田园诗的时刻，但是比起其他任何重要诗人，杜牧更是一位田园诗人，而田园诗代表的是理想中的世界。如果移情到失去的过去，田园诗便成为挽歌。我们此处可以回顾杜牧对李贺诗歌的描述：

> 云烟绵联，不足为其态也；水之迢迢，不足为其情也；春之盎盎，不足为其和也；秋之明洁，不足为其格也；风樯阵马，不足为其勇也；瓦棺篆鼎，不足为其古也；时花美女，不足为其色也；荒国陊殿，梗莽丘陇，不足为其恨怨悲愁也；鲸呿鳌掷，牛鬼蛇神，不足为其虚荒诞幻也。

在中国的背景下，这是在描绘田园诗的世界，比“真实”的世界更为完美的诗歌世界。在很多方面，对李贺诗歌的这一描绘更适合杜牧自己成熟后的诗歌。杜牧与其诗中的田园世界存在着各种可能的关系：有时候诗人身在其中；有时候田园世界存在于过去，现在已失去（挽歌）；有时候那是一个奇幻的空间，诗人只能观看，但无法进入。

与田园世界的最后这一边缘关系特别有意思，因为它反映了诗意的田园世界本身：它在我们眼前“实现”，却仍不可及。从大约作于八三九年的一首乡村风味的田园诗中，我们可以看到这一点。当时诗人结束第二次逗留宣州的时期，回长安接任新职。传记的背景在这里很有意义，因为诗人两次放弃京城的官职去长江下游地区，显然那里提供的乐趣和满足是京城里所没有的。现在他应召回京，这使他对事业充满矛盾。

商山麻涧

云光岚彩四面合，柔柔垂柳十余家。
雉飞鹿过芳草远，牛巷鸡埘春日斜。
秀眉老父对樽酒，茜袖女儿簪野花。
征车自念尘土计，惆怅溪边书细沙。

虽然诗题将这个小乡村置于王朝的地理之中，首联却将它置于另一地方：旅行者周围云光岚彩，小村藏在柳树丛中。这一奇幻的圈围使我们置身于一个很多唐代故事所描述的世界中，一个仙人与神女的世界，并且与桃花源的奇妙农耕社会相融合。在人群居住的地方，附近却有跳跃的鹿，再次表明这是一个特殊的远离伤害的地方。我们穿过自然的野生世界，来到“牛巷鸡埘”（墙上鸡可以做窝的洞）。

在唐诗中的乡村里，很少碰到孩子和中年妇女。至于成年男子，我们将看到，可能出现牛郎。最常见到的是（如在这里）老人和年轻的女子，仙人和神女的质朴对应物。这是一个和平与丰饶的王国，一个隔离的世界。

虽然诗人只是路过，这田园诗般的景象使他反思自己的生活，总是从一个地方赶往另一个地方。最后一行谜一般地将田园世界与书写联系起来。杜牧告诉我们他在书写，但未说他写的是什么。我们只知道他是在感到疏远之后书写，那是一种与生活在田园世界的人们分离和歧异的感觉。

杜牧的诗篇可以与大约作于一个世纪前的一首乡村风味的田园诗相比。在那首诗中，王维观察一个农家小村，体会到他不可能属于这样一个世界，于是诵读了一首《诗经》里的诗，而不是在沙里书写。

渭川田家

斜光照墟落，穷巷牛羊归。
野老念牧童，倚杖候荆扉。
雉雊麦苗秀，蚕眠桑叶稀。
田夫荷锄至，相见语依依。
即此羡闲逸，怅然吟式微。

虽然基本的描述很相似，王诗和杜诗的差别在某些方面体现了盛唐最佳诗歌与晚唐诗歌的差别。王维的诗强调农耕社会里人们的内在关系，那种关系将他排斥在外；而杜牧的诗则反映出他构造景象的特殊天才：笼罩那一地方的五彩气氛和后面无法阅读的书写。王维的田园世界是人间的，是将劳作和丰饶转换成诗篇。杜牧的田园世界是由诗意的对立构成的（白对红；男对女；老对少；酒对花），从而创造出闲逸、永恒的另一世界的景象。然而，两位诗人都来到乡村的田园世界边缘，都无法跨进，都感到政治生活的重压。

杜牧在同一旅途上曾见过的那位姑娘，这次似乎又出现于接近南阳的地方，并与一位牧童相配，而不是一位老人。她可能是田园诗式的乡村中的一个标准固定人物。然而在这里，杜牧没有经历疏远的感觉，而是为一位乡村主人所欢迎，正如一位古代的农人欢迎孔子的弟子子路一样。

村　行

春半南阳西，柔桑过村坞。
娉娉垂柳风，点点回塘雨。
蓑唱牧牛儿，篱窥蒨裙女。
半湿解征衫，主人馈鸡黍。[1]

1　典出《论语·微子》的“杀鸡为黍而食”，这是一位农人留孔子的弟子子路过夜时，所提供的食品。

如果说在上一首诗中，杜牧体验了王维的乡村社会的疏远感，在这里他则进入了那个世界的边沿。雨水很少像淋湿普通行人那样淋湿唐代的诗人旅行者，但在这里却成为短暂停留的借口。牧童穿着蓑衣（虽然我们会为女子的红裙担心）。杜牧半湿的征衫并非“现实主义”的手法，而代表诗人“半”进入田园世界，可以在那里享受古老庇护所的欢迎。

并不是所有的田园诗都是乡村风味的。田园诗的一个有很多先例的类型是“忆旧游”，从厌倦的现在回忆年轻时的欢乐。在这次从宣州去京城的旅途上，杜牧碰到老朋友裴坦，从而提供了一个完美的场合，回忆久已逝去的年轻时在宣州的生活以及新近在此谢朓城的体验。

自宣州赴官入京，路逢裴坦判官归宣州，因题赠

敬亭山下百顷竹，中有诗人小谢城。
城高跨楼满金碧，下听一溪寒水声。
梅花落径香缭绕，雪白玉珰花下行。
萦风酒旆挂朱阁，半醉游人闻弄笙。
我初到此未三十，头脑钐利筋骨轻。
画堂檀板秋拍碎，一引有时联十觥。
老闲腰下丈二组，尘土高悬千载名。
重游鬓白事皆改，唯见东流春水平。
对酒不敢起，逢君还眼明。

云罍看人捧，波脸任他横。

一醉六十日，古来闻阮生。

是非离别际，始见醉中情。

今日送君话前事，高歌引剑还一倾。

江湖酒伴如相问，终老烟波不计程。

这里的享乐田园世界与上述乡村风味的田园世界不同，不仅内容不同，而且是一个诗人可以完全进入的田园世界，虽然只是在记忆中进入。诗篇以一个亘古永存的宣州开始：这不是仅在年轻时经历的宣州，或是现在较成熟后体验的宣州，而是“存在”的宣州，一个永远是春天、饮酒、音乐和酣醉的世界。他来这个宣州时是个年轻人，相信在这个世界中可以一直待到年老，将仕途上的所有雄心都搁置一边。然而，如果宣州本身似乎不变，他却并非不变：他离开这个世界去回应仕途的召唤。当他回来时，宣州依旧如故，但他已经改变。他仍然饮酒，但是酒店的女子已不再使他动心。

第三次饮酒是他在途中碰到裴坦的时候。虽然这次饮酒似乎仍和年轻时一样热烈，但他们已不再是在过去那享乐的世界里，而只能沉浸在对它的回忆中。诗篇结束于田园世界的另一类型，在江湖的烟波上终老。“不计程”的本意是“不计算”旅途的阶段：朝某个目的地行进时，不思考你每天走多远，或是在哪里歇宿。

这种挽歌体的田园诗，记忆中的过去在诗篇中重现，是与杜牧关系最密切的模式。

念昔游

其一

十载飘然绳检外，樽前自献自为酬。

秋山春雨闲吟处，倚遍江南寺寺楼。

其三

李白题诗水西寺，古木回岩楼阁风。

半醒半醉游三日，红白花开山雨中。

在上引第一首诗中，我们开始认出一种当时常用的辞藻：回忆中的狂放。这里我们再次引用张祜《到广陵》诗的开头：

一年江海恣狂游，夜宿倡家晓上楼。

杜牧在《遣怀》中也述及自己在“扬州梦”中的“十年”。这不是乡村风味的田园世界，而是记忆中的风流田园世界。虽然乡村风味的田园世界出现在王朝的地理之中，但并不真正属于它。同样，没有一座南方寺院为从塔顶上眺望的诗人提供了真正不同的景象。相反，它们为诗意的旅行者提供了不断重复的南方景色的同一视境。

第三首诗一开头便回顾诗歌前辈李白，另一位田园诗人。杜牧在诗歌上是后来者，同样的诗篇已有人写过。那首诗确实值得回顾，因为它在结尾邀请另一位诗人来“游”。

游水西简郑明府

天宫水西寺，云锦照东郭。
清湍鸣回溪，绿水绕飞阁。
凉风日潇洒，幽客时憩泊。
五月思貂裘，谓言秋霜落。
石萝引古蔓，岸笋开新箨。
吟玩空复情，相思尔佳作。
郑公诗人秀，逸韵宏寥廓。
何当一来游，惬我雪山诺。

杜牧来得太晚，一个人单独在开满鲜花的地方漫游，在一个下雨和鲜艳的花的世界里，这看来像是一个醉梦，即使诗人只是“半醉”或只是“一半时间醉”。然而，杜牧的独特之处在于，他的醉乡田园是一个限定的间隔，无论是十年还是如在第三首诗中那样只是三天。这是一个限定的经验领域，诗人进入又离开，在记忆中测量间隔的长短。

如同前面讨论过的朱坡诗，田园诗是诗歌转化的产物，创造出从未在经验中存在的景象，这些景象极其美丽诱人，以至永远不可能真正存在。这是杜牧对李贺诗歌的描绘，也经常萦绕于他自己作品的边缘。然而，在杜牧的作品中，这一诗歌转化的世界常常与废墟和缺失联系在一起。春天的花落了，被转化成单一的表现层面，或许是锦缎织进了鲜花的意象。

春晚题韦家亭子

拥鼻侵襟花草香，高台春去恨茫茫。

蔫红半落平池晚，曲渚飘成锦一张。

柳枝听到了什么：《燕台》诗与中唐浪漫文化

田晓菲 译

风光冉冉东西陌，几日娇魂寻不得。
蜜房羽客类芳心，冶叶倡条遍相识。
暖霭辉迟桃树西，高鬟立共桃鬟齐。
雄龙雌凤杳何许，絮乱丝繁天亦迷。
醉起微阳若初曙，映帘梦断闻残语。
愁将铁网罥珊瑚，海阔天翻迷处所。
衣带无情有宽窄，春烟自碧秋霜白。
研丹擘石天不知，愿得天牢锁冤魄。
夹罗委箧单绡起，香肌冷衬琤琤佩。
今日东风自不胜，化作幽光入西海。

我们如何理解一首像《燕台·春》这样的诗，如果就像这样，没有笺注和评论，只有文本和它的英语译文（英译从略——译者

注）翻译，尤其在这个特别的例子里，掩藏了一些在中文里面十分明显的语意，主要是词义。比如说第一句诗，“风光”这个词（从字面上看就是“风”与“光”）是春天的一个固定的特质，因此常常被用作春天气候的代称。但是，如果我们把这个词仅仅翻译成“春季明媚的天气”，我们就会失去其内在的动感和变幻的光影，而这种动感与光的变幻对我们理解这首诗很关键。在英语里面，我们也根本没有办法处理诗的末句这个双音复合词的重新出现，在此处“风”与“光”被分开，放在对应的位置。英语翻译一方面要牺牲词义，另一方面又被迫加入中文里面没有的新因素，主要是动作施为者和句法成分。比如说第二句诗，“娇魂”到底是寻觅者的，还是被寻觅者的，在中文里面十分模糊。不过总的来说，中文文本和英语翻译就算在晦涩的性质上有所不同，其晦涩的程度却十分接近。

面对这种晦涩，我们总是诉诸中国丰富的笺释传统。李商隐的诗按说有两家宋朝的笺释，但都已经佚失了。在清朝以前，有一小批收录在选集和评论里面的对某些李商隐诗作的笺注和诠释，但是没有对《燕台》诗的解读。最早的、部分存留下来的李商隐诗歌笺评来自明清之际的道源和尚，还有一个叫钱龙惕的文人，后者的评注有一篇写于一六四八年的序言。一六五九年，出现了朱鹤龄更好、更全面的《李义山诗集笺注》。冯浩一七六二年的《玉溪生诗集笺注》得到了最为广泛的使用。在朱鹤龄之后，新的李商隐诗歌注释笺评就基本上持续不断地涌现，直到今天。[1]

这些笺释显示了渊博的学问，成为当代李商隐研究的基础。但是它们产生的时期很重要。我们没有一个持续不断的李商隐诗歌笺释传统：最早的笺释评注是在李商隐死后八百年才出现的。清朝的学者虽然渊博，但是他们对唐代文学的理解很大程度上忽略了历史性，也就是说，他们以为学问的性质，对诗歌“含义”的推断，特别是诗歌写作和流传的语境，在八百年前的唐朝和八百年后的清朝没有分别。

对《燕台》诗有一个基本的假设——大多数学者都同意的，就是它们和诗人生活中的某个事件相关。不管参照物是直接的（一次艳情）还是间接的（某种政治情形），学者们认为定有某些事件以及隐藏的动机支配了作者的选词造句。从这些词句，他们又推测出李商隐生平的一些情境，把这些情境作为诠释这组诗的语境。

因为这组诗运用了艳情诗和其他类型诗歌中的传统意象及其联想，我们似不必怀疑很多被推测出来的基本情境都是真实的。

---

1 本文用到的李商隐诗注释笺评如下：刘学锴和余恕诚编辑的《李商隐诗歌集解》，中华书局一九八八年版，其中包括了所有主要的清朝和二十世纪初期的评注，以及刘与徐本人的论断，以下简称《集解》；叶葱奇的《李商隐诗集疏注》，人民文学出版社一九八五年版，以下简称叶疏；周振甫的《李商隐选集》，上海古籍出版社一九八六年版，以下简称周选。我还会提到刘若愚（James J. Y. Liu）的《李商隐的诗：九世纪中国的巴罗克诗人》（*Li Shangyin's Poetry: the Chinese Baroque Poet in the Ninth Century*），芝加哥大学出版社一九六九年版，以下简称刘著。

但是，如果把这组诗里所有不相连属的细节都连缀成有逻辑性的整体，镶嵌在诗人的生平传记里，这样的努力似乎就不那么令人信服。一个没有解决的问题是：这组诗到底是否指向一个隐藏的情境？这个情境又是否来自诗人本人的生活？

在一篇重要的文章里，现代学者叶嘉莹以《燕台》诗为例，对传统文学批评进行了批判，同时建议了一种研究古典诗歌的新做法（叶嘉莹：《迦陵论诗丛稿·旧诗新演》，下文简称叶文）。虽然叶嘉莹因为这组诗的感情强烈程度而不相信它们只源于诗人的浪漫想象，但她也认为在诗人生平中寻找特殊的事件以符合这组诗是不可取的做法。叶教授采取传统学者引述典故来解释诗中词句的方式，以她丰富的学识，在唐诗宋词里面给组诗中的意象找到了相似的用法，从而把这组诗放回到它的上下文语境里面。她的用意是希望读者尽量不要穿凿比附诗人的具体生平事迹。

叶嘉莹在讨论组诗之前，谈到了李商隐的《柳枝诗序》。柳枝是一个洛阳商人的女儿，李商隐的堂兄曾经向柳枝吟诵《燕台》诗，后来，李商隐为柳枝写了一组绝句。叶嘉莹认为，《柳枝诗序》可以帮助我们“透过义山笔下柳枝对《燕台》四诗的赏爱，去看义山自己对《燕台》诗所自许的某种境界”。

我对《燕台》诗的论述，范围较叶教授的文章为狭窄，我同意《柳枝诗序》是解读《燕台》诗的合适语境，但是我准备从另一个角度来提出问题。首先是这样深曲的、显然是充满激情的诗歌在公开流传时所处的文化语境，然后，我会回到这篇文章的标题“柳枝听到了什么”，也就是说，探讨《燕台·春》中意义形成和瓦解的过程。

语境

九世纪，调情、激情和私情当然早已不是什么新奇的现象。但是，早期的艳情叙事根本无法和九世纪初期出现的罗曼司话语相比——诗（有时附带诗序）、传奇和轶闻记事。这些文字常常提到浪漫文化另一重要的组成部分，那就是流言。在这一时期，香艳世界的公开性和知名度都达到了前所未有的程度。

《燕台》诗所流传的社区分享着对浪漫文本的共同兴趣，尤其是那些有关不幸爱情的故事。听到这样的故事或者读到这样的诗，人们往往会再添上自己的作品。比如说李贺写过这样的诗：《谢秀才有妾缟练，改从于人，秀才引留之不得，后生感忆，座人制诗嘲诮，贺复继四首》。这是一种团体性的活动：人们听到一个故事，作出判断，每人都提供自己的感想和意见。在唐传奇里面我们常常看到这样的社区团体：《莺莺传》里张生的朋友讲述他的故事，评判他的行为，并且就他的浪漫史创作诗篇。李绅的两首诗还有元稹自己的诗歌独立于这个传奇而存在，都证明这个故事的广泛流传。在《霍小玉传》里，长安城里的年轻人都议论小玉与李益的爱情，同情小玉的不幸，谴责李益的负心。爱情传奇常常以众人讲述和重述这个故事的情景作为终结。故事的文本虽然只出自一个作家之手，但是文本只是故事流传的众多方式之一。

与这些故事紧密相连的是不幸女子的典型形象。在一次酒宴上，李翺看到一个“颜色忧悴”的舞女，后来发现她是一位已故中丞与其爱姬的女儿，在父亲死后遭遇家变而流落于乐部。李翺看出她的“冠盖风仪”，把她嫁给了一个士人。与这个故事同样有趣的是它的流传：侍郎舒元舆听说了这个故事之后，专门从京都寄给李翺一首诗吟咏其事。这首诗以及一篇介绍其产生情境的序言都载于《唐诗纪事》。这篇序言大概没有被寄给李翺，它只显示了舒元舆的绝句如何与这个故事一起在当时传播。白居易和张仲素都曾吟咏过张愔忠实的侍妾关盼盼，她在燕子楼里守节，魅力不减于当年；同样的性吸引，虽然不那么明显，也存在于白居易的长诗《琵琶行》，在其中他对一个“老大嫁作商人妇”的旧日歌妓表示同情。杜牧写过《张好好诗》和《杜秋娘诗》。遗弃的意象来自闺房怨情诗的传统，也成为两性关系描写的一部分，温庭筠的诗就是一个例子。

诗歌对艳情的表现往往使用一套固定的情境和意象，象征手法的运用比率也较纯粹描写男性社会的诗歌为高。有的作品，比如说李贺的《恼公》，十分晦涩。晦涩与欲望之间的这种联系形成了《燕台》诗的风格。

浪漫文化中的另一常见主题是男性的浪子形象，比如说杜牧在诗里如是刻画自己，别人也以浪子目之；温庭筠也一样。九世纪的诗集里面有很多香艳诗篇，充满真实或虚构的欲望，这些诗篇虽然也许来自真实的情境，但它们绝不是任何意义上的“私人写作”：它们是和一大批读者共同分享的。

即使李商隐在《燕台》诗里面表现的是个人的经历（这不太可能），他也是为了一批包括男性与女性在内的读者以及听众而写作的。欲望、情爱，对某一个特别的男子或女子情有独钟都是亘古如斯而且是人类共有的现象，但是“浪漫”的体验却要求特别的行为规则、约定俗成的反应和独特的意象。要是我们坚决不肯承认这些规则、反应和意象影响了人们在真实人生里的行为和体验，那就未免太自欺欺人了；浪漫的真正所在确实就是它的种种再现形式的流传。

就《燕台》诗来说，我们很幸运，拥有李商隐亲笔写下的《柳枝诗序》，提到《燕台》诗在当时的影响，从而为极为晦涩、朦胧的爱情诗在当世的流传和读者接受提供了宝贵的一手资料：

> 柳枝，洛中里娘也。父饶好贾，风波死湖上。其母不念他儿子，独念柳枝。生十七年，涂妆绾髻未尝竟，已复起去。吹叶嚼蕊，调丝擫管，作天海风涛之曲，幽忆怨断之音。居其旁，与其家接，故往来者，闻十年尚相与，疑其醉眠梦物

断不娉。余从昆让山，比柳枝居为近。他日春，曾阴，让山下马柳枝南柳下，咏余《燕台》诗。柳枝惊问："谁人有此？谁人为是？"让山谓曰："此吾里中少年叔耳。"柳枝手断长带，结让山为赠叔乞诗。明日，余比马出其巷，柳枝丫鬟毕妆，抱立扇下，风鄣一袖，指曰："若叔是？后三日，邻当去溅裙水上，以博山香待，与郎俱过。"余诺之。会所友有谐当诣京师者，戏盗余卧装以先，不果留。雪中，让山至，且曰："为东诸侯取去矣。"明年，让山复东，相背于戏上，因寓诗以墨其故处云。

这个序言的真实性——是否所有的细节都是事实，柳枝的家庭背景和她的性格是否全都精确——不是那么重要，更重要的是当时李商隐能够以真实性作为号召来传播这个故事。"柳枝"是香艳世界里面一个相当普通的名字，不过这里我们瞥到了罕见的城市浪漫文化的一幕。柳枝，一个洛阳商人的女儿，父亲的早亡和母亲的溺爱使她发展出一种充满梦想而又热情洋溢的性格，以及任性而骄傲不驯的态度。柳枝的形象在很大程度上是浪漫理想化了的，但是我们不可能知道这到底是来自男性对理想女性的幻想，还是来自柳枝戏剧化的"自我塑造"。无论怎样，柳枝这一形象的魅力，有很重要的一部分在于她身处浪漫文化意象的魔力之下，在于她那种对于装束打扮与音乐训练的漫不经心的态度。我们听她所作的，是些"天风海涛之曲，幽忆怨断之音"——"幽忆怨断”这四个字所表现出来的，是一个深深沉溺于无望爱情的女人至为艳冶的形象。然而从诗序中，我们知道柳枝在生命的这一阶段还没有爱上哪个人。她还没有一个“忆”和“怨”的对象。她所扮演的是一个浪漫的角色，虽然她的实际经历还没有为之提供具体的所指。李商隐的诗在她心中唤起的激情给了她一个机会，使她能够与她扮演的角色合而为一。

《柳枝诗序》的朦胧含糊为我们留下很多猜度不定的余地，但是她显然选择了“相与”（一个含义模糊的词，我们不知道它所意味的异性之间的关系到底亲密到什么程度），而没有改变行为举止，向世人显示她已经准备嫁为人妻。她没有被聘的原因十分引人注目：不是因为她“相与”，而是因为她“尚”相与。人们希望她能够从“醉眠”中醒来，但是她却继续“梦物”。“醉眠梦物”本身即是一个极为艳冶的情色意象，它在《燕台·春》里占据了一个显著的位置。

《燕台》诗流传的第一个例子来自让山。我们应该注意的是，让山显然可以背诵李商隐这首晦涩的作品。我们不清楚当时具体的情境如何，让山好像是在柳枝家外面的柳树下面吟诵《燕台》诗的。也许柳枝和让山这样的异性朋友之间亲密、熟悉的来往就是诗序里面所说的“相与”。但看起来让山并不是在借吟诵这样的香艳诗篇追求或诱惑柳枝。他对《燕台》诗显然极为爱好，而且他预期柳枝会对其产生同样的爱好。《燕台》诗也确实是用文字表达了柳枝在音乐里面表达的那种梦幻迷离的艳冶意境。柳枝的情况是让山告诉给李商隐的，但是在让山吟诵《燕台》诗这个故事里，我们可以看到文本是如何在具有共同兴趣的人们当中流传的。

一个大问题是：柳枝听到了什么？《燕台》诗是如此繁缛晦涩、支离破碎、飘忽不定。柳枝是一个商人家庭的女儿。既然她请求让山代向李商隐乞诗（周振甫认为是写在她的长带上），那么她一定是读书识字的。如果她希望收到的诗是像《燕台》诗那样的，那么她一定相当博学（虽然不一定意味着她熟知古代文本）。在一个类似的情况下，李贺写过一首诗，题为《许公子郑姬歌》，是诗人在一位洛阳贵公子的外室郑姬的府第做客时她请他写的。（这首诗和《燕台》诗以及其他很多浪漫文化中所流传的诗一样，采取了七古的形式。）但是柳枝对李商隐的诗的初次接触不是阅读，而是聆听。

李商隐可以想象柳枝聆听《燕台》诗的反应。对于我们来说，阅读哪怕是附有详细笺注的《燕台》诗（《春》是其中最容易的）也都十分困难。不过聆听的好处是可以听出双关语。比如说，“蜜房羽客”（花心采蜜的蜂）可以很自然地被听成“密房羽客”——幽深密室里面的仙人。当年李商隐在《柳枝诗序》里面讲述柳枝对《燕台》诗的反应时，他暗示这些诗完全可以被视为香艳的爱情诗。

如果我们把《柳枝诗序》里面所描写的聆听与后来的诠释对比来看，就出现了一些很有趣的问题。我们会问：柳枝是否觉得这些诗抒写了李商隐的个人经历呢？她是否会把这些诗当作他对于某一女子苦恋的表达？

《春》在这一方面不如其他三首明显，因为我们可以把它视为对女子相思的描写。但是，如果柳枝把这些视为个人经历的真实反映，那么她就很容易地把它们看作一场苦恋的记录，而“歌唇一世衔雨看”这样激情洋溢、誓死不渝的诺言（虽然作者当时还很年轻），大概会使得任何准备爱上诗人的少女觉得沮丧。抑或她觉得《燕台》诗里面爱情的意象是超越了任何特殊与具体经历的，就好像她自己曾经以音乐表达过“幽忆怨断”一样？

也许“柳枝听到的”，正如叶嘉莹提议的那样，是李商隐自己在写作《燕台》诗时所自许的某种境界。也许，这样的听众，这样的流传方式——口头的背诵或者纸上的传诵——正是诗人所设想预期的。他不可能想到那些年高而渊博的学者们在长达三个半世纪之久的过程中参考了大量资料之后写下的种种笺注、评论、辨析、猜测。而这些学者，当然了，已经读过李商隐一生中写下的所有诗歌，他们洞悉所有他在写作《燕台》诗时还没有写下的诗歌，以及所有他在写作《燕台》诗时还没有来得及体验过的个人经历。

李商隐当然是博学的，但是我们也可以问一个合理的问题，那就是：他对于他的读者的学识程度有多少期待？多少典故和暗示是他希望读者可以理解的？

李商隐在《柳枝诗序》里告诉我们，读者对这些诗的反应可能是怎样的，以及“应该”是怎样的。柳枝的问题——“谁人有此？”——从字面上来说意味着“谁心中可以有这样的体验”。这些诗被视为诗人情感质素和能力的证明。

柳枝一定听到了一些优美的残片。这些残片触及中国爱情传统里面常见的情境：失去情人或者与情人分离带来的痛苦。《燕台》诗的破碎感象征了激情的无序性，是叙事性的中断，恰似柳枝梳妆未竟便去抚弄乐器的行为本身。我们会在下文的分析中看到：这组诗在形式上有一种连贯性，可以把支离破碎的叙事串在一起，但是这种破碎的叙事在很大程度上是因为沉溺于激情而变得心神不定的象征。

柳枝想要结识这组诗的作者，但是她的欲望是通过想得到更多他的诗歌的愿望表达出来的。关于她想得到什么样的诗，我们没有太多疑问。随即李商隐和柳枝就在一幕唐传奇中常见的情境之下相见了：在这样的情景中，女子的出现通常都伴随着充满诱惑性的遮掩。两人订了约会，但是阴差阳错地没有能够成为现实：李商隐的朋友偷走了他的卧具。这种少年人的恶作剧的陈腐程度与可能实现的激情的强烈程度恰好形成了一种对比，结果没有造就两人的浪漫关系，只是再次造就了这样的意象：一个永远失去的女子，一个永远失去了爱人的女子。柳枝被“东诸侯”取去的传说成为又一次无望相思的契机，使得诗人写出更多的诗篇，《柳枝诗序》就正是为了这些诗篇所作的。

这就是诸如《燕台》这样的爱情诗存在的语境：在一个浪漫

文化里，情人的形象——无论是期盼中的，是被否认的，还是已经失去的——成为一种价值，被一群通过诗歌、故事、书信、口头叙述进行交流的人们所共同分享。实际的性爱行为当然也发生和存在，但它们不是主要的。

对于像柳枝或李商隐这样有可能陷入某一恋爱关系的人来说，中间人提供的叙述（让山背诵李商隐的诗或者告诉李商隐柳枝的情况）所许诺的是一个人体验激情的能力，不是他或她过去的感情经验。洛阳社会同样对这种叙述感兴趣，而且就和那些准情人一样，也是诗歌的预期读者。李商隐请让山把他的《柳枝》诗写在柳枝原来的宅子里——但此时柳枝已经离开了，那么，这些诗不是为了柳枝，而是为了洛阳的人们留下来的（他们无疑很想知道事情的结局）。

诗歌在浪漫文化中起到的是十分实际的作用，比如说《莺莺传》里莺莺写给张生的诗：

待月西厢下，迎风户半开。
拂墙花影动，疑是玉人来。

在这篇传奇里，张生立刻懂得了莺莺借此传达的秘密信息："张亦微喻其旨。是夕，岁二月旬有四日也（也就是说，第二天就是十五月圆之夜）。崔之东有杏花一株，攀援可逾。"

在《霍小玉传》里，小玉的母亲在介绍李益的时候，她引用了类似的两行诗句：

> 遂命酒馔，即令小玉自堂东阁子中而出。生即拜迎。但觉一室之中，若琼林玉树，互相照耀，转盼精彩射人。既而遂坐母侧。母谓曰："汝尝爱念'开帘风动竹，疑是故人来'。即此十郎诗也。尔终日吟想，何如一见？"玉乃低鬟微笑……

霍小玉喜欢这两句诗，不是说它们向她传达了约会的信息或者和她的个人经历有什么关系，只不过是给一个从未体验过爱情的少女提供了一种爱情的意象，使她"终日吟想"。对于她来说，这首诗的作者不是一个花花公子，而是一个富有情感的男子，这种品质使得他成为情人的最佳选择。

柳枝听到了什么？

如果篇幅允许的话，当然最好对《燕台》诗四首进行整体分析。虽然有些评论者把四首诗所描写的四季容纳在同一自传性叙事中的努力显得勉强，但是在季节变化的描写上，这四首诗确实相互呼应。篇幅所限，我将只探讨第一首《春》。

四首诗都是七言体，每四句为一节，每节在意义上都是一顿，因此这种形式好像是一系列的七言绝句（不讲平仄）。

纪昀认为《燕台》不是艳情诗而是政治寓言（《集解》第九四页）。但是尽管张采田极力推求（《集解》第九六—九七页），多数评论者都倾向于艳情解读。刘学锴和徐恕诚否认政治寓言说，但是他们的理由是柳枝——一个商人的女儿——不可能理解这样的“微言”，这展现了他们的阶级偏见（《集解》第九八页）。与他们的想法相反，我们可以设想像柳枝这样一个和洛阳城里的青年公子以及他们的政治流言接触密切的女子，比起清朝或者现代的学者来说，倒是更有可能敏锐地把握对时事政治的隐晦指述。不过李商隐的诗序向我们表示：他没有觉得柳枝对这组诗的反应不合适，而柳枝的反应显然是充满了浪漫情调的。

冯浩假设了这样一种情境——后来成为最流行的说法：李商隐有一个情人，被某要人夺去，这些爱情诗表达了他的绝望相思。把《燕台》诗和李商隐的其他诗篇连在一起阅读，这一情境被发展成一个更加完整的叙事：这个女子被带到南方去了，但是当诗人于八四八年从这一区域经过的时候，她已经不在那里了。刘学锴和徐恕诚保持了这种基本的“分离与相思”叙事模式，但是改变了地点和情景。周振甫的解读和冯浩很接近，只不过他认为是李商隐爱上了别人的情人。

这些从《燕台》诗和其他被认为有关联的诗篇（比如《河阳》）里面抽取出来的情景，反过来又变成了解释这些诗的基础。新一代评论者往往发展或改变老一代评论者的某些具体观点，但是他们一般来说都保留了最基本的叙事框架。因为他们第一次阅读这组诗的时候是伴随着前人的评论笺注阅读的，所以这种叙事框架被视为理所当然。最引人注目的例子是《春》的视角被想当然地视为男性视角。这首诗被放在由清朝和现代学者所建构起来的一个“李商隐”生平语境中阅读——也就是说，一个有着完整的政治生涯和值得注意的私人生活的男子。

与此相反，柳枝在听到这首诗的时候，心目中完全没有任何作者的生平背景资料。她显然不认识李商隐，不知道李商隐，让山介绍李商隐的时候只说他是自己的堂兄弟而已。李商隐写这些诗的时候还很年轻，他的错综复杂的政治生涯还没有开始，他的很多爱情故事——包括这段和柳枝的没有成功的恋爱——也都还是未来的事。

柳枝的确对诗人本人感兴趣，但是要想“了解”他，她就必须对如何读诗、如何把传统艳情意象联结为有意义的片断有更加广泛的知识。如我们早先说过的，柳枝似乎没有把《燕台》诗作为年轻诗人恋爱事件的记录；而这组诗的意象使柳枝觉得在诗人的恋爱中扮演一个角色是可能的。

当然了，我们的柳枝是一个虚构。我们对她的了解是第三手的：通过让山的叙述、李商隐的转述。不过《柳枝诗序》向我们表示：李商隐对他的诗具有这样的听众 / 读者感到很自然。

必须指出：《燕台》诗出了名的晦涩，不过不是所有诗歌中的晦涩都属于同一类型。《燕台》诗的难读不是由于大量的典故，或者李商隐其他晦涩难解的诗篇里面那种语意的扭曲。《燕台》诗之难读是因为所指的不确定性、句法的模糊和表面上的缺乏连贯性。但是在某一个语言层次上，《燕台》诗，尤其是《春》，一点都不难懂。它们使用了很多普通的复合词，对任何熟悉吟诗或者唱曲的人来说，聆听起来一定是容易听懂的。李商隐的很多咏史诗、咏物诗，要是没有一个书写下来的文本，大概不太可能被听懂，因为它们使用的典故和词语使一个用耳朵听到它们的人难以仅仅通过声音来辨别文字。但是像《春》这样的诗，听起来恐怕就不会有太大的问题：

> 风光冉冉东西陌，几日娇魂寻不得。
>
> 蜜房羽客类芳心，冶叶倡条遍相识。

在这首诗的第一个词“风光”里，柳枝一定听出了季节的标志：任何唐诗的读者或者听者都会借此来帮助决定一首诗的语境。“冉冉”描写出了春天万物逐渐地苏醒、更生，但是，“东西陌”的这一特别走向引人注意，似乎同时暗示了春季某一天的破晓和日光的运程。下一句中的“几日”虽然压制了这种联想，但是下文讲到天晚时从酒醉中醒来以及篇末的日落景象都为这首诗提供了某种时间的框架。同样，此诗倒数第二行中谈到换穿夏衣，也起到把春光“冉冉”的进程作一结束的作用。这两个时序框架——一日的进程与一季的运程——不可以在逻辑上得到统一，但是它们的功用是形式的、文字的，而不是逻辑的，就好像第一行第一个词“风光”在篇末被割裂为“风”与“光”一样。注意季节标志或者时间标志，以及空间的定位，是诗歌读者在非逻辑性的、意象并列的诗歌语言中把握某种顺序的方式之一。

在浪漫爱情诗歌中，性别的标志也很重要。在这一节诗里，我们看到分别可以与男性和女性联系起来的意象，以及“寻而不得”的举动。“娇魂”的“娇”字使其显然成为女性的灵魂。至于“蜜房羽客”——花中的蜜蜂——则暗示了一个到处结识女性

（“冶叶倡条”）的男性意象。前面已经说过，柳枝很可能听出“蜜房”与“密房”（幽秘的寝室）的谐音。那么“羽客”一方面是蜜蜂，另一方面也是仙人的代称，而把情人的幽会比作遇仙是很普遍的说法。

那么到此为止，造成一个香艳情境的条件——春天、男子、女子、寻觅——都很清楚了，但是这个情境本身却远非清楚，因为一个根本的模糊因素。“几日娇魂寻不得”，既可以是娇魂在寻而不得，也可以是寻而不得娇魂。我们不能确定，是男子在追寻女子，还是女子在追寻男子。这是非常基本的信息，我们却无从获得。在中国诗歌语言里，这种语法的模糊性很常见，但是一般来说可以通过别的途径——比如说标题或者上下文——加以解决。但是在这首诗里，这个谜却始终未曾揭破。读者或听者必须在这里作出一个明确的选择，这首诗的视角是男性的还是女性的？谁在说话？这个选择将影响对这首诗其余部分的理解，听者会在下文听到与这个选择有冲突的新因素。

这首诗的乐趣之一就在于意义形成的不完整性：我们既无法找到一个恒定的“意义”，在这个前后连贯、逻辑严密的意义的地图上，每一个因素都可以得到确定不移的位置；也不是像叶嘉莹所建议的，一系列优美的意象最终都指向一个朦胧惝恍的诗意情境。理解这样的诗，也许最近似的模型是梦：它提供具有连贯性的片断，但是永远不会达到完满的定义。

受到建构作者生平图像的影响，中国评论者大多把诗中的视角当作一个男子的视角——李商隐本人的视角——追寻迷离惝恍的情人。虽然叶嘉莹放弃了这种与作者生平具体情事联系在一起的解说，也还是认为《燕台》诗是作者遭遇辛酸不幸、幽怨积郁、追求理想境界的象征。

对于柳枝来说，另一种解说——以女性视角为中心的解说——大概是更为可能的。当然了，诗文里绝不会表现一个女子亲自去四处寻找她的情人，但是这首诗里面女子的形象明确地以“娇魂”出现。在梦中，魂魄可以四处飘荡，寻找自己的情人，那么诗中呈现的正是一个充满“春思”的深闺女子的传统形象。以李商隐作为自己楷模的李贺，在一首被归于他名下的《春怀引》里写道：

宝枕垂云选春梦，钿合碧寒龙脑冻。
阿侯系锦觅周郎，凭仗东风好相送。

春日怀人的女子是一个传统意象，她所怀之人可以出于种种原因而远离，有时他是在青楼寻欢，和别的女子在一起——也许就是所谓的“冶叶倡条”。如果柳枝在听《燕台》诗时，听到的是这样的暗示，那么她会在下文发现有很多因素可以证实她的猜度。

在历史的这一阶段，诗歌作品描写女子怀人比描写男子思念女子常见得多。有几个较早的例子写男子的相思以及在梦中追寻情人的经验，比如说唐玄宗对杨贵妃的思念就是一例，不过他的激情出于第三人称的描绘，而不是第一人称的自抒情怀。《燕台》组诗的其他三首曾把女性和男性相思的意象混合起来。李商隐在后来也写过很多寻觅飘忽不定的情人的诗篇，包括梦中的追寻，不过，虽然李商隐的评论者十分熟悉这些诗，柳枝却不可能未卜先知。

叶葱奇把《燕台》诗的写作日期定在八三五年（我个人偏向八三三年或更早）。我们不知道温庭筠的词具体写在哪年哪月，但是它们很可能大致写于同一时期。这些词常常写到相思的女性，也常常写到她们的梦。如果这种梦寐相思的女性意象在歌曲里面流传的话，那么这很可能就形成了柳枝理解《燕台》诗的语境。

以诗人为中心、以男性追寻飘忽不定的女性为中心的情境，带来迥然不同的解释。刘学锴和余恕诚在他们的《集解》里面对这一情境进行了如下的解释："四句追忆往昔陌上寻春。娇魂，指所思之女子；蜜房羽客，诗人自指。四句盖谓，春光冉冉而至，春色遍布陌头，我之芳心，似蜜房羽客，冶叶倡条，遍皆相识，独伊人之芳踪，遍寻而不可得。羽客虽指蜂，似亦兼寓己为道流。"（《集解》第八二页）这样的理解，为下面把全诗视为对失去爱情的追忆、悼念奠定了基础。

我们不可能确切地知道李商隐在写《燕台·春》的时候对读者作了一些什么样的假定。他希望读者从男性叙事角度理解这首诗，而柳枝在聆听时套入了传统的女性相思的意象，这都不是不可能的。但是我们可以在这里提供一种意见：如果我们假设这首诗是从一个女子的角度出发来写的话，那么，在诠释的时候就会遇到较少的困难。

全诗的头三句规定了背景、人物、情节（对象不明的寻求）。学者们对第四句的解读出现了分野。虽然叶嘉莹认为“冶叶倡条”只是对骀荡春色的极力描写，但是它们毕竟令人联想到“花街柳巷”里面为羽客所寻求的女子们。张采田认为，诗人“平日寻春，冶叶倡条无不相识，未曾见有此人”（《集解》第九四页）。叶葱奇则暗示此人乃青楼人物，“冶游之人多半和她相识”（叶疏第五七二页）。而后来的意象——女子遥遥不可企及——则说明女子已经离开了歌台舞榭，被他人取去。

如果我们把寻求者视为女性，则显然是她的“娇魂”在梦中四处寻找他——足迹遍布花街柳巷、认得所有“冶叶倡条”的风流郎君——但觅他不得。

暖霭辉迟桃树西，高鬟立共桃鬟齐。
雄龙雌凤杳何许，絮乱丝繁天亦迷。

这里我们分明看到了女子的身影。认为全诗采取男性角度的评论者对此作出种种解释。朱彝尊提出了显而易见的回答：“似值其人。”（《集解》第八二页）刘学锴、余恕诚认为这是追叙往日初见：“意谓当日于晴辉暖霭中相见，桃鬟云髻，相齐相映，今则雄龙雌凤，杳不相即，思念之情，如絮乱丝繁，纷扰迷乱，恐天若有情亦为之迷也。”(《集解》第八二页)叶葱奇以为，这是诗人在想象女子孑然一身、春情撩乱——也许，她思念的正是诗人自己吧(叶疏第五七二页)。

也许，在这一时刻，柳枝比清朝和现代的学者们多了一些优越的条件：她会特别注意表现时序的时间标志，而这一小节的第一句，就和全诗的第一句一样，都有着一个时间标志。评论者们似乎忽略了任何一个唐朝的读者或听者都会对之十分敏感的时间标记——“辉迟桃树西”，时间已经到了后晌了。这一时刻的背景是第一句中日光沿着“东西陌”的冉冉推进。在这样的解读里面，我们会看到一个清晰的时间推移过程。与时间的推移相应的，是诗中女性梦与醒的交替，她的娇魂先是寻觅在外冶游的情人，现在她从梦中醒来，站在桃树下面。这种解读要求打乱一般人们的正常生活次序：这个女子是昼寝而在下午才起身的。此诗的第三小节会证实这一点。

第二小节里描写的情境显然发生在室外：女子的发髻与桃树的“发髻”——桃叶与桃花——相齐，那么这说明或者桃树很矮小，或者她站在一个平台上。下午的暖霭散发出一种迷离的光芒，诗中“光影模糊”的主题初次出现。而这份光辉奇异地消散于远逝的雄龙雌凤之意象中——“杳”，淡入远方——再次暗示了模糊不定的感觉。而雄龙雌凤也旋即被另一种视觉的迷离所取代，那就是漫天飞舞的柳絮游丝。这里的遣词令人想到李贺的名句“天若有情天亦老”；柳絮游丝迷漫天空，隐然蕴含着情感痴迷之意。

不过当然了，我们也完全可以把这一句诗理解为那站在桃树下的女子眼中，天空因为春日漫舞的游丝风絮而变得模糊不清。

我们虚构的柳枝姑娘会在这一小节中听到些什么呢？她会听到一句标识了时间与空间的诗，随之而来的便是时空的迷离。这样的迷乱，无论是距离造成的，是视线的模糊造成的，还是痴情造成的，对于诗中这一瞬间都十分重要。在下一小节，这份迷乱将被置入一个语境，被合理地解释，也就是说，它来自昼梦初醒时的瞬间的恍惚：

> 醉起微阳若初曙，映帘梦断闻残语。
> 愁将铁网罥珊瑚，海阔天翻迷处所。

刘学锴和余恕诚试图把这几行解释为诗人在醉梦之中对情人的渴望（《集解》第八三页）。叶葱奇虽然以寻觅者为男子，但认为这几句诗是从女性角度写的。

我们虚构的柳枝也许会注意到，就像诗的第一、二小节那样，这一小节是以标识了时间的“光”之意象为开始的。这样的意象为全诗提供了形式上的连贯性，使得听者可以把全诗的不同小节视为对时间推移的次第描写。同时，“醉起”句也给全诗的意境一种合理的解释，使得这首诗不至于成为一系列互不连贯的意象。这句诗向读者证实：诗中有一个昼寝之人，梦魂萦绕于自己的情人，后半晌醒来后，发现日头已经偏低了。从第二小节中，我们得知这下午醒来的人是一位女性，而第一小节中的“娇魂”也指女性的灵魂（梦魂），那么，把第三小节里面的人视为女性似乎是理所当然的。她把下午的阳光误认为黎明的曙光，这样的幻觉有一个合理的解释，也就是醉梦初醒时精神的恍惚。

这一番十分详细的分析，是为了解释本来是读者或听众凭直觉理解的东西：诗中不断重复的固定格式是凸显差异的基础。与柳枝——或者年轻的诗人李商隐自己——十分不同，清朝以及现代的学者会把这些诗句放在李商隐后期诗歌的语境里面加以理解，在那些后来的诗作里面，诗人确实常常以第一人称写作，谈到激情带来的迷乱失措和相思的梦境。因此，从这一角度来说，他们阅读《春》的语境也是直觉性的，虽然这种直觉的语境会创造出需要更多复杂阐释的时空断裂。

第三小节里面也有意象的跳跃：从初醒之后还听到梦中的残语，转换到以铁网捕捉珊瑚。虽然意象不具有连续性（也就是说，铁网珊瑚难以与睡和醒的情境联系起来），但是对于听者来说，很容易把费力捕捉沉落海底的珊瑚视为醒来的人捕捉梦中残语之努力的象征性描写。下面随之而来的广阔空间意象则显示了努力的失败。

柳枝和笺注家们对于第三小节最后三个字“迷处所”的理解一定会出现有趣的差异：对柳枝来说，“迷处所”不见得有什么特别的回声，因为在当代诗歌中这三个字是相当普通的；但是清朝和现代的学者们既然假设男性诗人从梦中醒来，却会在其中听到巫山神女与楚襄王的典故（《高唐赋》小序里便用了“无处所”来描述巫山神女的消逝）。两种诠释都是“自然”的，这要看读者的阅读习惯和他阅读的文学语境。

衣带无情有宽窄，春烟自碧秋霜白。

研丹擘石天不知，愿得天牢锁冤魄。

这里的第一句诗，“衣带无情有宽窄”，是极好的例子，给我们看到传统的阅读对于读者的期待是怎样的：我们不能纯粹从字面意义来理解这句诗，而必须看到特别的词句所能够唤起的意象和主题。提到衣带，在这首诗的语境里，自然会使读者联想起因为相思而消瘦，从而使得衣带变宽松。物的无情，自然会使读者联想到人的有情。那么，最终这句诗的意思不过是说女子（或男子）因相思而憔悴而已。

第二句诗表面看来和上下文没有太大关系，因此引起了笺注家们的种种猜测。诠释传统中时代较早的朱彝尊说：这句诗意味着“景自韶丽，心自悲凉”（《集解》第八三页）。很多现代学者都选择了这一听起来显得牵强的说法（周选第六四页；叶疏第五三七页）。这里叶嘉莹的解释十分精彩，她注意到了这行诗和前一句“无情”的联系，指出自然之物对人事的冷漠无情（刘、余二位也如是解说）。

在这里，我们很难猜度“柳枝听见了什么”。但是，我们可以相当自信地推测，这行诗句对于听众应该是容易理解的。如果说她想到了春天之中的“郁郁秋怀”，似乎不太可能。比较可能的是，她会听到诗歌中十分常见的因素，在季节的变幻、春烟秋霜的代谢之中听到时间的流逝。

这种解读虽然显得平常，对我们的诗人或者我们的柳枝姑娘都没有什么殊荣，却为我们理解下面的两行提供了一个语境。随着时间的流逝，无情之物都会改变，无论是衣带，还是春烟秋霜，但是相思之情却是不会改变的：丹与石可以被擘裂，可以被研损，却总是保持着它们赤与坚的本质。

因为诗中的叙述者是含冤负屈的一方，所以，这一小节的最后一行似乎暗示她或他的灵魂是“冤魄”，希望天牢之星宿将之锁住。尽管数位学者都提供了各自的诠释（叶葱奇、刘若愚、叶嘉莹），这里从常识出发的本能反应还是会把冤魄视为被爱者的灵魂，诗中的叙述者希望能够把它牢牢锁住。这是刘、余二位得出的结论（《集解》第八四页），虽然他们没有解释被爱者的灵魂何以是“冤魄”。

当然了，我们可以设想出一种情景，说被爱者为某某有力者从诗人那里夺走了之类。但是我们也许还是应该回到最开始的问题：“柳枝听见了什么？”这里，“冤”字也许可以帮助我们在唐朝的诗歌语言和“古代汉语”之间划分某种界限。

古代汉语是一种书面语言，它的语义被一系列在先的使用规范所控制。很多唐诗，包括李商隐自己的很大一部分诗作，都尽量地利用了文言文——古代汉语——的全部资源。但是唐朝的诗歌语言不仅有其特别的语义和语法，而且，它还可以容纳文言文之外的口语用法。虽然很多唐诗确实需要对之进行文本的阅读才能辨认诗人所用的字词，但是很大一部分唐诗是可以依靠聆听来理解的，不必非得有一个书写的文本。唐朝的诗歌语言的确保存了很多古老的用法，但是它部分是一种具有特殊体裁风格的口语。在这个口语 / 聆听的层面，当代诗歌语言的用法会在决定语义时超越在先的书面语用法。因此，柳枝——通晓文理但不见得博学多识——也许仅仅只听到“迷处所”的字面意义，但是后来的笺注家们眼中所见的是文言文的文本，他们在这个词语里面听到《高唐赋》的回声。无论李商隐个人的意向是怎样的，两种解读都同样自然。

把文言文和诗歌语言对立起来的是这个词：冤魄。在英文翻译里，我选择了清朝与现代学者的理解，以文言文的意义来解读它，也就是说，它显然与“冤魂”一词有相似的含义。清朝与现代的学者无法脱离这种解读，但是柳枝也许在这里听到的是情人话语里面常常出现的一个词：“冤家”。这个词在九世纪已经出现，而且后来简直成了艳情词曲里面极为常见的对情人的称呼了。这样的解读使我们可以顺理成章地把这一行诗句理解为“愿把情人的魂魄锁入天牢”。

李商隐既受过经典的教育，又是当时城市浪漫文化的积极参与者。他在这里写下的“冤魄”到底意味着什么呢？我们难以确定。我们也并不真正知道柳枝听到了什么。但是上述的猜度不是不可能的。

> 夹罗委箧单绡起，香肌冷衬琤琤佩。
> 今日东风自不胜，化作幽光入西海。

这首诗的第一小节模糊了日子的进程和季节的进程，诗的最后一个小节则既把它们清楚地分离了开来，又把它们联系在了一起：时间是春暮——春天之末，也是一日之黄昏。更换衣服是标识季节更改的传统方式，为组诗的下一首“夏”作了准备。第一、二句分明点出一个女子，这更给那些试图从男性角度理解全诗的笺注家带来了问题。刘、余二位认为这是男性诗人在遥想远方的女子；叶嘉莹则引用《离骚》传统来说明这是男性诗人的自喻。如果我们虚构的柳枝从一开始就把诗的主角视为女性的话，那么，她用不着被这些问题所困扰，而可以把注意力集中在第二句诗中这个相当特别的词组“冷衬”上——冷意应该来自叮当作响的玉佩，透过了刚刚换上的单衣；肌肤的温暖使玉佩更觉寒凉。

在最后两句中，全诗第一句中摹写春日天气的词——风光——被擘为两个骈行的字：东风之风和幽光之光。东风又是春天的一个传统标记，随着季节转换，东风也化为渐渐暗淡的幽光消失了。第一句的“东西”再次出现，分别在东风与西海这两个词里面。当东来的风最终进入西海，它完成了由东到西的环行。

从内容的逻辑上来说，结尾这两句不是最令人满意的：似乎响应了女主人公的悲哀情绪，东风终于放弃了它的努力，转化为慢慢消逝的日光，把世界留在一片黑暗之中。但是，从形式的结构来看，这个结尾却是极为完美的：从开头的风光冉冉，到下午的微阳，再到最后的黑暗——既是一天光阴的结束，也是春季的完结。

李商隐在想什么？

这个不可能得到解答的问题，是对这篇文章在标题里提出来的那个问题的补充。我们已经考虑过《燕台》诗写作的两种可能的语境，这两种语境影响了对《燕台》诗的具体解读。第一种语境是充满激情的诗人在宣泄他对失去的爱或者理想的爱或者他人失去的爱的情愫。这是很多评论家和学者理解这四首诗的前提，也是在读了李商隐后来的诗作之后自然而然形成的。而且，这也是符合后人对唐诗文人文化之理解的一种解读。

第二种语境是形诸文字的浪漫文化、当代的诗歌语言和当代流行的爱欲意象引导了人们所作的解读。在这种语境中，诗人不是在倾吐心声，而是在展现一种情怀。因此，他不必是诗里的中心人物，而我们也已看到《春》的视角很容易被解读为女性的。在这一语境中，李商隐允许他的诗四处传播，参与创造当时的浪漫文化。这是我们为我们虚构的柳枝所建构的解读，而李商隐自己显然很为他的诗能够在这种语境中引起如此强烈的反响而自豪。

在快要结束这篇文章之际，让我提供另外一种可能的语境。在这个语境里，写诗也是用以展现情怀与显示才华的，但是与其说它们是对浪漫文化的参与，不如说更多地是为了建构诗人的自我形象。李商隐写作《燕台》诗的时候还很年轻，是在他通过进士考试之前。在《春》这首诗里，李贺，另一个少年才子，对李商隐的影响十分显著。如果年轻的李商隐在他生命的这一阶段把李贺视为他的楷模，那么他也许会把注意力转向李贺最早的作品，也就是当他刚刚开始崭露头角时的作品。李贺十九岁在河南地方应考的时候，以十二个月份为题材写了一组诗。这样以月份或季节为题材的组诗在这一时期几乎没有其他的例子。李商隐是在洛阳写作《燕台》诗的，而李贺也正是于二十五年前在洛阳写下他的组诗《十二月》。在这一语境下，我们是否应该提到，“燕台”二字同时也是唐人对“使府”的代称呢？

《燕台》当然不是应试之作，但是我们的第三种语境提醒我们，这些诗也许曾经在士大夫圈子里面流传，展示年轻诗人的才华，宛如李贺再世。李商隐是否意图征服使府，结果反而征服了柳枝呢？很难相信这样香艳的辞藻会被用来向官宦阶层证实作者的才华，但是我们也知道，至少在某些时候，浪漫的传奇确曾起到过这样的作用。李贺的《十二月》当然不像《燕台》诗这样缠绵悱恻，但是它们被当作应试诗还是相当奇怪的，而且其中充满了孤独女性不胜寒冷、寂寞的意象。也许，是洛阳的文化氛围与别处不同吧。李商隐的《春》特别专注描写暮春，那么这里我们把李贺的《三月》拿来作一个对比：

东方风来满眼春，花城柳暗愁杀人。
复宫深殿竹风起，新翠舞襟净如水。
光风转蕙百余里，暖雾驱云扑天地。
军装宫妓扫蛾浅，摇摇锦旗夹城暖。
曲水飘香去不归，梨花落尽成秋苑。

虽然两组诗十分不同，但是年轻的李商隐显然在模仿李贺的风格。后来，李商隐逐渐发展出来自己独特的诗风，把李贺的影响融入自己的风格样范，千年之后的读者由于了解的是李商隐的全部作品，不免会把《燕台》这样的诗视为李商隐风格的一个方面。但是，在洛阳，在八三五年或者八三三年或者更早，《春》会强烈地唤起人们对八一七年逝世的才子诗人李贺的追忆。也许某些读者还会联想到李贺的《洛姝真珠》：

真珠小娘下青廊，洛苑香风飞绰绰。
寒鬟斜钗玉燕光，高楼唱月敲悬珰。
兰风桂露洒幽翠，红弦袅云咽深思。
花袍白马不归来，浓蛾叠柳香唇醉。
金鹅屏风蜀山梦，鸾裾凤带行烟重。

八骢笼晃脸差移，日丝繁散曛罗洞。

市南曲陌无秋凉，楚腰卫鬓四时芳。

玉喉窱窱排空光，牵云曳雪留陆郎。

李贺的诗对于女子怀人情景的描写比《春》更为铺张：真珠好像一个仙女，自天空而降，但是她的情人远行不归，真珠只有借酒消愁，在梦中会见情郎。梦醒后天色已经晚了。最后四行诗比较真珠的寂寥与青楼的热闹，而那位冶游的陆郎，也许就是真珠思念的情人吧。

《春》中大多数因素都在这首诗里面出现了。我们可以想象：对于李贺年轻的追随者李商隐来说，若想展现才华，有什么能比从前辈那里拿来一个场面，然后用更加飘忽的辞藻对之进行重写更好的方式呢？柳枝知道李贺的诗不是不可能的，不过她大概对李商隐更感兴趣，因为李商隐可能成为一个情人。对男性读者来说，李商隐的组诗却无异于对诗歌写作才能的辉煌展示。

多重解读

这些不同的解读都是“直觉”式的。也就是说，它们是处在不同历史时期的、特殊阶层的读者的兴趣与知识的直接产物，这些读者都觉得自己和诗人分享着共同的语言或文化背景。但是，这些解读之间存在的差异，使我们注意到所谓“作者意向”这一提法的局限性；此外，解读是具有历史性的，而这种历史性也有其局限性。

清朝和现代笺注家们的解读，包含着他们渊博的历史与文学知识。我们提出那个假想的问题——柳枝听到了什么——其实所质疑的是他们是不是知道得太多了。我们理所当然地觉得，我们应该了解一个诗人所有的作品，他的生平，他所生活的时代，这样才能在解读的时候作出某些建筑在历史基础之上的判断。但是，把发生在李商隐生命后期的事件以及他的全部作品拿来，作为解读《燕台》诗的语境，严格地说，是违背时间顺序的舛误。从阅读李商隐后期诗作得到的对于“李商隐”的印象，使得读者很愿意把《春》的叙述角度视为男性，从某种程度上代表了诗人自身。同样，对于“文言文”的精通也使得这些渊博的学者倾向于从以往的文学作品中寻找一个词语的源头，而不是检视它的当代含义。如果我们希望在严格和激进意义上成为历史主义者的话，那么，这将是两个十分明显和严重的问题。我们可以指出清朝以及现代学者其他违背时间顺序的做法，比如说，诗里出现的没有明显标志的时间跳跃，表现诗人对过去的追忆，这种解读在维持一个男性视角时是必要的，但是在八三〇年之前的诗歌写作里却是相当少见的，这样的时间转换直到词的传统里面才成为常见的现象。

这种历史主义解读模式的问题是，它要求读者作出一种很不自然的“忘却”的努力。当我们阅读古代文本时，我们总是排除某一层次的联想和知识。这是应该的，尤其对于在各种欧洲文化传统中浸润的读者来说，这种必要性是显而易见的。不过，完美的历史主义解读是一个永远不可能实现的目标。众所周知，我们不可能探知诗人在写作那一时刻的心理，即使我们可以完美地重新构造出诗人所生活的时代的阅读、接受习惯。何况，就算是对阅读、接受习惯的重构，也还是难以实现的。我们不知道李商隐对于表现男性渴望的爱好是不是在写《春》的时候就已经露出端倪了，但是，通过一个虚构的当代读者／听众柳枝，我们至少可以看到，在当代语境里面是完全可以在《春》这首诗里维持一个女性视角的，这种当代语境是我们尽可能创造出来的——而我们的建构也不是完美无瑕的。

一个李商隐，在浪漫话语的参与者面前把自己呈现为浪漫情人的形象；另一个李商隐，在对于提携后进感兴趣的男性读者群体面前把自己呈现为一个年轻才子、再世李贺的形象。这两个李商隐之间的差异也是十分微妙而有趣的。这个问题涉及李商隐的预期读者。李商隐显然对柳枝的反应采取接受的态度；如果洛阳的显宦看到他的诗之后欣喜赞美，视之为李贺再世，大概李商隐也不会不快的。这两种反应不是不同的解读，而是在不同语境里面、带有不同意义的相似解读。作者的意向是相当多元的东西。我们可以设想，诗人对吸引柳枝这样的读者和对吸引洛阳的显宦应该同样感到快意。

如果我们通读李商隐全集，会发现艳情有时是政治关系的象征，有时就是艳情，但是在大多数情况下我们无从断定。提到作者意旨的问题，其实是谈到预期读者以及他们的兴趣和参照系的另外一种方式。在这里，如果我们把《燕台》乃诗人对自身经验的个人性表达这一解读暂时搁置一边，我们会发现艳情与政治的确可以合而为一。不管目的是浪漫爱情还是升迁，两者有一个共同点：它们都愿意以才华的展现作为诱惑的手段。

最终我们看到的是一种奇异的矛盾：一方面是诗人的匠心刻画，明显的艺术铁腕的控制，以及形式上的严谨结构；另一方面，是对激情之迷乱、无助所作的描写和再现。这一矛盾永远不可以解决，但是我们注意到，这两种相反的倾向实际上是互补的。

透明：解读中国抒情诗

陈引驰　译[1]

1 本章选自宇文所安：《中国传统诗歌与诗学：世界的征象》，陈小亮译，中国社会科学出版社二〇一三年版。译文引用陈引驰译、黄宝华校《透明度：解读唐代抒情诗》，收入倪豪士编《美国学者论唐代文学》，上海古籍出版社一九九四年版，第二一六—二三六页。译文的原文是单篇论文，在作者放入书中作为单独一章时有所改动，陈小亮对译文亦作出相应修改，全部注释为陈小亮补译。

这篇文章的题目，是基于一种书籍、论文和讲座题目的通用公式。对事物，比如对一篇文学评论进行命名，是对被命名的事物的本质作出基本假设的行为，并且一个真正的命名公式值得认真思考。本题的第一个术语是“透明”——在此处，与其说它透明，还不如说它不透明。得照西方的隐喻原则把它理解成对被延搁的意义的掩盖和预示。接着的“冒号”标示出了这一譬喻，“解读中国抒情诗”这相对称的另一半使我们回到更可靠的、文学的学院式话题，以把握隐喻。然而这隐喻始终是无法把握的，本题目的意旨也就存在于“冒号”两边的分离中，存在于两部分之间关系所引发的问题中。

比题目用词更重要，与文章内容完全无关的是，这个题目的形式通过提出一个久已存在的隐喻问题而提出了一个价值问题。这个公式的构成是这样的：X（隐喻部分）：Y（较长的非隐喻性短语，有着较强的规范）。作为一种命题的公式，其传统可以追溯到小说和传奇的命名，并由此扩展到非虚构的文体领域的命名。这个公式的第一个术语让人揣摩，而第二个术语又试图稳定那些对揣摩感到不安的人。这一公式倾向于强烈地吸引或排斥读者，而它所提出的有关价值的问题则与那些让人揣摩的、隐喻性的术语有关，与它因离开诗的领域进入学术论说的教化世界而造成的威胁有关。

对题目的割裂并不是一种智力游戏，它是现代解读法则的一个实例，脱胎于西方文学理论和阐释学的某些最古老的观念。首先，有一个隐喻（就其广泛的意义而言），这是文学解读的基本样式：文本的意义并不在于它似乎显示出的那种意思，它的“真实意义”被隐藏起来，转移到了别处。文学的学术研究致力于揭开“隐喻的面纱”，显露其隐含的意义。其次，存在着一种“日常语言”的幻觉，让人感到能可靠地对抗隐喻的虚假。最后，还存在着一个紧要的价值问题，它引导读者趋于隐喻领域或是趋于日常语言领域，并且常常要求在两者之间保持清楚的界限。

解读规则

在每一种文学传统中，都存在许多解读规则，它虽然是文本自身的非活性因素，同样也塑造了对文学文本的感受。只有通过这些规则，一个读者才能将一个文学文本当作一个美学事件而不仅仅是一个文档。在它们创造性的应用中，这些规则塑造了一种阅读艺术，一种文学借此获得生命的直觉的和个人的艺术。这些规则本身是一个开放和变化的体系，不仅因个人的阅读艺术，而且更因读者的年龄、阶层以及文类的不同而不同。但是在这些所有的不同中，仍存在一个共同的维系——在意义形成过程中的一些共同遵守的规范和基本假设。这些假设在我们考虑那些更具体的类别（如时代或者文类）之前，以及在这些规则被提出作为一种个人实施的艺术之前，应当首先加以理解。

语言不仅是一套约定俗成的符号，一套排列组合的生成法则，它同时也是一套供运用的指令、供理解的动作。文学和理解文学语言最一致的特点就是假定它构成意义的过程不同于非文学语言。诗人宣称他的所爱是一朵鲜红鲜红的玫瑰，在形式上这与非文学语言的表述没有什么不同，但却不能把它理解成对罕见的性反常的承认。我们也不能把《哈姆莱特》理解为早期丹麦历史的实录。文学语言和非文学语言本质上的不同在于它们被解读的方式不同，在于其形成意义的过程不同。在解读文学语言时，相同字句的意义必然比在非文学语言中要不同或更多。而且，那些被称为文学的大量的、奇特的文本正是为文学的解读而创造出来的。

不同的文学传统可能对从一个文本获致更深和更广的意义的过程假定了非常不同的方法。“西方”因其历史和地域上的不同，代表了一种自成一体的文学传统，有大量共享的文学文本、理论和传统的诠释来指导阅读规则的变革。中国代表了一种不同的文学传统。每一个传统都能从另一个传统借鉴文本；读者也有权去处理他们想处理的文本。根据西方的文学解读方式来解读中国的文本在道义上无可非议，就像不能禁止遵循中国传统的解读艺术来解读一部西方文学文本那样。但在这种交换中，我们必须认清有多少改变了，有多少又确实遗漏了。正如一部作品是用某一种语言写成的那样，它也是为某些预先设想的原则——关于文学是什么以及一个文学文本如何解读——而写的。

中西文学解读模式的不同与隐喻的相关问题以及诗歌虚构性或非虚构性的假定有着密切的关系。假定文本的虚构性和存在一个隐喻的真理贯穿了西方的文学解读模式。在中国解读传统中，作为一个整体，一首诗的意义通常不被当作是隐喻性的（除了在一些数量有限的次文类中）。而且在一首诗中，一个意象被读作隐喻性的意象，仅当它由一种常见的象征所激发，并且由与这类特殊意象类似的使用传统所支持。但读者首先忠诚的是客观世界的直接的展示：应景诗中的“芳泉”，读者更倾向于将它理解成一条溢满落花之芳香的真实的溪流，而不是在空中飘荡的隐喻性的芳香之“流”。

回避隐喻性解读的这种基本倾向（几种有限的文类例外）是与中国传统中读者对大多数《诗经》之类的作品的非虚构理解相关的。诗被认为是诗人对真实遭遇的具体时刻和环境的描写。而在西方则正相反，可能是由于某种真实的体验引发雪莱写了《西风颂》，但在现代西方文学解读模式中，却基本上不涉及这种真实感受的特殊性。每一个读者都明白，雪莱自己也明白，诗人有权对自己的经验加以改变和抽象，无论一首诗原本所基于的经验如何，诗的正文总是被视为一种虚构，其含义总是隐喻性的而不是史实性的。

传统的中国读者都有这样一种信念，即认为诗是历史经验的实录式呈现，正是在这样的假设下，诗人们进行着创作，读者进行着阅读。人们从诗中构造出诗人的生平大略，或将诗作为文化史的直接来源，没有人觉得这种行为不太妥当。我们此处谈论的是读者的倾向和诗人对那些倾向的期待：诗歌事实上真实与不真实，是如实呈现还是为艺术的奇特动机进行创造，都不是问题——这些事实上通常也无法还原。有时，在一首假装如实呈现历史经验的诗中，一位中国诗人可能会写入一些地理上或历史上不可能的内容：评论者处理这种情况的尴尬是读者的假定受挫的标志。

诗语的充分与不充分：语言和诗境之间的关系

无论是传统的中国还是西方都遵守一种最基本的文学解读原则：文学文本是不充分的“日常的语言”。读者阅读文本时，抱着对语言通常的辨析和限定功能不信任的态度。但相比于这种共同遵守的对语言不充分的假设，区分两种解读传统的不充分的特殊的模式更为重要。要直观地了解这种不充分的模式，就要了解文本的不充分的“日常语言”如何达致它所指的完满的意义。

语言的不充分这一概念必然是与充分的概念相反，我们可以从战国末期到汉代这段时期里找到有关文本的充分的论说。《诗大序》（作于公元一世纪，或者更早）就对诗语的充分作了经典性的阐述：

> 诗者，志之所之也，在心为志，发言为诗。

这不仅断言了内心的前语言状态和诗之间的一种完全和谐、一种充分的关系，而且也暗示了在诗歌创作中事实上存在的一种旨意的转换。“志”的概念在语源上解释为“心之所之也”，一种“野心”或“执着”，内心不由自主地强烈关注的某种东西。

从这段话中，从《诗大序》的其余部分以及其他有关文学的早期论述里，我们可以建立起一个假定的充分化模式。如下的这个清晰严整的模式是不曾有过的，当然，它只是一个虚拟的模式，它的不同部分引起了不同时代作家的注意。

这里，从环境、时代，通过诗人，到诗，最后到达读者的过程，不能看作是一系列的因果关系，而应是一种逐渐彰显的有机的过程。

	外	**诗人：内**	**外**	**读者：内**
创作	世→事	+ 情→感 （兴）→志	→诗	→兴↓
解读	↖↖	↖↖		观[1]

从这一相互转变的过程中产生了解读理论，这一理论在《文心雕龙・知音》中得到了最清晰的阐述：

1　参见《论语・阳货》：“诗可以兴可以观。”在特定的情况下，“读者”可以是统治者或天，作为他们在诗中观的一个结果，他可能作用于时代，改变这一等式。

> 夫缀文者，情动而辞发；观文者，披文而入情；沿波讨源，虽幽必显，世远莫见其面，觇文辄见其心。

这里，“观”字是指阅读过程，是视觉和思虑的融合，仿佛在阅读过程中确实体验到了文中所呈现的境况一样。读者是“知音”，是“真正的朋友”，他可以通过艺术作品音乐般文学语言的表现体察到诗人真正的内心。照刘勰看来，解读是一种溯“源”活动，恰与诗歌创作程序相颠倒。

如果文本与创造文本的诗人、世界之间的关系不是那样复杂，事情就会简单得多了。这种复杂性即是“不充分”。从《易》的《系辞传》中我们可以找到对此的经典性阐述：“言不尽意。”这里所用的“尽”一字尤其意味深长：语言表达仿佛是对原先完满意义的一种减损。

对于有学识的读者亦即知音来说，这种减损了的文本不会成为理解字面背后的完满意义的障碍。孔子的门徒子路有“片言可以折狱”的才能是众所周知的（《论语·颜渊》）。孟子通过“知言”，“诐辞知其所蔽，淫辞知其所陷，邪辞知其所离，遁辞知其所穷”（《孟子·公孙丑上》）。尽管语言是有限的，其自身难以述尽其意，但还是有办法从有限的语言中得出其完满的意义，这种完满的意义可能是争论的本质，可能是某个人的朋友在道德上的偏离，或是《易》《春秋》（由孔子所作的一部儒家经典，微言大义的编年史）的隐秘意思。读者如何从有限的文本中获得更为广泛的意义是诠释传统之开端，这种诠释不仅是狭义上的，而且是在解读过程当中获得深层义这种固有意义上的。

解读成为重建完满意义的一个过程：文本是意义世界的举隅（不是作为替代，而是作为减损）。解读并不是指向隐喻或虚构文本的“其他”意义，而是指向我们在文本中所见部分的全部意义。重建完满意义是以对一种关系明了的稳定语言的种种假设为基础的，通过这一点，可以有许多种方法扩充文本的内涵。

《系辞传》认为这种扩充可以借助于“类”来实现，“其称名也小，其取类也大”。这里的“类”即“自然的范畴”，和西方所谓的“隐喻”都是建立在“类似”的基础上的。然而，“隐喻”是虚构的，包括真正的替代者；而“类”则是一种以世界秩序为基础的、“绝对真实”的共享的范畴。“类”有两种功能，即“自然范畴”隐藏的含义：第一，一个命题的术语成为“范例”，将读者引到比这个术语或命题更高一级的总的范畴；第二，可能会引起对同属一类的另一种特殊项的联想。

另一种对精简的文本的扩展模式见于《春秋》的《公羊传》和《穀梁传》：这里的微言常通过否定性推论来扩展，集中注意于没有说的方面。这就引发了一种有关选择词语时有意隐避的观念。不被称为“公”的公爵，没被提及的王位继承者，这些意味深长的沉默，表达了孔子对整个事件的评价。读者的注意力始终集中在文本背后那个隐藏的世界上，并且通过文本和其背后的隐藏世界的关系来得知作者的见解和判断。

扩展文本的其他方式可在《文赋》谈到“意”之形成的第十八至二十二个联中找到。当读者将创作文本的程序进行颠倒时，他就能发现这样的联系：散发（例如声音到“怀响者”或相反），由果及因或由因及果（“或因枝以振叶，或沿波而讨源”），环境与新因素的进入（“或虎变而兽扰，或龙见而鸟澜”）间的价值关系。后来，刘勰在《文心雕龙·丽辞》中再次提及这种文辞间的联系：“事不孤立……高下相须，自然成对。”这种联系后来发展成为《文赋》作者的一种强烈的意识：事物只有凭借与之发生关系的对象才具备价值，将燕子与鹰并举和将燕子与蚊子并举，其意义自然是很不相同的。

沿着这些或其他扩展的过程，读者将面对解读过程的两个终点：诗人和产生诗歌的世界。它们是解读过程的目的，这一主张足以容纳阅读中各种各样不同的趣味。对于一个有着历史意识的读者来说，它可以导向传记性批评和对有关史实的考证。而在另一个极端上，有人认为诗是对世界前语言内在体验的外在表达，这一观点在晚唐和宋代的抒情诗学中起过重要的作用，当时就有作为美学经验之终结的“言外”这一观点。早在《诗大序》中就隐含了这种可能性：“在心为志，发言为诗。”这样，如果创作过程与解读过程的方向正好相反，我们就可以从文本语言中得到前语言之经验，亦即不可言喻之“言外”。

在解读过程中，意义之构成必然是个人性的；意义是“实践”的东西，而不是“认知”的东西。特定的时空条件下的读者所共有的并不是“意义”，而是一种共同的语言、共同的文化氛围和文学传统，更重要的是一种有关诗歌性质的共同概念以及文学解读的共同规则。我们可以从理论性的和阐释性的文本中推断解读过程最基本的假设，但它们只是一套通用的、非决定性的空洞的规则。它们只在实施过程中存在，并且在实施过程中它们才变得有决定性和个性化。我们某种程度上应允许解读传统在文本中自行展开，无须与解读中的历史范畴相关：我们既不会发现隐藏在文本后的历史事实，也不会将一种充分的“言外”之意带回到有限的字面里。

我们称这样的解读是“透明”的，以区别于西方诗学中分离性的譬喻运用。在非虚构性的中国抒情诗中，作品本身就是完满世界的一个窗口，从远处看“晦暗不明”，但一旦趋近则变得“清晰明了”了。在这一解读过程中，有两个基本的观察对象——诗人和诗境。

解读诗人

安东内洛·达·梅西纳的名画《圣·塞巴斯蒂安》，画面是遍身中箭的圣者的全身像。如果这幅画是一首唐诗，传统的读者会惊骇而退，不仅因为画的主题怪诞，而且也因为他们一眼即认出诗人或画家置身于刽子手之间。如果假设所见的都是历史的真实，那么主观意图是包含于图景之中的。

再来看王维，西方以虚构技法对他的诗文作了种种假设，由此产生了一大堆有关他的观念，诸如中立的视角、诗人从诗中的消失和自我的完全缺乏，等等。我们并不想取消类似的解读，但是必须认识到，这种解读是建立在二十世纪将“历史的”诗人与其自我相分离的基础上的，是建立在古老的“作”诗的观点之上的。但王维写的不是西方意义上的诗歌，而是诗（詩，言一寺），即言志，内在心境的文学呈现。

在总是针对诗人的解读传统中，诗人从诗中隐遁是不可能的。

事实上，诗人常通过隐退来唤起人们对他更强烈的注目。绝大多数唐宋山水诗并不是关于“世界”的，而是关于“对世界的特殊体验”的。从这种观点来看，梅西纳的画就不是《圣塞巴斯蒂安》，而是“《看圣塞巴斯蒂安》，画家则成了观察者。

王维的《渡河到清河作》可以为我们提供一个典型但又不复杂的解读诗人的例子：

泛舟大河里，积水穷天涯。
天波忽开拆，郡邑千万家。
行复见城市，宛然有桑麻。
回瞻旧乡国，淼漫连云霞。

旅程总是一段被一个起点和一个终点规定了的空间。在一首行旅诗中，所描写的点意味着引起了旅人注目的点，视野的指向也就标志了作者的心态。当视野之指向发生了变化，如这首诗中视野从终点转向家乡，这种变化也就界定了心境之变化。

不过，视野也不是完全自由的：诗人所见是具有其自身形式和力量的物质世界与牵引注意力的诗人内心之间相互作用的复杂结果。地形上的一些无关紧要的情况能够控制一个人的视野，如在这首诗中，地形是具有戏剧性变幻的河流景象。河景的力量或隐或显，它拥有一种使人的内心产生兴味和热望的能力，而其中那些隐而不现的景象则是激发热望所必需的。

我们可以这样来解读诗人：他的目光掠过水流极目远眺，试图看到些什么，但却只见水。随后，在水天之际，有样东西出现了。读者可以设想诗人专注的目光表明他在寻求什么，其视野中出现的似乎是其目光所要探寻的。首先是一大片房屋，接着是市场，再接着是岸上的桑麻。看着这些越来越清楚的景象，我们明白诗人临近清河了；而从诗人身上，我们能看到旅行者的好奇心以及他对前方事物的强烈兴趣。

诗人的好奇得到满足，他突然回顾，于是，显示出了第二种戏剧化的情景：这一次，不是一个地方的出现，而是一个地方的消失。通过诗人的所见和所未见，我们读出了失落和乡思：仿佛是与能望见的目的地的交换，浩渺的水波掩去了彼岸的起点，掩去了故乡。被阻隔的凝视体现了失落和愿望。

《渡河到清河作》与河景自身没什么关系，它主要是对河景的主观体验。在简洁而不露感情的诗句中，诗人叙述了他这次旅行的内心体验以及对所有旅行来说很寻常的体验。对于一个寻找潜藏诗人的读者来说，这种隐匿的情感是更显其强烈的。用中国中古心理学的语言来说，是情感内蕴而不外显；而遵循《公羊传》和《穀梁传》的诠释思路，我们则可问他为何不直言其意、直抒其情呢?

在王维的这首诗中，也可能是在大部分唐宋诗中，解读诗人相对容易。但在一些诗中，追随诗人的情绪让我们变得费力与不安。没有一个简单的人物或诗人出现在解读中，但以可解的主题贯穿全诗仍是把握其美学价值的关键所在。李贺即是这样一位难解的诗人，他的作品可能并不是以其神话色彩或离奇的想象引起人们的兴味（如果是这些，卢仝可与之相比），它的迷人魅力在于，它能诱导读者趋于一种不同寻常的观察方式。

《四月》是他十三首写月令诗（包括一个闰月）中的一首。假如一个读者试图用他解读王维的方法，通过视觉经验的组合方式来解读这首诗，那么他会发现他用来解读诗歌世界的隐含意识并不是简单肉眼所可见的。在这里，看不到纪实的诗人对其经验的报道，有可能显示出的只是一种使我们惯用观点失效的诱惑。

晓凉暮凉树如盖，千山浓绿生云外。
依微香雨青氛氲，腻叶蟠花照曲门。
金塘闲水摇碧漪，老景沉重无惊飞，
堕红残萼暗参差。

这是初夏第一个月的月初，一方面有着明媚的阳光和春天常见的红花，另一方面又有伴着浓郁的绿色草木的夏日的暑热。

迷失方向是一个过程，一个远离人们舒适的视角的过程；为体现这一过程，我们需要一个安全的幻觉来从这里迷失。前两句给了我们这个安全的、熟悉的世界：读者确实读到了他们希望在描写初夏的诗中读到的东西。在凉爽的早晨和傍晚，在绿荫如盖的绿树中，我们读出了诗人在试图逃避诗歌之惯用语称之为“苦热”的暑热。诗中开篇的目光是一个传统诗人的目光，随后跳至远处山和云明晰的广阔之景。诗人（读者追随诗人）始终关注着类似形式的目光，看到如盖的树重叠着，看到远山的绿伸展着，眼前弥漫成一片浓绿。

在第三句中，这种熟悉的视野扩展和上升中止了，它随着细雨在下落。雨珠轻微、柔美，几乎不能察觉，它们渗透于花香之中，似乎又可以嗅到。当雨和树交融成一片“青氛氲”时，景物、形状、界限都消失了。

第四句，从这片混沌之中，形状又重新出现了，蟠结的花映照在门上，然而这种视角已不是前面那笼罩如盖的树的视角了。第五句，我们凝视着水塘，陷入了迷惘：如镜的水塘静止不动，为何又有“碧漪”荡漾？要解开这个疑问，得先离开一下诗并且思考这一形象，诗学的传统解决了这一悖论：我们实际上看到的是绿叶的倒影在静水中的摇荡。从这种摇荡中我们读出了风的运动，读出了四月的微风如何吹动花簇。

最后，是光的消逝。在诗的结尾，黑暗掩住了水中的倒影，风歇了，花不再被“惊飞”，也不再飘落。所剩的只有幽暗的池水，朵朵落英浮荡于它们所落下的残萼的倒影之旁。诗的最后一词是“参差”，形容出了这种不平整、不连贯、不规则。

《四月》全诗所写的不是一种统一的感觉体验，它只是一种描述，而且是一种不清晰的描述。但如果有意识地在读者和所见之间建立联系，这首诗则提供了一种与四月的落花及其消逝相适应的奇异经验。我们从中分享到了某种对四月之花的体验：我们的成见松动了，当我们的目光从树落下时，我们的眼界收缩了，我们的世界破碎了，我们走进了黑暗。

解读诗境

《诗大序》清楚阐明了如下对应："治世之音安以乐，其政和；乱世之音怨以怒，其政乖；亡国之音哀以思，其民困。"这是对一个时代及其文学之间关系的经典阐述，也是对解读的指导。它指导读者能在各种诗之"音"后面发现什么，而且确实，对于"知音"者来说，它们的真实含义是易于接受的，这是有关解读诗境的最早的程式之一。但是在诗歌历史的整个大背景中，时代的政治状况只是存在于物质世界之内的宇宙秩序的一部分，从诗歌的描述中，我们是能读到这种秩序的。

从有限的字面意义中解读出诗境有两种基本方法，其一与西方修辞学中转喻、举隅（并非替代而是类比）等比喻方法相近，运用这一方法读者能完善诗境中物质的关系；其二是考察它的对应，这些是由对仗、诗歌结构和传统的联想等显示出来的。通过类似性的重复，能得到诗的普遍意义，但在发现类似性的对应之前，得先完成对诗境中实际的转喻性关系的考察。

这一区别的复杂性只是表面的，对阅读中意义之构成来说，这两种方法都是必要的，它们甚至在阅读活动的每一小步骤上都起作用。例如李贺《四月》诗的第一行中，“晓凉”和“暮凉”都是举隅，但它们又不是西方那种象征了整个天凉的举隅，这种“凉”只限于晓和暮，提醒人们注意到处于其间的未提及的白昼，“晓”与“暮”之“凉”意味着白天并不“凉”，这样，在解读过程中就必须加上未提及的天热。

同样，“树如盖”意味着树木投下的荫蔽，同时也意味着树影之外灼热的日光。从这些基本的转喻中，读者开始比较和区别出这句诗两部分中的类推成分：关注凉爽的时刻和地方，以对抗更为遍布的热气和日光。通过这样的对诗境的解读，我们也解读了诗人，发现他对“苦热”如此关注之动机。当然，有经验的中国诗歌读者完全无须如此笨拙地重建这一解读过程，他只需以瞬间之直觉便能体会出其中之意味。

对这种直觉的强调可以使如下的对比成立，我们可以在解读中国诗境和解读西方侦探小说之间找到基本的相似之处，两者都将注意力集中在可以使隐含意义得到外显的“证据”上，都须对现实的各种联系进行假设，从而找到证据，发现隐含的事实；两者都是从有限的文本中发现完满的意义，两者都基于认识模式。当然，侦探小说中以经验为根据的现实，在中国诗中要由基于宇宙及文学传统的呼应和联想的更进一步的现实来加以补充。

两种文学类型都要读者去解析其境界：侦探小说总是把真实隐藏在文本之中，而在中国诗中，其完满性作为解读过程之终结，是常在言外的。唐宋诗常让人失望，因为追求其全义总是无法实现，它们所表现的总是模糊的现实、复杂难解的诗境，或几乎完全无法解说。相比之下，社会性的诗和侦探故事更令人满意些，它们从基本的方面提供各自的社会情况，这是一种引导读者如何把握，同时也确保读者基本上理解世界的认识模式。

有关解读诗境时的认识问题在许浑三首《早秋》诗的第一首里就提出来了，宽泛的诗题将诗与“咏物”诗的传统联系了起来，读者在阅读诗文时，便希望能发现一些关于早秋的基本要素：

遥夜泛清瑟，西风生翠萝。
残萤栖玉露，早雁拂金河。
高树晓还密，远山晴更多。
淮南一叶下，自觉老烟波。

诗的首句写的是夜里，黑暗中万物隐形。“瑟”的乐音，可能来自某个隐蔽的地方，而非由诗人自弹。对之说明的“清”，是秋天所有事物的典型特征。

夜晚，从遥远的地方传来瑟的乐声，这就引出了一个认识的问题：这是一个特定的诗歌情境。诗人在夜间听到了不知从何处传来的乐声，尽管他不知道是谁在弹奏，但是他明白，他是能由音乐来了解弹奏者的性情的。聆听者成了刘勰所谓的“知音”，音乐激发了他的感知和理解力，诗人便由当下的情景而知秋了。

秋之征兆处处皆是，“西风”“残萤”“玉露”，掠过秋之高天、开始迁徙的“早雁”以及充满秋意的“金河”。这些类似的东西汇集到一起，组成了秋的征兆：西风伴着遥夜泛来的瑟乐，而西风又有自己的音乐——“商”，这是属于秋天的音调。第二联是亮点的结合：萤火虫的亮光轻触闪光的露珠，白雁的身影划过天上的星河，所有这些光亮都是稍纵即逝的，残余的萤火、消散的露珠、迁徙的白雁，它们都是在黑暗中的光明，意味着阴阳之交替。

接着是晨光，这是唐诗中常见的意象，常用与“暗”相对的“明”，或此处的“晓”来表达，其中“明”意味着“明亮”和“可明白的”，“晓”意味着“拂晓”和“可知晓”，“暗”则意味着“黑暗”和“晦暗无知”。但是，这首诗中的晨光更多地展现了对感官认知的阻碍：诗人被高树环绕，树叶遮断了视线，这里的树叶“还密”，表明了那时不是深秋。避开眼前的视线障碍，诗人极目远望，发现晨光造成了更多的障碍：夜里简单的山形在白天明净的天空下却显得层叠无穷。

正当诗人极目远眺，近处一叶落下，无论是人们所知的成语，《淮南子》中的话“一叶落……”还是地理上的淮南一片真实的叶子从稠密的树上落下，都提醒诗人这个成语。读者须对诗句补上另一半“而天下知秋”，读者知道，夜间吹动萝蔓的微微西风将变成劲风，吹落所有茂密的树叶。

在诗句中和在成语中一样，落叶都导出一种“觉”。但是诗人在末句中有关“老烟波”的“觉”和诗前几句中的种种知觉根本不同，“老烟波”极为含混：难以界定的“老”字笼盖了诗人、落叶（或许在水中）和水波。这最末的意象代表了九世纪诗歌一种流行的措辞：词汇内在的关系与其所指并不确定，可有多种行得通的解说。我们不知道也无法知道是谁或什么被突然认为“老”了，我们也不知道“烟波”如何进入了前面所描写的限于陆地的景观之中。但这一结尾的意象代表了对秋天的最终认识，是认识的终点，所获取的是一种诗意的知识，是第一次在诗中超越了实际景观而知的谜似的真义。它体现了一种心绪的融合，一种意义的开放性——只存在于文字中的种种互斥的可能性。诗人在物质世界里得出了超越物质世界的认识。

完整的意义：全诗

对解读诗人和解读诗境的简单区分，是为了便于理解而作的假设。这两个解读过程之目标是同时达到的：我们实际做的是在解读诗的世界中解读诗人，并通过诗人之眼来看世界。因为人们把诗当成一种对世界的特定体验，所以，诗人与世界必须相互依存才能被理解。

我们所建构的解读艺术存在一大缺陷：它可以在如前所解的诗中非常轻易地建立，在其中，诗人很少或完全不显露自己。大多数诗都是有自我表现因素的，但这种表现通常在诗的结尾。这时，我们不再经由诗人之眼来看世界，我们所面对的是他独立于我们的个性，面对着他的思索、他的行动以及他对眼前情景的种种情感和反应。通过这些反应，我们可以清楚地知道诗人是如何理解诗中读者刚与之共同经历的境景的。按理说我们是能与诗人共享这种反应的，但这种共享是撇开了诗人的（可以和前面共同赏景相对比)。通过写诗，诗人寻找“知音”，或如施友忠《文心雕龙》英译本中所称的“理解诗人的批评家”。这种好读者和好批评家的模式首先是一种个人的关系，特殊的个人关系，属于文学文本经验之外的人类世界。如谢灵运诗中常见的，诗人寻找“赏心”，寻找一个既可以欣赏诗境也可以欣赏诗人之心的人，一个可以共享其对世界之体验的人。

为了权衡这两种解读程式——一个通过诗人的感觉，另一个通过诗人的内在生活——我们可以来看一首诗，这首诗在外在景象和内心映象上都是相当平衡的，它是杜甫最好的律诗之一《客亭》:

秋窗犹曙色，落木更高风。
日出寒山外，江流宿雾中。
圣朝无弃物，衰病已成翁。
多少残生事，飘零任转蓬。

与杜甫的大部分律诗一样，这首诗从诗中间的第三联(即后来传统诗学的术语“转”)始可分为两部分。前四句可用前面说过的方法进行解读：在解读诗境中解读诗人。后四句包括了杜甫对前面情景的理解以及这些情景对他自己的意义。这里，我们不再通过杜甫的眼光来看客观世界，而且是撇开我们自己来认识杜甫。

前四句是对消逝了的开元诗歌的吟咏和哀叹，开元是相距杜甫创作《客亭》几十年的一个灿烂的诗歌时代。杜甫依然重复着一些早期开元诗的声音，同时代的读者都不会看不出第二联是王维的名句“江流天地外，山色有无中”的改作。在前半个世纪——亦即开元、天宝年间，王维的诗占主导地位的时代——的历史和诗歌的背景映衬下，这里的秋之情调和残存的世界具有特殊的深度。

我们的解读将由诗中的世界和观察这一世界的目光开始：我们从清晨的窗口向外眺望，只见窗外光秃的树顶在风中摇动，窗外的景物使窗成为“秋窗”。我们看到了这样的场景，诗人的双眼望着树顶，因为他看到了“高风”。身在窗内向外望，与其说诗人感受到，还不如说诗人看到了风，在树的动态里看到了风。但他并不是简简单单地看到了风，他看到了它的再次来临，并且在悄悄地将这吹落树叶的风和早先的风相比较，那时的树顶还叶儿繁盛，如今，这些树叶都落尽了，将这些光秃的树枝与早先的情景相比较，更使人从落叶中觉出了一种失落和衰败。

太阳从东面的山后升起，在诗人的眼中那是一带“寒山”。我们并不是假定一种全知式的诗歌声音：在阳光之下，在山坡上落尽叶子的树中，我们能见到山之“寒”。从这一连串景象中，我们意识到了我们视角的转移，从窗口转移到近旁的树，再延伸到更大更远的在群山之后升起的太阳。对比许浑诗中不如人意的黎明，这里的早晨确实带着某种启示，秋天、寒风、秃枝，这些征兆异常清晰。但从树顶转移到高风，又转移到上升的太阳的视线，此刻如同落叶般飘坠到地上，要去显示那尚未显示出的东西：仍隐藏在前夜雾中的流淌着的大河。

在隐而不露和不停地运动之中，河流成了诗人的世界：诗人是客，亭对他来说只是暂时的歇足之地。这一景象与王维的那一联的意境是相对的：王维的山，其季节色彩半藏于雾中，而这儿的山则显出了秋季的荒芜；王维的河气势雄伟地流向天地之外，而这儿的江河则沉没于雾霭之中，它的归途只徘徊于过去诗句的记忆中。

在诗的第二部分中，杜甫作出反应，解释前面的景观。显露一切的太阳对应皇帝和他洞察一切的智慧，第五句中“朝”的多音（cháo/zhāo）更突出了这一对应。在太阳和皇帝普照并洞察一切的光芒之下，什么都不会被忽略、遗忘，一切都本性毕现，有用之物皆得其用。然而，站在窗口承受着阳光和圣恩的诗人却是无用之物，他衰老、病弱。如果他按诗歌惯例的术语来描绘，自己就是如此，因为他要尽力去看自己不可能看见的、别人眼中的他自己可能表现的样子。他和万物一样享受着阳光，但是现在阳光所能照到的却只有秃枝和秋景了。他的生活只是颠沛流离中的余生，只是在那古老的象征“蓬”——这也是对建安和曹魏诗歌的回应——中才显示出一些可怜的尊严。“转蓬”是真正的譬喻，在诗中它并不存在于视觉世界中，而是一种内心的沉思。诗人的飘零正与我们视野之外，第一联中窗外风中飘落的落叶相对应相联系。被不抛弃任何东西的朝廷抛在了一边，诗人只属于隐秘但又被日光矛盾地暴露出来的河流的世界。视线的延伸和上升只是为了落下，落到大地和秋天的碎石上，落到枯叶和衰老的自我上，落到那运载诗人前行的隐秘的河流上，落到随风飘旋的转蓬——自我上。

读诗者懂得解读规则和语言与世界的固定秩序。他们识别出，也“参与”了诗人对客观世界的那些形式的识别，基于此，诗的后半部分的解析才建立了起来。那儿有光秃的树枝在风中摇动，树叶飘落在地上；那儿有寒山和雾锁的江流——这是对立着的萧瑟、静止与流动易逝，对立着的显与隐。这时杜甫进入诗中，建立起他自己的一般模式：置自身于秋天的世界里。

通过由两部分组成的这一过程，我们可以看到诗的真实意义：诗是对世界的体验，是一种内在化的过程，是一种从外到内、从含混到清晰、从内在意义到反映的意义的认知活动。于是诗成为——我相信杜甫会接受有关他的诗的这种说法——了解杜甫的一个途径。诗的概念存在于科举考试对诗的运用中，存在于行卷中，存在于将诗作为史传的替代物而使自己留名后世的观点中（如曹丕《典论·论文》中所说）。诗被看作是可以通过它而更好地了解一个人的东西。

与这种对杜甫的了解相平衡的是对秋天的了解。通过对世界的特殊的体验，诗人可察知其内在秩序：即其“理”。这不是一种比喻性的真理，而是一种只有通过其经验性的表现才能获知的内在真实性。这是文学的第二种功能，在《文赋》快结束时即有这样的阐述：

伊兹文之为用，固众理之所因。

苦吟的诗学

田晓菲　译

时间大概是一七九六年，根据中国旧时的计算方法年满五十岁的广东诗人黎简，作了一首五言律诗，题名《苦吟》：

巷庐都逼仄，云日代晴阴。
雨过青春暝，庭凉绿意深。
病从衣带眼，老迫著书心。
灯火篱花影，玲珑照苦吟。

这首诗，完美地体现了和它的主题联系在一起的品质。在下面的讨论中，我们会分析这首诗背后的历史——不只是它对前人的借鉴，而且主要是谈到这首诗和它的主题所蕴含的价值观念。这是一首关于写诗——特别是关于苦吟——的诗。苦吟本来意谓“苦涩的吟唱”，但是到了黎简的时代，苦吟早已成为花时费力进行诗歌创作的代名词。在本文中，我们将首先检视黎简的诗，随后再讨论围绕着在创作上面花费时间和精力产生出来的一些问题，最后，我们再来回顾一下苦吟这个词的历史："苦吟"意义的演变，在这首诗所表现的价值观念的形成历史中，是一个基本组成部分。

就和很多十八世纪的文人一样，黎简基本上是一个"职业文人"，虽然在士族阶层，这样的职业性是被礼金或者任职这样薄薄的面纱所掩盖着的。黎简的祖父是国子监生，吃的是皇粮；黎简的父亲则是一个米商。黎简自己既没有追随祖父的足印，也没有像父亲那样经营米行。他选择做一个"诗人"，一个艺术家，一个有怪癖的人物，被称为"狂"，遂自称"狂简"。他年轻时，曾经在邻省旅行过，但是很快就回到了广东，从此"足不逾岭"。作为"狂简"，他在十八世纪后期由许多地方诗歌圈子组成的网络里获得了相当的名誉。这个由地方诗歌圈子构成的错综复杂的网络，大半是由宦游的官员所维持的，他们四处结交有才华的地方作者，然后再四处为之扬名。黎简也是一个书法家和画家，这些一技之长，都可以转化为谋生的手段。他作为一个才华横溢的狂士的名声，给他带来了塾师的职位，也给他带来卖文卖画的机会，使他得以养家糊口。我们要记得黎简是以"笔墨"谋生的，但是如果被人视为一个"职业作者"的话，却又恰好会破坏他借以谋生的名声。解决这个矛盾，是"花时间作诗"这个问题的核心。

如果我们把上面的诗当成诗人对自己借以谋生的手艺所做的广告，那就未免太唐突了，而且也没有必要。同时，我们却也应该意识到，诗人在这里塑造的自我形象，是有补于他的半职业诗人的形象的。其他的诗人——处于更优裕境地的诗人——可以享受闲暇，并在这样的闲暇中写作，但黎简却似乎把他的闲暇“花费”在了作诗以及能够带来作诗灵感的观察上。对他人看来好像是“休闲”的活动，对黎简来说是严肃的、需要专心一致进行的“工作”。

这首诗并没有直接地宣称黎简把整整一天时间都花在苦吟上面——虽然我们可以把结尾两句理解为直到日暮燃烛，诗人仍然在苦苦吟哦。这首诗清楚地标明了时间的进程：从气候变幻的白日直到黄昏。诗人注意到白昼光与影的转化，到了晚上，晴阴则被灯火的人工效果所代替，玲珑地投射下篱笆的影子：这里，光与影的变化不再由时间的进程来表现，而在一个单独的瞬间表现出来。诗的结尾可以予人丰富的联想：比如说，日尽继之以烛，正是“何不秉烛游”的意境，虽然这里将要继续下去的不是作乐，而是苦吟。“玲珑照苦吟”令人想到李白《玉阶怨》中的“玲珑望秋月”——都是把玲珑放在五言诗句的开头，且都是修饰动词，但诗人没有举头望月，只在灯火照耀下埋首吟诗。

“苦吟”的题目为我们提供了全诗发生的语境：诗句从动到静，最后停止在一幅快照上，令我们看到仍在进行的吟诗过程。

可以说，全诗结束于继续的吟诗。苦吟基本上是属于听觉的行动（诗人出声地吟哦），于是，在一首完全诉诸视觉的诗歌里，我们进展到这样一个最后的意象：烛光照耀在一个声音上，诗人似乎成了隐形的中介。或者，我们假设诗人没有吟哦，而是在执笔书写，那么我们会得到一个更加奇特的意象：光与影的玲珑投射在白纸黑字上。

任何同时代的读者，都会认出这首诗的章法来自杜甫——另一位同样为光与影的变幻感到魅惑的诗人。杜甫的影响在这首诗的第五、六句格外清晰。这两句诗离开当前的情景，把诗人的整个生命放在当下的语境之中。诗人在憔悴下去，衣带变得越来越宽：诗的主题再次映入，诗人不仅花费时间和精力在苦吟上，他耗费的简直是自己的身体健康。下面一句更为奇特："老迫著书心。"这个"迫"，是逼迫、压迫、强迫：他必须写作，而这种压力是自知自觉的。在一日光阴的流逝和诗人生命的流逝之间，发生了明显的重叠，但是，诗的最后一句，却把死亡的降临凝固在继续苦吟的意象之中。在一首被认为是贾岛所作的五言绝句里，我们会再回到这个"强迫性"的意象：诗人觉得被一种力量驱使着，要在死亡来临之前写出完美的诗句。从这个苦吟的过程产生的诗句，是一种富有自我反省精神的照耀——照亮了诗人殚精竭虑苦苦吟诗的行为本身。

一位把一天的时光、毕生的时光，都花费在了吟诗上面的诗人，是那个“职业诗人”的秘密分身。“职业诗人”必须得到经济的援助，否则他可就真的要在一种十分实际的意义上憔悴掉了。消费的意象比比皆是。

时与力

中国诗通常比较短小，而且，和许多其他诗歌传统的格律要求比较起来，形式方面的挑战不算太多。因此，这产生了一个简单然而有趣的问题：需要花费多少时间和精力写一首诗？“时间”和“精力”是这一问题中两个分开的，但是相互有关联的成分：有两种极端的回答，一则是“快而容易”，一则是“缓慢而吃力”。

把这两个回答首先视为形式上的对立是有用的，因为围绕着两个对立的词汇，聚集起不同的、变动的价值与意义。中国文学传统显然偏爱作文的快速与轻松，虽然人们对这种美德的解释各自不同：诗人的速度可以显示出他的才气——所谓倚马可待、操笔立成；速度或许是自然天成的结果，揭示出诗人内在的人格；速度或许得之于“神助”，柏拉图笔下的伊翁所谓的“烟士披里纯”（inspiration）；还有最后的一点，也是中国文学传统最心爱的一点，写作的速度也许是紧接着一段长期的思考或研究而来，这种“慢—快”的节奏一般来说产生的都是杰作。

所有对快速、轻松的写作所作的阐释，都已经事先假定那位能够如此的诗人是出类拔萃、非比寻常之辈。也就是说，速度和轻松的好处，是放在一个大多数人都写得缓慢、吃力这样的背景之下提出来的。但是在这里，我想举出几个文本，证明在写作上面花时费力之佳。

唐朝以前，在篇幅较长、显示学识的文体比如赋上耗费时间和精力无疑是非常富于积极意义的美德；虽然不是占主导地位的美德，但是至少和所谓的捷才是并驾齐驱的。但是，诗这一文体被“感应”的动力所支配，直到八世纪，在“感”与“应”（或者，最初的“应”之后的修改）之间，苦吟与思索的潜在过程才成为文学批评注意的对象。特别是在九世纪，我们开始看到欧洲传统中十分熟悉的文学“意向性”：早期的诗人也许想要通过作诗来表达别离的悲伤，但是在九世纪，我们开始看到诗人们宣称他们的意向是作诗。“苦吟”就是在这个背景之下凸显出来的。

修改诗作和“苦吟”这个词的意义变迁有密切的关系。这是研究语义历史的一个好例子，我们看到一个词在开始的时候只是偶尔被人使用，而且使用范围比较宽泛，比如说苦吟可以指蝉鸣；在一个很短的历史时期之内，它已经被转化为诗歌写作的通用代名词。苦吟当然指谓诗人在写作的时候投入的程度，但是在九世纪的语境当中，这个词本身并没有花费时间的意思。花费时间是“苦吟”的潜在可能性，被归于贾岛名下的这首五言绝句完美地体现了这一点：

二句三年得，一吟双泪流。
知音如不赏，归卧故山秋。

这里，我们看到某种好似经济宣言的文字，诗人对时间和精力的投资予以精确的计算，而诗人对数字的玩弄（二句 = 三年）则简直好像是他交给知音的一份账单了。诗人所作的美学承诺，不过是说把很多的东西压缩至很少，而花费很多时间既意味着一个人从事的活动是多么重要，也意味着很多的关怀、在意。一吟双泪流，在表面的语义层次上，不过是说诗人哭了（倘使一吟只得"单泪"倒是怪事了）；但是，这种数字的游戏同时也向读者暗示，把多凝缩为少，会在阅读的过程中带来更多。我们下面将要看到，这首绝句提出了一个问题，这个问题对时间和精力的投资至关重要：时间和精力的投入是否会产生更好的诗歌？到底是欣赏最后的产品本身呢，还是欣赏为了生产它而投入的力气？

在谈到这些问题之前，我们也许可以看一看和上面那首很可能是伪托的绝句联系在一起的著名的"二句"——并不是特别催人泪下的：

独行潭底影，数息树边身。

那么为什么诗人在吟诵这两句诗的时候会流泪呢？苦吟这个词的重量也许提供了答案："苦"已经和诗的题目、诗人的心情脱离开来，被转移到诗人为写诗而付出的努力上了。这种转移的性质，与诗人的意向性已经从抒情或应景转移到写诗本身是一样的。诗人的眼泪只能是美学意义上的眼泪，是为了诗句的完美和达到这种完美付出的努力而流的。同样，知音欣赏的，不是最初促使诗人写下这些诗句的心情，而是诗人遣词造句的成功。苦吟之苦，不属于诗人所表现的情景，或者写诗时的心境，而属于诗句的写作过程。

显然，精力的消耗是一种令人苦恼的投资：知音也许不能欣赏诗人的努力——在贾岛的绝句里这一点是作为未知数提出来的。如果我们把经济的比喻延伸到美学的领域，价值非常需要一个"买主"——一个赏识的人。但是，在相反的价值系统里面写出的诗——无论出于才气、强烈的情感还是神助——对赏识的需要都不像在此处这样明显。诗话里面的贾岛需要一个知音赏识他花在两句诗上的三年时间，实际上这是在做广告。倘使没有人赏识这两句诗的价值，那么诗人的苦心经营就是无价值的，诗人会归家闲卧——与"数息树边身"的休息恰好形成了饶有意味的对照。

回到开始提出的问题：到底时间和精力的耗费会不会产生好诗呢？比较显而易见的简单回答是"当然"。不断地修改导向完美，这一点最好地表现在米开朗琪罗的隽语里："完美，是经过一系列的恶心才最终达到的。"

研究者们常常把修改诗作的主题追溯到杜甫，杜甫曾数次写到改诗的经历。但是到了宋朝，我们在《唐子西语录》中看到针对改诗产生的议论：

> 诗最难事也。吾于他文不至蹇涩，惟作诗甚苦。悲吟累日，仅能成篇，初读时未见可羞处，姑置之；明日取读，瑕疵百出，辄复悲吟累日，反复改正，比之前时，稍稍有加焉。复数日取出读之，疵病复出。凡如此数四，方敢示人，然终不能奇。李贺母责贺曰：是儿必欲呕出心乃已。非过论也。今之君子，动辄千百言，略不经意，其可贵哉。

对于为什么贾岛竟会在这两句诗上花掉三年的时间，这可以算作一个回答。但是，在宋人的版本里，没有我们在贾岛绝句里面看到的那种对完美的自信：唐子西只达到敢于把诗句“示人”的阶段，离贾岛对自己的诗句眼泪汪汪的欣赏还差得很远。

唐子西并不觉得自己是个天才。他宣称，辛苦的修改和自我审视批评的能力只不过使他最终得以超越那些动辄千百言、略不经意的“君子”而已。这对于在写诗上面花时间不是一个有力的辩护，但是从某种意义上来说，这是对贾岛绝句的最方便的诠释。更有趣味的是，宣称在写诗上面花费时间和精力本身就是一种价值，与最后成品的完美没有关系。我们应该想到我们的时代所谓的“劳动价值”——比如说，一块手工生产的织品比机器生产的织品更昂贵。如果我们把价值赋予手工织品，那不是说它一定比机器织品“做得更精致”（现在机器制造的地毯已经可以模仿当年手工制造的羊毛地毯上由天然染色料造成的色彩的变幻了）；我们把价值赋予人力本身，赋予人工花费的时间，以及个人所掌握的技艺。我们的审美价值观念也有所调节，以诠释产品中所投入的劳动价值。我们把耗费了许多手工与人力生产出来的织品视为更美的。一、对于消费者来说，价值已经脱离了产品的客观品质，被赋予在产品之中投入的人力，被转移到内在于产品之中的美学价值上；二、美学价值等于商业价值。

我们大概也会偏爱一块由经济上比较宽裕、把织造视为一种事业的人生产出来的织品，胜过——比如说——一家菲律宾血汗工厂的工人手工制造的产物。我们也许还会发现前者“是”更美的。市场价值、劳动价值和美学价值纠结在了一起。这把我们带到姜夔，一个处于职业写作者边缘的词人。从形式上来说，填词比写诗困难，但也还没有困难到他在《庆宫春·序》中所言的程度：

> 绍熙辛亥除夕，余别石湖归吴兴，雪后夜过垂虹尝赋诗云：笠泽茫茫雁影微，玉峰重叠护云衣。长桥寂寞春寒夜，只有诗人一舸归。后五年冬，复与俞商卿、张平甫、铦朴翁自封禺同载诣梁溪，道经吴松，山寒天迥，云浪四合，中夕相呼步垂虹，星斗下垂，错综渔火，朔吹凛凛，卮酒不能支。

朴翁以衾自缠，犹相与行吟。因赋此阕，盖过旬涂稿乃定。朴翁咎余无益，然意所耽不能自已也。平甫、商卿、朴翁皆工于诗，所出奇诡。予亦强追逐之。此行既归，各得五十余解。

在文学体裁之间，好像存在着某种“兑换率”，定义了投入于诗与词的相对“劳动价值”。一首词相当于在场的每个人分别写作的五十多首绝句。绝句是“得”来的，就好像是说，它们都是当场完成的，而那首词在刚刚写出来的时候只不过是初稿，后来又经过了十余天的修改才宣告完成。它虽然来自一时的兴致，却不是一时一刻的产物。

朴翁评论说，投入到这首词里面的时间和精力完全是“无益”的。这个益，是增益之益，也是利益之益——一个经济词汇，是在处理原材料的过程中赋予它们的价值。把朴翁的话包括在这个序言里面非常有意思，因为它为姜夔创造了一块空间，使得他可以宣称时间和精力的投入纯粹是出于不能遏制的热情，是一个手艺人对于手艺的精益求精的追求，与有益无益没有什么关系，亦不是以投入多少时间和精力来衡量产品价值的工匠作风。此举相当意味深长，也显得充满矛盾：诗歌由于精力与能量的投资而增进了价值，但是它本身却没有从投资中受益。如果打一个不完全精确的比喻，可以想到股票：因为有人愿意赋予其价值而增值，而不是因为在股票的价值与发行股票的公司的价值的客观估价之间具有任何简单的对应关系。

主张一种独立于能够在产品之中辨认出来的价值而存在的额外价值对姜夔来说特别合适，因为他受到贵人的庇护和赞助，而往往以填词报答之。这种交换的汇率常常在他的序言里面出现，比如说，他为湖中“仙姥”写了一首《满江红》，于是得到一帆顺风；在《暗香》《疏影》这两首词的序言中，他表示以两曲新声来报答范成大对他一个月的款待：“止既月，授简索句，且徵新声。”范成大把一张白纸递给姜夔的情形，恐怕很难让人不联想到一纸账单。

把姜夔的许多词序放在一起，我们可以清楚地看到一个交换系统的运作。有时，像在《满江红》序言里，他宣称创作过程很快（虽然是在经过了很长的对于某一技术难点的思索之后）；有时他对创作过程的长度保持沉默；有时一首词明显是花费了时间和精力的结果。但是一般来说，他暗示他的词具有交换价值，与那些一夜之间作出来的五十多首诗十分不同。从上面所引的序言中，我们看到，价值来自时间和精力，被洗除了低级工匠嫌疑的时间和精力：这种时间和精力是艺术家的激情带来的结果，是纯粹为了投入而投入的。

苦吟

花费时间作诗，其中有一种经济的运作，这种运作在早期的发展是缓慢的，经历了一个世纪的漫长过程。这个漫长的过程，我们在这个特别的词汇“苦吟”的发展历史里面可以看得十分清楚。有时我们必须把苦吟照字面意义解释为“苦涩的歌吟”，但是在这个词汇的中间发展阶段，它已经变成了“苦心作诗”。这个词汇的历史是一个很好的例子，向我们显示了词义的演变，而且，当“苦吟”赢得一层被人广为接受的新含义时，它是随着围绕诗歌发生变化的价值一起变化的。通过这个词汇的意义的改变，我们可以看到一些更大的价值在发生变化。

八世纪初期，郭震写了一首题为《蛩》的绝句，使我们得以看到“苦吟”最早的用法：

愁杀离家未达人，一声声到枕前闻。

苦吟莫向朱门里，满耳笙歌不听君。

“苦吟”在八世纪还很少见，这表示它还不是固定词组。蛩的“苦吟”（苦涩的吟唱）显然成为诗人的镜像，他被排除在豪族朱门外，远离家庭，客居他乡，“苦”是他的经历的质地，既存在于昆虫的鸣叫之中，也存在于诗人的歌吟之中。蟋蟀与蝉的鸣声从未完全脱离于“苦吟”的境地，孟郊，第一个赋予苦吟以特殊意义的诗人，把自己的诗歌比喻为“寒蝉”。

在八世纪末期，当苦吟和孟郊以及诗歌写作联系在一起的时候，“苦”成为诗人感情的质地，体现在诗人吟哦的声音与字句之中。在《孟生诗》里，韩愈赞美因为怀才不遇而深为痛苦的孟郊，也赞美那份痛苦的感人力量：

清宵静相对，发白聆苦吟。

虽然我们不确定两首诗孰前孰后，韩愈对“苦吟”一词的使用也许来自孟郊关于进士考试失利最沉痛的诗之一《夜感自遣》：

夜学晓未休，苦吟神鬼愁。
如何不自闲，心与身为仇。
死辱片时痛，生辱长年羞。
清桂无直枝，碧江思旧游。

就像在很多中国古诗里那样，这里存在着一些基本的不确定性：我们不知道苦吟到底是指夜学本身呢，还是他对夜学抒发的感慨；不知道他的夜学的对象是诗歌创作呢（进士考试是要考作诗的，如此，则其夜学也就是苦吟了），还是对经典的修习——朗读经典也可以被称作苦吟；我们也不知道苦吟之苦到底是考试失利（如诗的后半部分所明示的）的结果，还是由于夜学的努力。这些不确定，其实也是因为我们不想犯时代错误而造成的：对于九世纪的作家们来说，孟郊完美地代表了吟诗成癖的诗人，苦吟自然是努力修改诗稿的意思。逐渐地，人们对孟郊献身诗歌的注意远远超过了对他政途失意的意识。

九世纪早期，苦吟的词义仍然保持着一定程度的宽泛性（比如说可以把一个人因背负太湖石的呻吟描写为苦吟），但是这个词已经主要与吟诗联系在一起了。这是一个属于听觉的词，因此朱庆余在接近萧关的时候，因担心引起兵卒的注意而压抑自己的苦吟（《望萧关》）：

暂来戎马地，不敢苦吟诗。

尽管当时身处不测之地，“苦”似乎并非源于个人的痛苦经历。相反，“苦”似乎是吟咏的性质，一种——我们下面将要看到——动静颇大的性质。

如果孟郊的苦吟和夜学联系在一起，那么，因为专心作诗而到晓不寐将成为苦吟引起的另一种联想，不仅对于一七九六年的黎简来说是如此，对于将近一千年前的朱庆余也是如此。在一首题为《送马秀才》的诗里，朱庆余赞誉道：

清貌不识睡，见来尝苦吟。

有时，也会产生令人发笑的情景，比如说诗人因为耽于苦吟而使邻居头痛，就像刘得仁《夏日即事》里面描述的：

到晓改诗句，四邻嫌苦吟。
中宵横北斗，夏木隐栖禽。
天地先秋肃，轩窗映月深。
幽庭多此景，惟恐曙光侵。

这里我们显然已经越过了苦吟意义中的一道疆域：不像孟郊那样困扰于身心的交战，在此诗中我们看到诗人热爱改诗至晓，唯一的担心就是黎明的到来。苦吟的声音仍然是很大的，不过仅仅令四邻厌倦，而不至于愁鬼神。诗人把写诗当成一种需要精益求精的手艺，唯一的“苦”来自为了修改而付出的努力。遗憾的是，我们不能精确地判断刘得仁的诗写在哪一年（很可能不早于九世纪三十年代），不过苦吟这个词已经很明显地从个人的经历转移到诗艺上了。

在为李商隐的诗给出具体创作年代的时候我们应当十分谨慎，但是一些可以大概确定创作年代的诗向我们证实，到了九世纪中期，苦吟已经从个人痛苦经历转到对诗艺的苦心经营。李商隐的《西溪》提供了一个很好的范例：

近郭西溪好，谁堪共酒壶？
苦吟防柳恽，多泪怯杨朱。
野鹤随君子，寒松揖大夫。
天涯常病意，岑寂胜欢娱。

虽然这不是一首快乐的诗，它却肯定了一种安静然而颇为坚决的满足，与孟郊“神鬼愁”的苦吟相当不同。苦吟与六世纪初期的诗人柳恽联系在一起，虽然柳恽以其精工的对偶句知名，而不以任何个人的“痛苦”知名。杨朱临歧洒泪，因为人生道路的不确定而洒泪与苦吟正好形成对比，因为苦吟是对诗艺的耽溺。

在九世纪，苦吟一词的日益流行，伴随着诗人自觉意识的增强。诗人常常在诗作中描述吟诗的过程，就像我们在黎简的诗里仍然能够见到的那样。把作诗的过程本身嵌入一首诗有着很长的历史，但是在阅读九世纪诗歌的时候，我们很难不意识到诗人作诗的意象获得了一种新的重要性。

苦吟可以把诗人作为一个有声的存在嵌入诗境之中，比如刘沧的《寓居寄友人》：

雨余虚馆竹阴清，独坐书窗轸旅情。

芳草衡门无马迹，古槐深巷有蝉声。

夕阳云尽嵩峰出，远岸烟消洛水平。

今夜南原赏佳景，月高风定苦吟生。

就像在很多其他用到“苦吟”的九世纪中期诗作里那样，这里几乎难以找到对于深重痛苦的暗示，更不用说像孟郊那样的苦涩了。诗中精巧的对联本身也许可以和苦吟联系在一起，最终指向今夜的“苦吟”——但是并非源于心情的烦闷，而是源于对佳景的欣赏。诗人似乎在从远处关照自己（也许包括他的朋友，如果我们把此诗视为一纸邀请的话），当月亮升高、风声消歇的时候，他作为一个有声的存在出现在诗歌的地平线上。

吟诗到晓不寐，可以显示对诗歌的激情是如何征服了睡魔，不过夜吟并不能够排除把白昼也花在吟诗上面的可能。充满了激情的九世纪诗人总是在吟诗的，比如赵嘏在《遣兴》二首之一里所写的：

溪花入夏渐稀疏，雨气如秋麦熟初。

终日苦吟人不会，海边兄弟久无书。

虽然“人不会”，诗人仍然专心一意地苦吟。如果我们将转入经济学的模式——花费的劳动必须得到奖励，那么，这首绝句便代表了一个重要的时刻：为了避免被指责为诗匠，不管是否有人赏识或领会，还是要付出同样的努力——这一点变得非常关键。不过，任何富有鉴赏力的人都自然会明白苦吟的价值。苦吟寻求赏识，被一个比刘得仁的四邻远为高明的人物的赏识。赵嘏尽可以不顾他人的领会而一直苦吟下去，但是，如果没有希望得到任何人的理解，花费在吟诗上的时间会变成没有意义的浪费，就像贾岛在《秋暮》里说的：

默默空朝夕，苦吟谁喜闻。

韩愈显然欣赏孟郊的苦吟，并成为他的赞助者，但是，欣赏这种“苦”的能力不是普遍的。

在此之前的一个半世纪里，诗人不断把他们的诗作呈给尊长，希望得到他们的支持。苦吟诗人也在寻找赏识，但是这种寻求已经在很大程度上是非政治化的了（虽然如我们下面将要看到的，它将以新的方式重新回到政治）。前面所引的贾岛绝句，其真实性虽然值得怀疑，下面的这首诗《戏赠友人》却是一个更值得依赖的文本：

一日不作诗，心源如废井。

笔砚为辘轳，吟咏作縻绠。
朝来重汲引，依旧得清冷。
书赠同怀人，词中多苦辛。

虽然贾岛没有使用“苦吟”这个词，但是结句的苦辛拥有同一词根：友人见到的不是诗人经受的痛苦，而是他付出的努力。这首诗在寻求一个同怀人，一个可以赏识这种苦辛的人。这里，政治生涯的保护人和支持者被一个由理解写诗的代价的人所组成的群体代替了。

贾岛是韩愈、孟郊的晚辈，继他们之后崛起的年轻一代诗人。苦吟这一词汇正在演变之中。很明显，无人“喜”闻苦吟和“苦”的质地有关系。但是在下面的绝句《三月晦日赠刘评事》里，诗人还是可以邀请一个朋友来和仍然在苦吟的诗人一起共享春天的最后一天：

三月正当三十日，风光别我苦吟身。
共君今夜不须睡，未到晓钟犹是春。

虽然苦吟与不寐的关系不是直接和明显的，这两个概念还是在一起出现了，诗人要到晓不眠，品味失去春天的经验。

在九世纪，诗人们不断扩大诗歌的门庭。当苦吟成为思考诗歌的常见方式后，它加入了天道的运程。在九世纪后期，李咸用如此结束他的诗《赠来进士鹏》：

此际苦吟力，分将造化功。

同时出现的一种想法，是诗人应该把他的全部生命都献给诗歌。许棠借用了王维《酬张少府》中的诗句“晚年惟好静，万事不关心”，写出这样的句子：

万事不关心，终朝但苦吟。

明显十分痛苦的“苦吟”已经成为诗人生活中唯一的乐趣了。

在九世纪，苦吟逐渐变成了对诗艺的耽溺，包括花费时间、花费精力。这种绝对的投入成为事业，与僧侣的生涯具有明显的对应关系。不过，僧人自有一个供养他们的机构，诗人却需要一个支持者或保护人。僧人为他们的供养者提供功德，祈求福祉；诗人为他们的供养者生产诗歌——应该是精彩的诗歌，因为投入了很多的时间和精力。在这一点上，诗人已经接近职业化的边缘了。

九世纪末期，我们可以在杜荀鹤的诗《投李大夫》里，清楚地看到这个“新”诗人的形象：

自小僻于诗，篇篇恨不奇。

苦吟无暇日，华发有多时。

进取门难见，升沉命未知。

秋风夜来急，还恐到京迟。

在这里，沉溺诗艺的诗人同时也是为自己的产品做广告的半职业作家。杜荀鹤宣称他对诗艺的专心、投入占据了所有的时间：本来是闲暇之时从事的活动现在是他的“工作”。我们固然可以把这种专心作诗的形象追溯到李商隐写的《李贺小传》(杜荀鹤的华发也的确映照着李贺早生的白发)，但这里的苦吟是一种宣言，而不是从诗人的行为得出的结论。更重要的是，紧接着这一宣言，诗人在诗的下半部分很清楚地对李大夫表示出了自己的希望与要求。

虽然考验一个人作诗的能力是进士考试的一部分，通过考试的幸运者就应该全力投入公务，起草文件，或者处理粮食运输之类。在某些时候，他还是要应景作诗，但是国家的俸禄不是专门供他作诗的。如果李大夫决定给杜荀鹤一个机会，他将要供养的人——据诗意进行推测——是一个把所有时间都花费在作诗上、除此之外一无所能的人。但是，杜荀鹤可以在一首自荐的诗中把自己描述为这样的形象，这一事实本身就已说明：花费在写诗上的时间和精力，作为个人的癖好，是具有某种价值的。

编后记

宇文所安是海外中国文学研究领域首屈一指的大家，也是当之无愧的领军人物。我虽然不是做古典文学研究的，但特别喜欢所安的著作，读遍了他全部的著作，还在课堂上跟学生一起细读过他多部著作。我不敢说什么专业性、学术性的评价，但确实从他著作中受益匪浅。他的著作从来不是那种高头讲章式的枯燥论述，而总是充满智慧灵感与生命体验的叙述，他独到的视角和别致的品读，焕发出中国古典诗文的无穷魅力。这也就不难理解，为什么在学术圈之外，宇文所安也拥有了那么广大的粉丝群。他的影响力，早就超出了学术界或古典文学领域，而遍及了整个中国知识界和文化界。

宇文所安的专业是中国古典文学，研究领域几乎遍及各个方面，从诗经、楚辞到唐诗宋词，从文学文本到中国文论、诗学理论，从上古到晚清，甚至旁涉当代，包举宇内，囊括四海，此之谓也。这种对中国古典文学百科全书式的研究格局，不敢说前无古人，怕也是后无来者了吧？所安以他三四十年的努力，为中国文学研究作出了巨大的贡献，也对大陆学界产生了深刻影响，宇宙文章，察其所安，卓然而成一代宗师。前不久，我有幸参加了所安的荣休仪式，在向他致敬、为他高兴的同时，也产生了一丝感伤，随着所安的荣休，他们这个学术世代真的结束了，这是一个历史性的时刻，也是一个令人忧伤的时刻，以后海外汉学界还能产生像宇文所安这样丰富深邃的学术大师吗？我这些年一直关注海外的中国文学研究，关心海外与本土学术如何形构一种学术共同体。所安曾说中西文论交流最大的问题，是对彼此的概念修辞表达缺少“术语共鸣”，而学术共同体的建构，首先就是需要通过交流对话，寻求更多的学术共鸣。为此，我们需要更多的人来关注、译介更多的海外学者的著作，创造更多的阅读和对话的机会。

我知道，我并不是这本文选最合适的编选者，特别感谢所安的信任，无条件地授权给我自由编选。由于篇幅所限，所选的这些篇目当然远远不能代表所安的学术成就。我只希望通过这本小书的编选，表达我对所安最深的敬意！

季　进

二〇一八年五月十八日